先生

汤成难◇著

扬州市文艺创作引导资金项目作品

文匯出版社

图书在版编目(CIP)数据

J 先生 / 汤成难著. —上海:文汇出版社,2019.2

ISBN 978-7-5496-2797-4

Ⅰ.①J… Ⅱ.①汤… Ⅲ.①短篇小说-小说集-中国-当代 Ⅳ.①I247.7

中国版本图书馆 CIP 数据核字(2019)第 025923 号

J 先生

著　　者 / 汤成难

责任编辑 / 熊　勇

出版策划 / 力扬文化

出版发行 / 文匯出版社

　　　　　 上海市威海路 755 号

　　　　　 (邮政编码 200041)

印刷装订 / 成都勤德印务有限公司

版　　次 / 2019 年 2 月第 1 版

印　　次 / 2019 年 2 月第 1 次印刷

开　　本 / 880×1230　1/32

字　　数 / 200 千

印　　张 / 8

ISBN 978-7-5496-2797-4

定　　价 / 40.00 元

意外见到汤成难

李昌鹏

　　拥有男性化名字的女性，会让人因诧异而留下特别深刻的印象，汤成难算是一例。这个叫汤成难的女人，不少男人曾叫她"春哥"，她用过笔名"武陵春"，还自称把她当作男人也无所谓，似乎喜欢我们把她当兄弟对待。她拥有大长腿、杨柳腰、瓜子脸，以及高鼻梁和大眼睛。她的肤色，是小麦新鲜麦粒的色泽，健康充满阳光。她娴静、淡定，却爱穿磨出了破口子的蓝色牛仔裤。会议、饭桌上，她是不大吱声的，但如果她被迫要开口说话，便不疾不徐、条理清晰地讲起来。她说话音量不大，但一副很有把握的样子，这听着挺舒服，如涓涓细流淌进你的心田。汤成难，我第一次知道这名字是读了《软座包厢》，读完了便有了兴趣看看作者是谁。当时觉得应该是个可爱的老头儿——七〇后、八〇后、九〇后的名字，好像不是这个"画风"。心想这老头儿，作品透露的意识这么年轻而笔墨是这么老到，我知道得太晚了。作为职业读者，我时常对某些作家和作品感到相见恨晚。

大约隔了一两年吧，二〇一五年九月我到济南参加《当代小说》举办的一个活动，汤成难是去代表《当代小说》的作者发言。那期间我向与会作家介绍了一项被我命名为"人物关系动力学"的研究。我第一次见到她，她戴一顶鸭舌帽，帽檐儿大，并且往下压，半遮面。我仔细瞧了瞧她——堪称美女。那颜值，套用时下流行的说法：完全可以去娱乐圈混饭吃。

后来中国作协召开第九次全国代表大会，我们第四次相遇。她是与会代表，我是工作人员，我叫她汤老师，我把"老师"二字还给她。汤老师是才女，舞得动文，泼得了墨，据说还奏得响琴，简直是万能文艺女巫师。有才华的人多有点儿个性，所以吧，她似乎并不热情，和陌生人是不大说话的——我貌似也可归入此类，但我实际是有轻微的社会交往恐惧症。从济南离开后，我和成难成了微信好友，我们被拉进了好几个相同的微信群，但我们搭话不多。我的朋友马卫巍马老师，是个快乐的艺术家，他和成难关系不错，这让我挺羡慕的。卫巍写小说也画画，他买宝马及糊口，主要靠出售画作。某天卫巍发来微信说："成难的画，非常好！"有了卫巍的鉴定垫底，我这个画盲勇敢为成难发在朋友圈的画作点了许多个赞。汤老师不知我用心险恶，最终也就没有经受住糖衣炮弹轰炸，她决定送我一幅仕女图。看她几乎是着了我的道，一方面我内疚，另一方面这又让我感到意外和欣喜。

我喜欢和作家交朋友，我尊重作家、敬爱作家，但哪怕已经是朋友我也不会和他们走得太近太近。我需要和作家适当保持距离，以便毫无负担地判断作品的品质，免受私人感情的摆布。我心里是把成难当朋友的，但自从成难决定送我仕女图，我反而很少再和她联系，具体表现是，很少再到她的朋友圈去点赞——我这个人，常常是以小人之心度君子之腹的，这种"拧巴"，这种小格局，让我失去了许多结交朋友的机会，当然这也没什么不好的。汤老师呢，自从决定送我仕女图，她也几乎不再点赞我发的微信内容。我们的联系似乎突然停止。这如同某种默契，显得有些微妙，我心里不免"咯噔"一下，空落落的，像是一脚踏空。我和汤老师估计是属于同一种人，对方稍有不适感，便能相互觉察到，会自觉中止联系。她是好作家，洞察人心、善良敏感，而我是一个内心柔软、迂腐细致，把生活也当作品来读的小说编辑。

停止联系大半年后，我和成难在几个月之内竟见了第二、第三及第四次面。2016年7月9日，江苏的"雨花写作营"在扬州开班，每个与会编辑之前便收阅了几十篇学员的匿名小说稿，各大期刊的编辑从全国各地前往扬州当面指导学员。美丽的扬州是汤成难生活和写作的地方，这我早已在她的微信朋友圈了解，但汤成难的小说隐藏在众多学员的小说稿中，这我并不知晓。开班那天就见到了学员中有她，我颇感意外，之前她已经获得过江苏省的"紫金山文学奖"，没想到她会来当学员。当天，我把她那篇隐去了作者名的作品《我们这里还有鱼》，狠狠地"吹捧"了一番。"雨花写作营"期间，我是辅导老师，成难客气地叫过我李老师。实际上，我对写出好作品的作家，历来心怀敬意，我当时就想回敬她以汤老师。我和成难年龄相仿，"老师"二字，我愧不敢当。

成难的小说《我们这里还有鱼》（《作家》2016年第9期），能看出她作为一个作家的原创能力、思想能力及精神底色。材料，那一个个故事，是她从生活中抓取的，这种抓取是思考后的抓取。小说中一个人做肥皂生意，一个人做盆景，我读的时候真觉得那是做肥皂生意的人，那是做盆景的人。作品大致写的是：

生活如何将一个快乐年轻人的梦想磨灭，他又怎么用自己的小情趣，和他失意的生活对抗。这种对抗虽无力，但非常可贵。最终，小说写了——他是如何被生活洗劫一空，连生命也走向衰微。这显然是一个理想主义者在思考生活后，得出的一种被放大了的、触目惊心的慰藉和惨败、温暖和寒凉。对于作家而言，绝对是"我思故我在"。作家最终是要通过作品被读者看见、认清的。因为我们读到的那些漂亮句子，都是从作家心灵中飞出来的，或者是，在作家的大脑中快速地转过那么一圈。

2016 年 11 月 12 日，"雨花写作营"第二期改稿会在徐州举办，促成了我和成难的第三次见面。这一次，我狠狠地"吹捧"了她的小说《共和路的冬天》。她依旧还是我通过作品认识的那个汤成难，洋溢着理想主义情怀，她知道现实生活是什么模样，更知道生活应该是什么样子方能给人也给世界留下希望。显然，她在为此而殚精竭虑。这次，她的作品放大了触目惊心的惨败和慰藉、寒凉和温暖——慰藉和温暖作为温暖的火种，放在了作品的最后。这部作品对人性的挖掘，对道德的维护与拷问，对历史的打捞，对现实的批判，强劲有力。她写的是一个能够翻越过去的冬季，自然环境的、生活状态的、生存状态的，乃至社会环境的一种寒冷季节，但她为人物准备了温暖，准备了人人心中随时可以取出来的精神的篝火。

现在好了，第四次见面，我已把"老师"二字还给了她，该还我还了。想说的，我也已经说完了。今天写这篇关于她的短文，整个过程，我心情愉快。如今她叫我昌鹏，我叫她成难，虽然我们交往少，依旧陌生，但又仿佛是失散的兄弟——这种陌生而亲切的感觉，我十分喜爱。我将继续甄别，拒绝，也迎接并珍惜和天下兄弟的一场场意外相遇。汤成难，后会有期。

目录

小格局，让我失去了许多结交朋友的机会，当然这也没什么不好的。汤老师呢，自从决定送我仕女图，她也几乎不再点赞我发的微信内容。我们的联系似乎突然停止。这如同某种默契，显得有些微妙，我心里不免"咯噔"一下，空落落的，像是一脚踏空。我和汤老师估计是属于同一种人，对方稍有不适感，便能相互觉察到，会自觉中止联系。她是好作家，洞察人心、善良敏感，而我是一个内心柔软、迂腐细致，把生活也当作品来读的小说编辑。

停止联系大半年后，我和成难在几个月之内竟见了第二、第三及第四次面。2016 年 7 月 9 日，江苏的"雨花写作营"在扬州开班，每个与会编辑之前便收阅了几十篇学员的匿名小说稿，各大期刊的编辑从全国各地前往扬州当面指导学员。美丽的扬州是汤成难生活和写作的地方，这我早已在她的微信朋友圈了解，但汤成难的小说隐藏在众多学员的小说稿中，这我并不知晓。开班那天就见到了学员中有她，我颇感意外，之前她已经获得过江苏省的"紫金山文学奖"，没想到她会来当学员。当天，我把她那篇隐去了作者名的作品《我们这里还有鱼》，狠狠地"吹捧"了一番。"雨花写作营"期间，我是辅导老师，成难客气地叫过我李老师。实际上，我对写出好作品的作家，历来心怀敬意，我当时就想回敬她以汤老师。我和成难年龄相仿，"老师"二字，我愧不敢当。

成难的小说《我们这里还有鱼》(《作家》2016 年第 9 期)，能看出她作为一个作家的原创能力、思想能力及精神底色。材料，那一个个故事，是她从生活中抓取的，这种抓取是思考后的抓取。小说中一个人做肥皂生意，一个人做盆景，我读的时候真觉得那是做肥皂生意的人，那是做盆景的人。作品大致写的是：

生活如何将一个快乐年轻人的梦想磨灭，他又怎么用自己的小情趣，和他失意的生活对抗。这种对抗虽无力，但非常可贵。最终，小说写了——他是如何被生活洗劫一空，连生命也走向衰微。这显然是一个理想主义者在思考生活后，得出的一种被放大了的、触目惊心的慰藉和惨败、温暖和寒凉。对于作家而言，绝对是"我思故我在"。作家最终是要通过作品被读者看见、认清的。因为我们读到的那些漂亮句子，都是从作家心灵中飞出来的，或者是，在作家的大脑中快速地转过那么一圈。

2016年11月12日，"雨花写作营"第二期改稿会在徐州举办，促成了我和成难的第三次见面。这一次，我狠狠地"吹捧"了她的小说《共和路的冬天》。她依旧还是我通过作品认识的那个汤成难，洋溢着理想主义情怀，她知道现实生活是什么模样，更知道生活应该是什么样子方能给人也给世界留下希望。显然，她在为此而殚精竭虑。这次，她的作品放大了触目惊心的惨败和慰藉、寒凉和温暖——慰藉和温暖作为温暖的火种，放在了作品的最后。这部作品对人性的挖掘，对道德的维护与拷问，对历史的打捞，对现实的批判，强劲有力。她写的是一个能够翻越过去的冬季，自然环境的、生活状态的、生存状态的，乃至社会环境的一种寒冷季节，但她为人物准备了温暖，准备了人人心中随时可以取出来的精神的篝火。

现在好了，第四次见面，我已把"老师"二字还给了她，该还的我还了。想说的，我也已经说完了。今天写这篇关于她的短文，整个过程，我心情愉快。如今她叫我昌鹏，我叫她成难，虽然我们交往少，依旧陌生，但又仿佛是失散的兄弟——这种陌生而亲切的感觉，我十分喜爱。我将继续甄别、拒绝，也迎接并珍惜和天下兄弟的一场场意外相遇。汤成难，后会有期。

目录

呼 吸

1

　　长江水到仙城这儿的时候就没有了奔腾之势，像一个跑累的孩子，松了劲儿，江面变得宽阔起来，平缓，安静，如果是晴天，还能看到江面上泛起的细碎波光。淮河的水就是在这里入江的，由北向南，穿仙城而过。仙城的人称它为引江河，据说长江涨潮的时候，江水会倒灌上来，所以，引江河里究竟流的是淮河水还是江水，谁也说不清楚。但仙城人执拗地认为是江水，这样，横架在引江河上的引江桥也可称之为长江大桥了。

　　引江桥是二十世纪六十年代建的，桥身是水泥的，桥面很长，看起来比较壮观，对于它的长度，仙城人用脚丈量过。一千多步呢，量的人说。也有说只有九百多步，说法不一，最后数字被定格在一千零一步——仙城人比较接受这个带点传奇意味的数字。从桥上经过的人会有意无意地数着步子，要是走完桥面正好是一千零一步，他们便会露出一点不为人知的微笑。但大多数人走了一半，便停下来，站在桥中央向下看。桥下其实什么也没有，只有起着微波的江水，江水涟涟，一直通向远方，他们专注看着，又或者什么也没看，而是习惯性地将身体伏在栏杆上。栏杆是水泥的，每隔几步就有一幅图案，图案是十二生肖，由于做工粗糙，看的人要辨认很久方能猜出是什么动物。后来，栏杆被钢管替换，钢管刷了红漆，风雨之后，漆面剥蚀很多，逢年过节又被刷上一层；再后来，钢管换成了不锈钢，白亮亮的，既不需要那么麻烦地刷漆，又十分地干净，仙城的人就把身子伏在光滑的不锈钢上——可以说，栏杆的变化也正是仙城的革新与变化，这一点，仙城人是亲见了。

苏小红也见证了这一切。苏小红从不趴在栏杆上向下看，而是从桥上匆匆而过。引江河将仙城一截为二，城西是旧城，二十世纪七十年代还是新的，有着这个县城最早的居民楼。后来城市向东开发，城西就停滞下来，至今仍保持着七八十年代的风貌，老面粉厂，老职工宿舍，老浴室，老剃头店……苏小红就住在城西，在城东的食品厂上班，她记不清自己从这桥上走过多少次了，从十八岁进厂到现在，每天四次，差不多也四万次了，苏小红被这个数字吓了一跳。

桥栏杆是水泥的时候，苏小红还是个毛孩子时，被她的父亲苏师傅用右手牵着从桥上经过。苏师傅的左手是空着的，原本牵着她的姐姐苏小明，但苏小明喜欢自己跑，她比苏小红长几岁，像个小大人了，挣脱开苏师傅的手冲到前面去，趴在似是而非的图案上辨认着。

苏师傅在老面粉厂上班，头上身上常年都是白白的，他们有工作服，但面粉总是顽皮地从布缝里钻进去。他们还有带披肩的帽子，看起来有点像日本鬼子，苏小红和她的姐姐经常戴着玩。她们也去过面粉厂，看她们的父亲将一袋袋面粉运到仓库去，面粉装在布袋里，布袋也是白色的，很软，苏师傅把它们从肩上撂到地上的时候，布袋就会小声地"噗"一下，一些白色面粉从布缝里飞出来，像人的一声叹息。

　　苏师傅每个月可以休假一两天，休息的时候，他就牵着两个女儿的手，到引江桥上走一会儿。桥底下会有货船经过，一些卖大白菜的，卖西瓜的，还有卖煤炭的……他们便趴在水泥栏杆上向船上看。六岁的苏小红问苏师傅，她说，轮船在水里走，为什么没有把鱼给轧死了呢——

　　苏师傅笑起来，他也不知道怎么回答女儿的问题，只觉得问得有意思极了。他把苏小红抱起来，举过头顶，又在空中转了个圈。若干年后，苏小红总是想起这一场景——她离开了地面，仿佛在俯瞰一切，地面上有她的父亲，她的姐姐，引江桥水泥栏杆，还有更远处的轮船和青色江水。

2

　　苏小红比苏小明小四岁。苏小明读小学的时候，苏小红读幼儿园；苏小明读幼儿园的时候，苏小红也读幼儿园了——她们的母亲杨老师在幼儿园里做代课老师，所以三岁的苏小红就被她带到教室里去了。苏小红记不清是自己的记忆还是听母亲说的，三岁的她像个神童似的，具体表现在几点：一次杨老师在黑板上写下一个"飞"字，让学生们认一认。底下一片面面相觑，只有苏小红将一只细小的手臂举起来，三岁的苏小红用十分稚嫩的声音说，飞，飞机的飞。还有一次杨老师问学生们他们的理想是什么，有答做老师，有说做医生，还有说做科学家，只有苏小红说她要做歌唱家。这个回答使得全班都一阵羡慕，他们没想到唱歌也可以是一种理想。这两个关于她"神童"的例子，苏小红听过无数遍，以至于她的母亲再向别人说起时她都感到小小的不适。

她的母亲叙述重点是在第二条上，即成为歌唱家。的确，苏小红是喜欢唱歌的，咿咿呀呀地能唱出好几首。那时他们家每个礼拜都会开一次家庭会议。家庭会议无非是每个人说一下刚刚过去的一周和即将到来的一周做了什么和完成什么，这些都是三言两语的事，所以，剩下来的很长时间是个人才艺表演。她们的父亲苏师傅会吹口琴，苏师傅当过兵，吹的歌曲都是《打靶归来》《十送红军》什么的。杨老师呢，会弹琴，家里有一架风琴，杨老师坐在风琴前，身体随音乐摇摆。杨老师弹琴的时候她的姐姐苏小明便跳起舞来，苏小红不爱跳舞，或者说有些不好意思。这一点她的母亲也批评过——不出趟——她用仙城的方言说。所以苏小红只站着唱两首歌，她把话筒（手电筒代替）握在手里，头低着，声音细小而胆怯。尽管这样，苏小红也是十分喜欢这样的夜晚的，她想到那些描述家庭幸福美满的场景大概就是如此的吧。

　　苏小红读小学的时候，她的姐姐苏小明已经到了引江桥东的中学去了，家里给她买了辆自行车，正流行的 26 型的，没有大杠，屁股一抬就上去了。苏小红已经会骑车了，姐姐放学回来后，她就把自行车推出去骑上一圈，从小区一直骑到引江桥，但不过桥，她一个人不敢的，就在桥头上调头返回。苏小明也经常骑车带苏小红去桥东玩，那里有小商品市场，有游乐场，还有商业大厦，她们并不乱买东西，而是用零花钱买一串糖葫芦分着吃。常常是苏小红坐在后面，把糖葫芦串伸到前面，苏小明咬下一个后她再咬下一个。回来的时候，她们会把车停在桥中央，和那些站在桥上的人一样，吹一吹江风，再看一看远方。她记得她的姐姐苏小明看着夕阳感叹的那句话，那时她已经学了不少古诗了，也能灵活运用，苏小明说，夕阳无限好啊。然后她告诉苏小红，这真是一个美好年代。

苏小红不太懂苏小明的意思，但她十分崇拜她，甚至为苏小明能背诵出"夕阳无限好"这样的诗句感到自豪。她也看着江面，碧波万顷，夕阳洒在上面，江水平静悠缓，流向她所不知道的地方。

　　苏小红四年级的时候，成绩开始平平了。她生得小巧，说话声音纤细，坐在角落里是不太引人注意的。那时杨老师还在幼儿园教书。幼儿园和小学在同一个大院里，下课的时候，苏小红还能看见她的母亲从操场经过。杨老师个头不高，齐耳短发，平时不苟言笑。有过去的学生看见她了，便叫一声"杨老师"，杨老师就抬起头"嗯嗯"两声。她走路快，步子却很小，所以看起来总是一副急匆匆的样子。杨老师也不来看苏小红，但苏小红知道有一道目光经常落在她身上的。从幼儿园到小学她经历了一段不为人知的过程——她的母亲不再教她了，她的姐姐也刚好离开小学。她感到害怕，学校里那么多陌生人，那么多陌生的角落，如果没有同学陪她一起上厕所，她是一个人害怕经过漫长而嘈杂的操场的。后来有一次，她去倾倒垃圾，垃圾房寂静无人，她倒完垃圾拔腿就跑。当她一口气跑到操场的时候，突然看到幼儿园教室窗口有一双眼睛，正是母亲，站在窗户的玻璃后面看着她，苏小红顿时感到温暖，差点流出泪来。

　　苏小红生性胆怯，说话走路都是低着脑袋的。夏天时，苏师傅常常带苏小红到引江河边去，河里很多人在游泳——仙城水多，在水里淘个米洗个菜，顺便把澡也给洗了。傍晚时候，水面上总是漂着一些瓜皮似的脑袋。这些脑袋里也有苏师傅，这个时候，苏小红往往蹲在岸边，张着嘴表示着羡慕兴奋和害怕。后来，苏师傅不知从哪儿找来了一只旧轮胎，就试着让苏小红躺上去。关于这个，苏小红差不多花了两个暑假才鼓足勇气，轮胎中心是空的，屁股坐上去后，身体便呈了"U"型，苏师傅轻轻一推，轮胎顺流而下——这是苏小红夏天里最快乐的事了——轮胎一路向南，从坝口出发，穿过引江桥洞，一直到三江营，江水清澈，甚至能听到晶莹剔透的声音。苏小红微闭着眼睛，两只手划着水，岸边打了卷儿的柳树，以及啪啦啪啦抖动叶子的杨树，都向身后跑去了。她觉得这个城市真好，那么漂亮，又那么温柔，她不知道用怎样的语言来形容这种"好"，它渗透在心里，让坐在轮胎上漂浮的苏小红牙齿都情不自禁颤动着。

<h1 style="text-align:center">3</h1>

这一年的苏小明已经读初三了。苏小明的性格和苏小红截然相反，她活泼，好动，学习上要强，是班上的体育委员。苏小明还参加了"白天鹅"小作家班，据说作文写得倒是很好。老师们也很喜欢她，认为苏小明将来是"很有出息"的。所以，苏小明在后来填报志愿的时候没有选择师范中技什么的，而是填了高中，她要上大学。

苏小明如愿进入一所重点高中，她的成绩依然名列前茅。为了能多点时间复习，苏小明要求住校，这样，苏小红只能在每个周末才能见到姐姐了。苏小红平时也没有什么朋友，除了苏小明，她很少和别人讲话。每个周五傍晚，苏小红都去引江桥上等姐姐，远远的看见一个骑粉色自行车的女孩，苏小红就挥起胳膊，等车到跟前了，再追着车小跑一阵，跳上去，她环抱着苏小明的腰，一路春风拂面。苏小红喜欢听苏小明讲学校里好玩的事。苏小明说，住校其实挺好的，不过要自己打饭打水，自己洗衣服，宿舍里十个人，晚上一起泡方便面吃，早上也不能睡懒觉，十个人，吵死了。苏小明停了停，又继续说，不过呢，你这种性格是不适合住校的。苏小红嘟着嘴，也不说话，好像默认了似的。

这些年的家庭会议一直继续的，会议三言两语，结束后苏师傅仍旧用口琴吹那几首歌，杨老师也照样弹风琴，只有苏小明和苏小红有了新的舞蹈和歌曲。苏小红唱的歌都是苏小明教的，她的声音还是很细小，像初春的一只蜜蜂。轻舞飞扬时，杨老师的脸上总是会露出一点微笑，仿佛被感染了似的，苏小红记得月色下母亲的微笑，那微笑就像一只透明的蝴蝶，落在她的脸上。

苏小红之所以记住这些，是因为在此之后，再也没有见过母亲的笑容了。

1996 年的夏天，她的姐姐苏小明跳江了。

苏小明是从引江桥上跳下去的，跳江那天下大雨，桥上没人，或许有人，但没看见。尸体是第二天在入江口发现的，捞上来时已经涨得滚圆，衬衫纽扣都被撑破了。仙城人说，要是再晚一步，就被江水冲到大海里去了。

没有人想到苏小明会自杀，更没人想到苏小明高考落榜。这一年，她考得很不好，连她的老师们都感到十分意外，那些平时成绩一般的倒是考走了，这对苏小明的打击很大，她把自己关在屋里，一个夏天都没出门，唯一的一次，就是跳江。

苏小明死后，杨老师变了一个人，不像从前那般衣衫整洁了，头发也常常忘记梳，她每天都去桥上呆望，苏小红把她拉回来，一眨眼，人又不见了。杨老师不去幼儿园教课了，因为学校有了新的老师，人是越来越瘦，话更少了，只要一开口，就是关于苏小明的。有一阵子，苏小红发觉她很像祥林嫂，这么一想，不禁打出一个冷颤来。

初中毕业，苏小红进了职校，这是她自己填报的志愿。这时的杨老师已经病了，躺在床上瞪着天花板发呆。也去医院治过，具体是什么毛病，医生没给出个说法来。那段时间苏小红每天去医院照顾母亲，下午的课她是不上的，她学的财会，不像自己想的那么有意思，而且，苏小红讨厌算盘，噼里啪啦的声音使人烦躁。苏小红跟班长请了假，逃似的离开课堂，去菜场买点菜，回家做好便送到医院去。杨老师吃不了什么，一点点汤水喝进去都会吐出来。她死劲咳着，像要把五脏六腑咳出来似的。这个时候，苏小红就在她后背轻轻拍着。

从病房的窗口可以看见远处的引江桥，桥面有一小段被居民楼挡住了，露出的那一截便有些怪怪的。苏小红常常坐在窗口向外看，从桥上经过的人骑着车或者步行，走着走着仿佛就走进了居民楼里。楼房使引江桥变得不那么雄伟了，它们是什么时候砌的，苏小红都不知道，楼房外面刷了漂亮的涂料，蓝得跟天空似的。远处，江面依然辽阔，两岸停了船，一些卖白菜或卖西瓜的会在仙城停下，稍作停留，加水，补给物资，顺便也能将船上的东西卖出一些。仙城人喜欢这些小贩船，尤其是卖西瓜的，每年夏天都来，瓤甜，皮薄，比周边镇上的西瓜好吃很多倍。西瓜船是要到上海去的，也有的停在仙城就不走了，他们把船歇在引江桥下，一块跳板伸到岸上来。第一个看见船坞里西瓜的人，一定会趴在栏杆上朝下喊几声——西瓜阿甜啊？船上的人也大声回答说：甜了进了心！仙城人是喜欢这个回答的，虽然辨别不出口音的出处。桥上的人下桥了，顺着台阶，跳板，一直走到船上。苏小红也跟苏师傅去买过西瓜。苏小红不太敢走跳板，上下晃得厉害，后来船上的人告诉她，只要跟着它一起晃动就会很稳当。上了船，苏小红站在甲板上向桥上看，桥上的人也垂着脑袋向她看过来。她第一次从这角度看引江桥，不像在桥上看那样雄壮，几个桥墩敦实地插在水里，江水轻拍着，倒是一番和谐又温暖的景象。苏师傅还在挑西瓜，苏小红便继续四处看着，远处的江面和天空是一样的颜色，水波一浪浪地向前涌去，江水涟涟，如岁月流淌。

看什么呢？苏师傅说。苏小红愣了一下，倏地站起来，这才发现是在病房里，杨老师正和她一样目光呆滞地看向远处。她抬起瘦如细竹的手，挥了挥，叫苏小红回去。杨老师每天都让苏小红回去，她是个自觉而有分寸的人，生怕子女厌烦。晚上，苏小红也不回去，她向护士找一张折叠床睡在旁边。病房里还有另外一个病人，小腿骨折，刚往里面打进去一根钢筋，夜深人静时，骨折的人就开始哼哼，再伴着杨老师偶尔一声哀嚎，苏小红便感到很害怕，她蜷在钢丝床里，一动也不敢动。住了一段时间，杨老师回家了，身体并没有好转，每天坐在一张藤椅上，整个人像陷进去了似的。苏小红一次帮她洗屁股时，突然发现杨老师变得很轻很轻，她弯下腰扛起她，差点将杨老师翻了过去。杨老师的脸瘦得"只有巴掌大"了，眼眶、嘴唇，都是乌黑色的，她坐在藤椅里，两眼空洞。苏小红想，她的母亲原本是那样干净利落，怎么就变成这样的呢。一天，杨老师突然抓住苏小红的衣服，哭起来，她已经不能口齿清楚地说话了，但苏小红能听得出来，她想吃东西，她想吃萝卜干。苏小红赶紧从厨房拿来腌好的萝卜干，看着杨老师将它们一起塞进嘴里。就在吃萝卜干的三天后，杨老师死了。苏小红哭得很厉害，她不知道母亲的死是不是跟萝卜干有关，她趴在她干瘦的身体上，哭得死去活来。

4

母亲去世后，苏小红也辍学了，这是她自己的意思，苏师傅对此并没说什么，他和从前一样不爱说话，不发表意见，闷着头吃饭睡觉干活。

家里突然变得空空荡荡，原本四个人的，现在只剩下他们两人了。房子是两室一厅，从前一个房间住着苏小红姊妹俩，一个房间住着苏师傅夫妇，现在，两个房间都少了一人。晚上的时候，苏小红躺在床上，竖着耳朵听隔壁的动静，可是连鞋走动的声音都没有，她吸一吸鼻子，眼泪便从两角流了下来。

这年苏小红进了工厂，在一家食品厂上班，食品厂生产各种速冻包子，苏小红负责把起锅的包子在工作台上摆放整齐，冷却后分装到纸盒里。这个岗位不需要很多人，三个人轮流倒班就行了，不像包包子的，工作台两边围坐了十来个妇女，她们一边干活一边聊天，很是热闹。

苏小红经常带一些包子回家，都是一些残次品，员工购买只有半价。有了包子后，他们的饭就简单多了，父女俩在一起吃饭的机会不多，也只有在晚上那么一小会儿。他们坐在白炽灯下，方桌的两边。这张桌子已经很多年了，苏小红很小的时候就伏在上面吃饭做作业了，她记得苏小明用一支圆珠笔从中间画了一道线，告诉苏小红她们一人一半。那些年，她们还在一起做作业，一起睡觉。苏小明喜欢读书，每天晚上读一些向同学借来的课外书，而苏小红早早就睡着了，等她一觉醒来，苏小明还在读书，灯光很暗，在她周围环了个圈，窗帘垂着，外面应该是暗蓝色的，苏小红翻个身，她觉得这一切真好，真温馨，床，被窝，窗帘，灯光，还有，她的姐姐苏小明。而现在她们的房间还是那个样子，还是过去的窗帘和被窝，但一点都不温暖。苏小红把头转过去，她们的房门上还画着她和苏小明不断增加的身高刻度，苏小明的在 1.54 米的地方就不再有了。这使她有些难过，苏小红把头抬起来，正巧碰上苏师傅的目光，两束目光像胆小的人一样迅速避开了。

这些年，面粉厂的效益并不太好，一些新的精细面加工品代替了它们，好像仙城的人已经不习惯原来的味道了，也难怪，一切都在改变。面粉厂的机器实在是太老了，不能生产出市面上需求的面粉来，只有一些老城区的居民来这里购买，仿佛为了忆苦思甜。有人提出要改制，倒也试行了一段时间，派人出去学习、调研，等等，似乎并不成功，业务越来越淡，就连仙城本县的食品厂都不再来购买面粉。此时的苏师傅没有从前忙了，他大多时间待在家里（工作一天休息一天），苏师傅原本生性孤僻，闲下之后更加沉默寡言。苏师傅喜欢抽烟，苏小红回来的时候，总是看见苏师傅坐在藤椅上抽烟。苏小红便说，你不能这样抽烟哎。苏师傅就抖索着把烟给灭了。

苏小红也到了谈婚论嫁的年纪了，有人要给她做媒，她拒绝了，拒绝的理由是先好好挣钱。这个回答是没有逻辑的，但苏小红的意思是，这些年家里没有一分积蓄，谈了恋爱哪有钱买嫁妆呢。

反正闲着也没什么事，苏小红就给别人织毛衣。桥口有一家毛线店，加工一件大概三十五元钱，男人的要贵一点，四十元，所以苏小红就专织男士的。下班回来随便吃一点便躲进房间，把台灯打开，脚蜷在被窝里。远处有汽车的声音，还有一些分辨不出是哪儿传来的声音。她一边听着一边织毛衣，脑子里便开始想过去的事，想她的姐姐苏小明，还有她的母亲杨老师，这个时候，苏小红眼睛就会湿润。她把手上的毛衣停下来，抬起头，看着屋子里的边边角角，恍惚苏小明正躺在她的身旁，她们的母亲像往常那样轻轻推开门，叫她们早点睡觉——苏小红把毛衣捂在脸上嘤嘤哭起来。

这年冬天，苏师傅下岗了。面粉厂被一个台湾来的老板收购了，台湾老板看中了面粉厂民国时期的房屋造型，说是要打造成民国风情的宾馆。苏师傅和厂里其他员工只得到三个月的工资补偿，也就是所谓的"一刀切"。有工人去闹事，希望能给个说法，苏师傅也参加了，但面粉厂也拿不出额外的银两，县里领导说，台湾老板是招商引资来的，你们这样闹事，会把人家吓走的，吓走了谁来我们仙城投资呢，仙城要开发，开发了大家日子就好过了。工人们被最后一句感染了，好像看见好日子向他们奔来似的——他们从面粉厂出来，每人分得几袋面粉，算是打发。

那几袋面粉被苏师傅堆在床底下，有一次苏小红用它们做了汤圆，却被苏师傅责骂了一通，苏师傅的责骂也不像责骂，他的声音很轻，含含糊糊的，最后竟然抱着面粉袋哭起来。他把拆下的袋口又缝好，扛在肩上，从厨房里运到床底下，面粉袋在他肩上服服帖帖，放下的时候，"噗"的一声叹息。苏小红突然明白了苏师傅的心思了。

苏师傅仿佛一夜之间老的，他的头上身上不再有面粉，但头发却全白了。他要么坐在藤椅上发呆，要么就是满仙城跑，苏小红不知道苏师傅每天干什么去，只是到傍晚时分他才急匆匆走回来。有一天，天黑了苏师傅才回到家中，苏小红问他怎么这么晚，他支支吾吾半天才说明白——他迷路了，他找不到家。苏小红正在喝粥，手心里顿时渗出一丝汗来。

苏小红是不久后看出苏师傅患上老年痴呆的。他总是把面粉袋扛在肩上，从房间里运到院子里，再从院子里运到房间里。他已经记不清苏小红的名字了，常常停下来愣愣地看苏小红。

5

　　冬天的时候，苏小红恋爱了，其实也算不上恋爱，别人介绍的，才见过两次，彼此并没有觉得对方有什么不好，大概都到了紧迫的年纪，所以不那么挑三拣四。男孩也比较内向，两人在一起的时候大多是沉默。或许是要打破这种沉默，第三次约会的地点男孩选择了溜冰场，苏小红没什么反对意见。男孩去买了票，给苏小红一张，他们都不会溜冰，换好鞋坐在长凳上看着。溜冰场里音乐激昂，给人一些蠢蠢欲动的感觉。2002年的溜冰场已经不太景气了，只有少数的人，仿佛是缅怀和追忆，场上的人溜得很好，跳着，转着，接龙着。大概是受了感染，男孩和苏小红挽扶着站起来，跟跟跄跄，像两个相依为命的人。这种感觉令苏小红内心一阵温暖。他们沿着栏杆走了一圈，身上出汗了，其间还摔了个跟头。一圈之后，苏小红又回到长凳上歇着，男孩似乎不罢休，独自顺着栏杆蹒跚而行。苏小红把两腿伸直，小腿由于过度紧张而有些酸疼，但这不妨碍她喜欢这个地方。过了一会儿，男孩也回来了——似乎又摔过几跤，他挨着苏小红坐下，低着头重新系鞋带。灯光闪烁着，他们并没有交谈什么，因为太吵了，再说，需要说什么呢，这么坐着，相互挽扶着，不就十分美好么。可是，到了傍晚的时候，苏小红的手机突然响起来，这是她刚刚咬牙买的，她想即使自己不在家，苏师傅也能方便联系到。手机响的时候，苏小红和男孩都心里一紧，好像这个声音在欢快的溜冰场出现是多么地不合时宜。果真，电话是派出所打来的，打了很多遍，大概太吵没听见——苏师傅又找不到家了，他在面粉厂附近绕了很多圈，最后被人带到了派出所。苏小红没有告诉男孩具体什么事情，只是跟他说她要先走了。她把鞋又换回来，不穿溜冰鞋整个人都矮了一截，她从逼仄的楼梯往下走，腿轻得走不起路来，这使她有种说不出的难过，丝丝缕缕的，像身后渐渐远去的音乐一样。

再次约会的时候，苏小红不愿去溜冰场了，她提出是否可以去公园，男孩没什么意见，爽快地答应了。苏小红又说，她要把她的父亲也带着——

后来男孩怎么挂的电话苏小红已经记不清了，只记得电话那头突然没了声音，那种寂静令人提心吊胆，很长时间之后，耳边就有了嘟嘟响声。再后来，苏小红没有接到男孩的电话，她也没有给他打电话，她那么腼腆和自尊，尽管暗地里也为这段短暂而美好的感情流过几次泪。

这一年的苏小红已经二十八岁了，这在仙城人看来也是个老姑娘了，偶尔还有一些来说媒的，但苏小红的条件一提出，对方就拔腿而跑了。苏小红说，她是有要求的，她的要求是带着她的父亲一起出嫁。

苏师傅已经有好几次是由片区民警送回来的，苏小红如果不让他出去，他就会将那些面粉袋搬来搬去，地上撒得白白一层，搬累了就呆坐在藤椅上，眼神迷蒙而空洞，很多时候，苏小红都被这眼神吓一跳，她想起她的母亲来，想起母亲临终前的模样，于是赶紧把父亲唤起来。

6

　　冬天过去，春天来临。这一年春天不同于过去的任何一年春天，人们不敢四处走动了，饭店、学校、商场都统统关了门，当然，也不仅是仙城，整个中国都处于一种兵荒马乱之中。苏师傅被隔离起来了，原因是他在路上打了个喷嚏。隔离场所选在仙城小学的一间教室，四个不同原因打喷嚏或咳嗽的人被关在一起。苏小红只能通过窗户看父亲，他看见父亲惊恐而无助的眼神，苏师傅抓住窗栏向她招手，嘴唇抖索得一句话都说不出。苏小红带来的衣服和食物都要被没收了，说是要消毒。她戴着口罩（必须这样），隔着纱布和父亲说话。她看到的人，脸上都戴着口罩。

　　从学校到家并不远，这条路和从前几乎没有变化，这使她恍惚又回到了童年时代，回到那个被父亲牵着去引江桥的年纪。两边的门面房都拉得严严实实，路上行人并不多，整个世界空空荡荡，她想尽快走完这条路，又不知道走完这条路该去哪里。家里更是空荡，一丝生机都没有，她没想到房子也会像人一样老去，没有了过去的新鲜和牢固，吊顶上的石灰掉了一块，窗玻璃也碎了，两张椅子已经断了腿。苏小红没有回家，而是去了引江桥，风不大，带着丝丝的燥热。桥上没有人，好像此时的风景与生命比起来微不足道。苏小红站在桥中央，想起从前和苏小明一起过桥的日子，想起被父亲举过头顶的日子，想起坐在旧轮胎上顺流而下的日子。那时一切都好，仿佛世间万物都带着阳光的味道。她还记得江水的颜色，和现在一点都不一样了，记忆里的江水清澈而泛着细碎银光，而现在，浑黄而厚重，暗自涌动。苏小红踮起脚，像小时候那样进行远眺。她看见了食品厂灰色的屋脊，那些灰暗的线条在梧桐树后若隐若现，她伸着脖子寻找不同角度，好像看得多一点就更能安心落意些。看得累了，才长长舒口气，然后又把目光投向更远处。远处，城市像一棵蓬勃的藤蔓正向四处延伸，她看见了崭新的楼群，看见了更多的柏油马路，她不知道那些柏油马路什么时候多如蛛网的，那些高楼又是在哪一天突然就拔地而起了。她像第一次看见这座城市似的，感到惊异和陌生。

下了桥，桥东依然很空荡，商业大厦的高楼杵在那里，十分突兀。墙面上的马赛克已经脱落了很多，那些绿色的小方块会猛地砸在脚前，啪嗖一声，总叫人想起那些似水流年的光阴。苏小红一阶阶地爬上去，爬到最高处。台阶还是水磨石的，踏面上嵌着钢条，鞋踩上去，踢踏作响。那些年仙城人都爱在鞋跟上钉副铁掌子，说是保护鞋跟，二来还能发出这样富有节奏的声音。现在，这些声音都没有了。寂静笼盖四野。

后来，她还经过溜冰场，依然是安静的，铁门紧锁，广告牌上的"溜"字掉了三点水。苏小红在铁门前站了会儿，耳边仿佛又回响起当年的音乐，是的，那时候，有个男孩挽着她向前走，他们跌跌撞撞，踉跄而行，她摔倒的时候，男孩试着来扶她，结果也栽在她身上，他们相互拖拽，像一对相依为命的人。男孩此时在哪里呢？在仙城的哪个角落？苏小红并不知道，当她经过这里，当那些记忆慢慢走来的时候，她感到丝丝的温暖，又有丝丝的难过。

苏师傅很快就解禁了，因为只是轻微的感冒，跟"非典"没有关系。苏小红把父亲接回来，特意炒了几个菜。她给他斟了点酒，郑重其事地碰杯。苏小红有些感慨，或许跟这些日子家中的寂静与空荡有关，她说，我们振奋起来好么，我们要像从前那样生活。她一仰脖子将酒干了，眼泪都被激出来。苏师傅木然地看着她，像个孩子似的，尔后也学着一饮而尽。苏小红说，我们要把家里重新收拾一下，太旧了，要跟从前一样有生机。苏师傅点点头，苏小红又说，我要把窗帘换了，再买一对沙发……苏师傅又点点头。苏小红说得很快，很激动，以至于眼眶又湿了，她说，现在，现在我们就开个家庭会议，把下一周要做的事说一下……你要帮我挂窗帘好不好……我们不要让家里再死气沉沉了，我还要买几盆花……你要照顾好花……还有，不许到处跑，天黑之前一定要回来……你要记住家的方向，还要记住我的电话号码……苏小红哽咽起来，她把眼泪抹掉，站起来，现在，她说，现在该你表演节目了——

7

十多年之后，苏小红每回忆起那个晚上，仍然历历在目，她记得和父亲一起表演的节目，苏师傅吹着口琴（虽然很多地方出错了），她像握着话筒那样握着空拳，第一次声音洪亮地唱起来，歌是从前苏小明教的，《我的祖国》，苏小红扯着嗓子，好像不仅是唱给自己听，唱给父亲听，还唱给板凳听，唱给窗帘听，唱给这间老旧而破败的屋子听——一条大河波浪宽，风吹稻花香两岸……这是美丽的祖国，是我生长的地方，在这片辽阔的土地上，到处都有明媚的风光……

2016 年的苏小红仍然没有结婚，四五年前，还有人陆续为她说媒，说过一个瘸子，说过一个哑巴，还有一个农村的男人。事情当然都没有成，这之后，再也没有人给她说媒了。苏小红记得最后一次相亲的时候，说媒的人将对方带到家里，男的有点跛，走路右腿一撂一撂的，右手有点不听使唤，总是猛地对着自己的脑勺抽一下，他在屋子里看了一圈，嘴里也间歇性地发出"啊"的声音，苏小红看出他的毛病了，脑瘫。男的走后，媒人问苏小红的意思，苏小红抿着嘴不说话，过了会儿才开口，她也不知道自己怎么说了那么长的话，说了那么多的话。她说，她多么喜欢"4"这个数字啊，他们家以前就是四口人，一家四口，吃饭时坐在桌子的四面，有四张椅子，四把牙刷，四双拖鞋。可是后来呢，少了两个，剩下她和她的父亲，四减去二，两个人了，这么多年来，她又习惯"2"这个数字了，她买东西时都习惯买两份，他们有两条毛巾，有两把钥匙，做饭也做两个人的……她不习惯其他数字了，是的，不习惯了……

苏小红每天骑着自行车去食品厂，她不再负责冷却和包装了，而是每天对着锅炉记录一些数据。食品厂不是过去那种人工生产了，厂里有了新的设备，汤圆包子也是由机器模子压出来，被放在不同的锅炉里（锅炉也不需要人烧），当锅炉上的数字变成绿色时，就意味着食物熟了。锅炉密不透气，看了很多年的蒸笼与热气腾腾不见了，苏小红还记得那些松软的包子躺在案板上，胀开，又收缩，像一个个活物。而如今，包子刚从锅炉里出来，被迅速送到冷冻间，它们还没来得及呼吸一下，就被冷冻上了。苏小红想起她的父亲，此时的苏师傅也正躺在医院里，他也不能好好呼吸，嘴和鼻子都插了管子。这些年苏师傅切除过阑尾，胆囊，半截肠子，一片肺，一只肾——身体里的东西一件件地减少。他患了肺癌，肾也衰竭了，随之而来的各种病症，仅存的那只肾已经做过手术，把细小而堵塞的管道换成了人工管道。实际上苏师傅早已认不出苏小红了，也不知道自己的名字，他躺在病床上，两只眼睛看着天花板，苏小红喊他，爸爸，爸爸，苏师傅不理睬，过会儿才会抓住苏小红的手说，你是小明啊——这个时候，苏小红就会流出泪来。

秋天的时候，苏师傅病情好转一些，苏小红把他接回去住了一个礼拜，他每天半躺在床上，由于瘦削，脸上的皮肤收缩了似的，嘴唇张开着，仿佛不能合拢，此时的苏师傅只剩下八十多斤了，轻飘飘的，苏小红抱着他从床上移到阳台上，也并不费力。秋风微起，阳光明媚，苏小红也搬张凳子坐在苏师傅旁边，她的手里是一件织了一半的毛衣，苏师傅的，这些年她已经把毛衣织得又快又好。苏师傅看着外面，喉口呼哧呼哧地喘着气，他一会就抬起手臂，像个孩子似的告诉苏小红，疼。他的声音只剩下气声，还伴着浓重的干咳。苏小红停下手里的活，握住伸来的手——这张手已经老透了，锈迹斑斑似的，老年斑，针眼，布满手面。苏小红用手搓揉一会儿，告诉他，好了，不疼了。苏师傅这才缩回手去，眼睛木木地看着远处。

8

寒冷来临时，苏师傅又住到医院里了，这一次似乎比往常更严重，隔些时候苏师傅会抽搐过去。有一次，差点咬到舌头，医生说，咬了舌头，人就完蛋了。他给苏小红几根竹棒，说抽搐时就把这个塞进去。

没几天工夫，苏师傅又被推进重症监护室，病情突然恶化了。

医院不停催医药费，而此时的苏小红已经拿不出钱了，她把家里的电视和冰箱都卖了，在二手市场争讨半天，最后两件以六百元成交。她还卖过两次血，也不多，只够一天的医药费用。苏小红一直在筹谋钱的事，这是她最头疼的。苏小红甚至想去面粉厂讨个说法——医生说苏师傅的肺癌可能跟几十年的粉尘有关——她在面粉厂周围走了几圈——除了外墙，几乎跟过去的面粉厂没有任何关系了。宾馆的生意大概还不错，门口进进出出的人。苏小红在旋转门前站了会儿，又垂头丧气离开。她去了自己的单位——已经请假很久了——食品厂门口的那株梧桐什么时候伐去的都不知道，上个月她向厂里借了一些钱，领导勉强签了字，说了很多难过话，她也不知道如何再开口。

天黑的时候，苏小红才赶到医院，这些日子她一直待在医院里，不想回去，生怕一回去，苏师傅就醒来了，或者就这么走了。想到这里，苏小红不禁抽泣起来，她不知道父亲如果也离开了，家里将会多么空荡，这些年苏师傅虽然痴呆，但他是她的父亲，是和她一起经历过过去美好生活的人。

走廊里只剩下她和另一个女人了，女人的丈夫上个礼拜刚送来的。女人蓬着头倚在椅背上，脸色不太好看，她也不回去，夜里用一块毯子裹着自己。有次苏小红担在身上的衣服掉下来，女人便将毯子盖在苏小红身上。苏小红醒来了，像是被突如其来的温度惊醒似的，她把毛毯还给女人，坐起来，干脆也不睡了。走廊里无比阒静，只有远处的病房依稀传来的咳嗽声。女人突然打破沉默，她对苏小红说，简直是把钱往水里扔，每天待在重症监护室也不是个事，哪有那么多钱呢，即使把房卖了都不济事……苏小红不知道她说的是谁，但猛地一愣，然后站起来，迅速跑出去。

是的，房子，她还有房子，还有那间二十世纪六十年代建的老房子。其实早前她就想过这个问题，只是在脑袋里忽闪一下，她不愿去想，她不知道房子卖掉之后该怎么办，那是她一家四口共同生活过的地方，是她过去所有生活的记忆承载。那些窗户和木门，还有地砖，记得被父亲挽着一块块地跨着，四岁的她已经会数数了，她的母亲说她是个神童呢，她从第一块数到最后一块，三十六，她告诉母亲。现在，每当她走在地砖上，都会想起她的母亲。

还有，和苏小明的房门上，依然可见她们各自的身高刻度，一岁岁的，记录得真真实实。这些，让她觉得自己还没有长大，时光没有开溜，苏小明也没离开，她们躺在一起，像小时候一样。门后面，是杨老师给她们钉的钉子，用来挂书包，左边一只是苏小明的，右边一只是苏小红。那天杨老师用刀柄将钉子钉下去的，后来，苏小明在她的那个钉子旁画上了一朵花，而她在自己的钉子上画上了一只太阳。

太多了，屋子里的每个角落都渗透了回忆，阳台上的储物间，玻璃上贴的画，门把手上缠绕的布，等等，即使在一盘韭菜里，即使是从窗帘泻进来的一点月光里，都能找到从前的味道。

但是，现在，她决定卖掉房子。在做出这个决定的时候，心里重重地一沉。房子和父亲，是这个城市里她唯一的联系了，城市在日新月异变化，这种变化让人感到恐惧和没有安全感，她看到高楼像笋子似的每天长出很高会害怕，看到路上的汽车越来越多会害怕，但只要一走进自己的房子，走在父亲身边，就踏实和安全了。

医院又打来电话，说是再欠款，就得从重症室搬出来了。苏小红支支吾吾，说，尽快，会尽快，她尽快去缴钱。

房子卖得很快，因为便宜。一些衣物暂时放在自行车库里，新主人同意她拖延几天搬出。把钱缴到医院的那天，她说不出是难过还是高兴，仿佛这些钱就能把她的父亲换回家。

走廊里的女人不见了，护士说她男人昨天走的，没抢救得过来，女人在走廊上号啕大哭，坐在地上，后来还昏厥过去，被两个保安抬走的。苏小红浑身哆嗦着，仿佛死神刚从这里经过。她趴在玻璃上看父亲，父亲安然闭着眼睛，鼻子里仍然插着管子，用皮筋箍在脑袋上，几缕花白的头发由于长期躺着，向上翘起。他的身上盖着薄被，平展展的，恍若下面没有身体。医生说，醒来就脱离危险了。她相信医生的话。

　　苏小红在走廊里坐了两天，其间进去看了父亲一次。她也被要求戴上口罩和帽子，换了鞋，父亲的床就在最里面，几个仪器间隔低鸣一声，以及氧气瓶里水泡神经质似的咕噜一下。父亲还在昏迷，像睡着了，呼吸平缓。苏小红蹲下来，握住父亲的手，这只手，已经没有一丝肉了，干枯、脆弱。她低下头，眼泪溢出来，她贴向父亲的耳朵，轻声说道，苏师傅，快醒醒，我们要开家庭会议了——她捂着脸哭起来，眼泪淌进口罩里，很快就不见了——你不能再睡了，不允许你再睡了，你快醒来好不好……

　　从医院出来，太阳正刺着眼睛，冬天已经来了，风裹着人走。苏小红没有骑自行车，而是慢慢在路上走着，身边车水马龙，每个人都急匆匆地去某个地方，可她不知道去哪里。她远远地看着引江桥，桥上还有一些看风景的人，好像这么多年都没离开似的，突然，苏小红惊叫起来，栏杆，啊，栏杆，她发现不锈钢栏杆不见了，桥侧一览无遗，远处的矮楼和江水都能看见了。江边已经没有了驳船，岸上是一溜烟的水泥台阶，有人在台阶上走着，似乎并不怀念消失的西瓜船，仿佛这就是生活本身。苏小红跑上桥，这才发现，栏杆换成了透明的玻璃，玻璃用驳接爪连接的，由于透明，使得桥面看上去宽阔不少。她向后倒退着，不敢向前，她不知道是什么使她感到害怕。

口袋里的手机响了，还是医院的，电话里告诉她，苏怀国就在刚刚，停止了呼吸。苏怀国是她的父亲。

　　苏小红呆怔在路边，好一会儿才开始向前走，她突然觉得双腿沉重，似乎每跨一步都十分吃力。电话里叫她去医院办理手续，下班前，电话里的人说。

　　她从桥上下来，倒不像是走下来的，而是风吹下来的，她感到冷，浑身一点热气都没有，风钻进脖子，绕过身体，又刮在脸上。苏小红走不动了，她想躺下来，真的，她感到无比地累，好像刚刚那个电话将她最后一丝力气都用尽了。她想起小时候苏师傅带她来引江桥，她也常常耍赖说走不动了，苏师傅便蹲下来，将她扛到肩上去。

　　苏小红站在桥头，看着马路上川流不息的车辆，她不知道人们为什么这么忙忙碌碌，他们奔跑着，究竟是为了到达还是离开。

　　前面的站台正停下一辆公交车，车尾的红灯像是在催促乘客似的。她走过去，人很多，纷纷向上挤。后面有人推她，侧面也有人推着，好像不是要挤进去，而是要破茧成蝶。苏小红恍若是被挤抬上去的，她的脚几乎悬空了，人流将她向前推，又向前推，一直被什么东西挡住了才停下——是另一个人的身体。后面的人还在推挤，使得她和这个人靠得很近，她的脸几乎贴在对方的胸脯上，苏小红突然感觉到一种柔软而温暖的东西，是毛衣，和鼻腔里均匀的呼吸，它带着轻微热气，平缓地、有节奏地拂在她的脸上。苏小红抿着嘴，眼泪从眼角溢出来，她把脸紧靠在毛衣上，感受着一个人平静而均匀的呼吸，然后，轻轻闭上眼睛。

老马的木枪

1

老马智障的女儿坐在椅子上晒太阳，嘴角挂着一尺来长的口水，亮晶晶的。老马的老婆一边在哼着歌，一边在踩易拉罐，或者叫"拍"，她用的是手，她的手和脚一样麻利，"啪"地一声，扁了。她叫黄翠花，人和名字差别大了，倒不是说老马老婆长得不好看，而是老马老婆没有腿，屁股往下齐刷刷地没了，究竟是哪一年"没了"的，老马也不清楚。反正是小时候，老马说，栽秧的时候，水渠里到处是水，放了学不好好走路，一个水渠一个水渠地跨回去，这一跨就把腿给跨没了。一旁黄翠花也歪着脑袋在回忆着，又像在自言自语——那根高压线怎么就掉进水里了呢？那个水渠怎么就没有跨得过去呢？她说自己被救上来的时候两条腿就焦黑焦黑的了。说这话时她的双手从腿根处向前延展，好像正在抚摩两条无形的腿。

没了腿的黄翠花没觉得矮人一等，当然，她真的是矮了下去，老马给她做了个车，跟雪橇差不多，一块木板，下面安了四个轮子，黄翠花每天下床后就坐在（或者叫站在）车上，两只手像桨似的划来划去。黄翠花爱干净，没事就把车轮擦得铮亮，再往手上套一副自制的手套，类似于驴蹄掌子的那种。老马门前有个斜坡，戴着掌子的手用力一撑，木板车就梭溜溜地出去了。站在老马门前的废旧品堆上向远处看，一块木板载着身材瘦小的黄翠花很快就不见了，就像小船消失在江面上一样。时间久了，黄翠花已经人车合一，走路干活都显得很利索，在黄翠花看来，人的一双腿真是多余之物，所以对于我的坏腿，黄翠花总表现出嗤之以鼻。她在顺势而下的坡道上朝我喊，杨欢啊，你的坏腿还没好啊。

风把她的话刮出老远。

是的，我的腿坏了。一个多月前，我蹲在自家的马桶上，是蹲着，不是坐着，因为无法忍受坐着排便，我想这跟我小时候长期蹲茅厕的习惯有关。我就那样蹲着，下来的时候，腿却没伸直，一个跟头栽在地上。开始我以为是蹲的时间太久了，后来才发觉是腿出毛病了，当我蹲久了就无法站立起来，当站立时间长了却又无法蹲下去。好像我的腿里被穿上了钢筋，弯曲和伸直不能自如了。到医院诊断后，果真如我形容的，医生说我的腿部肌肉痉挛了，这就使我的腿像一根钢筋似的，伸直了用力才能弯曲，同样，弯曲了用力才能伸直。问及病因，医生说了几种可能性，比如曾经腿部受过重力撞击，像车祸之类的；比如曾经做过手术，手术后遗症；再比如，长期伏案工作，导致肌肉萎缩……毫无疑问，是最后一种，这些年我很少出门，没有手术，也没有机会让汽车碰撞一下，倒是整日把自己关在小屋里，写小说。

老马第一次听我说起"写小说"时，足足愣了几分钟，他把正在踩易拉罐的右脚抬起来，又郑重地落下，然后很认真地对我说了一句话，老马说，杨欢，你帮我写一份材料吧。

说实话，在认识老马之前，我也没有写出什么名堂，甚至连一篇像样的小说都没有，我总是不能很好地把一些事情写出来，写着写着就卡住了，就像我的坏腿一样，捋不直了。对于我的坏腿，医生给出的治疗方案除了吃药理疗外，就是要多走路，加强肌肉锻炼；对于我写不出小说这一点，我也很快找到了方法，就是找老马聊天，把要写的小说内容先对老马说一说，说着说着就顺了，说着说着感觉就上来了。所以从这一点来看，我得感谢老马。

　　老马对我写小说这件事表现出极高的兴趣，或者叫关心，每次见面时，第一句话总是问我"写了吗"，就好像人们寒暄时常问的那句"吃了吗"，如果我告诉他最近没写，写不出来，老马则会皱起眉头，模样比我还要忧虑。如果我说正在写呢，老马则会兴奋起来，老马兴奋的表现就是停下手中的活，把小马扎拖过来，仰着一张皱纹满布的脸，认真问我，写咋样了？这个时候，我就会把小说的内容诉说一遍，老马是个很优秀的听众，他会一边听一边进行发问，于是我也一边回答，一边再进行思考，常常讲着讲着就改变了主人翁的命运，讲着讲着就产生了更多灵感。

　　认识老马之前，我也没有几个能说话的朋友，在我的老婆去世之后，我就取消了一切社交活动，如上所述的，这些年都把自己关在屋子里写小说。认识老马还因为我的腿坏了，医生叫我要多走路，每天走，走到出汗，走到掉泪，走到腿捋直了。那个胡子比头发还要茂盛的医生对我说这些时，语气和他的手势一样铿锵有力。

　　我很听医生的话。然后，我开始跑步，每天从小区出发，穿过三道马路，一个广场，两个巷子，一直向城市的边缘走去。我第一次发现这个城市并不大，沿着一条直线走下去，很快就能看见一片农田；我还发现这个城市并不像我们看到的那样繁荣，曲折幽闭的巷子里塞满了破旧的民房；还有，更有意义的发现——
在离城市不远的地方，大片大片的土地被白色围墙圈起来，开始
我以为是工厂，或者其他什么城市设施，我绕着围墙转圈，企图
探一探究竟，后来在围墙的一个隐秘处发现了一个洞，洞有半人
高，从洞里钻进去，竟是另一片天地——我从没有看过如此疯长
的野草，它们亚肩叠背，攒足了劲儿往上伸展，使人觉得它们才
是大地上的统领者。然后我看见了在野草丛中被开垦出的一小片
菜地，穿过菜地有一间破石棉瓦搭建的房子，最后——我看见了
老马。如果把我的视角上升到一定高度，然后向下俯视，便会得
到这样一幅平面图：椭圆形的围墙里层是蓬勃的草地，草地里层
是一小片菜地，菜地围着石棉瓦房子绕了一圈，这就使得房子成
了环形的中心。当我第一次和老马谈到这些的时候，老马只是嘿
嘿笑了两声，那时我们还不认识，我以一个陌生人的身份赞叹了
一句，说这里有点桃花岛的意思。后来我就调整了每天的跑步路
线，经常光顾这里。当我坐在老马屋前的菜地旁，看着被风吹得
起起伏伏的草地时，我总是觉得这样的日子不会长久，我的意思
是，他们很快就会被赶离这里。

2

这一天，老马没有和我一同站在门前的废品堆上往下看。老
马玩失踪了。黄翠花对我说起"玩失踪"三个字时，着实让我吃
了一惊，倒不是玩失踪这事本身，而是觉得这三个字用在老马头
上过于时髦了，好像这个以捡垃圾为生的老马突然要干什么大买
卖似的。

老马回来是在第三天傍晚，那时我已经好长时间没写出东西

来了，我急需要和老马说说话。我先是坐在一张小马扎上和老马智障女儿对望着，她叫马丽娜，一个挺洋气的名字。自从和我熟了之后，黄翠花就把马丽娜交给我了，所以常常整个下午我就和马丽娜一起坐在菜地前，我一边想着自己的文字，一边等着老马；马丽娜也一边看着远处，一边等着她的爸爸妈妈。后来我看到马丽娜的眼里出现了一抹光亮，顺着她的视线看下去，就看见了正从坡道上缓慢走来的老马。黄昏孱弱的光芒落在他有点佝着的背上，蛇皮袋反射出的光有些刺眼，那个瞬间，我突然想到了一个人，他们正以同样的姿势向我走近，这种突如其来的恍惚让我忘了问老马这几日的去向，而是迫不及待地要和他说起了那个人。

我和老马说起的那个人也叫老马，这一点使眼前的老马有些惊奇，也颇感兴趣，他把小马扎拖过来，这一动作有鼓励我继续说的意思。我已经有很长时间没有完整地讲述过一件事了，刚刚那一瞬间，我是指老马背着蛇皮袋从坡道缓慢走来的那一瞬间，使我突然觉得，好像和老马认识以来的所有日子，就是为了和他讲一讲关于另一个老马的故事。

为了便于叙述，我得将两个老马区别开来，我告诉这个老马，我要说到的那个老马叫马家骐，他是我的老师，当然也是我的朋友。

说到这里，我停顿了下，眼睛看向围墙，天色暗了下去，再过一会儿黄翠花就会从那里钻进来。黄翠花在附近的菜场工作，也就是早晚两市的时候站在门口唱唱歌，她坐在那块方形木板车上，一只麦克风连着一只扩音器，她的声音很洪亮，掩盖了整个菜场的喧嚣。由此经过的一些买菜的大妈大婶不知是被歌声感动了，还是被吵得不耐烦了，总之，会从口袋里摸出一两个硬币丢进盆里，硬币自由落体的清脆声夹杂在黄翠花的歌声里，十分动听，黄翠花会越唱越有劲，越唱越有劲的歌声就会招来城管，城管一来，黄翠花就会和一些摊贩们四处逃窜，她抱着塑料盆迅速躲到一个巷子里，然后在巷口观望一阵，假使城管久久不去，她就会顺着巷子往家走，这段路常常让她感到愤懑，她把对城管的怨恨都转移到巷子上了，她说，杨欢，你知道吗，那个巷子坑坑洼洼的，快把我的木板车给颠破了——

我也在巷子里生活过很多年，对巷子的感情总是很奇特。我要讲述的另一个老马他也曾生活在巷子里，昌和巷，在此之前，他住过什么地方我并不知道。

关于那个老马，第一次看见他时，是在 1964 年冬天，那时离春节还有一个多月，西北风整日在巷子里呼啸来去，把耳朵贴在墙壁上，就能清晰听到各种物件因风发出的细微而生动的响声：檐口哨子一样的叫声；屋脊破瓦叮当的声音；还有那些被西北风赶着跑的人的脚步声。对于后一种声音，我曾研究过，好像我们这些生活在巷子里的人从来都不会缓慢地走路，大概因为巷子的狭窄与逼仄，想尽快走出去，所以步履飞快，脚步一只赶着一只，一声催促着一声。但是那天，我却听到不一样的脚步声，气定神闲地，不疾不徐地，由远而近。

坐在我对面的老马停下手中的动作，我的讲述吸引了他。这是我第一次这么详细并且有条理地讲诉一个人或一件事。我告诉他，那个人就是老马，他的手上提着一只行李箱，那时他还是一个青年。他对我手中的铁环似乎很好奇，放下行李箱，把铁环拿去看了一番，又调试一阵，调试的时候还眯上一只眼睛，然后才放回地上做起示范——铁环在他手中十分乖顺。他把铁环还给我，从口袋里掏出一块叠成四方的手帕将手擦了擦，告诉我这样滚起来就顺溜了。我是在这时才发觉老马顽长的身子和白净的皮肤的，他用那块手帕擦着手，一丝不苟的。后来，那块手帕我又见过一次。

我喘了口气，为自己下一步的叙述做个停顿，老马也低下头，把原本落在我脸上的目光落在他的手上，他翻看着自己的一双手，看了一阵，然后又抬头看着我。他的眼神又使我产生了刚刚他从坡道缓慢走来时的恍惚，停顿了片刻，我继续讲述起另一个老马——他是从省里某中学调来的，至于为什么从省里下调过来，我母亲说是因为"成分不好"。老马教二姐语文，上课第一天没有学习课文，而是教了一首李叔同的《送别》。二姐把词谱抄在棉袄袖口的里侧，一边洗着衣服一边对着卷起的袖口抑扬顿挫地唱。没几天，就听不到二姐的歌声了，二姐退学了，母亲认为二姐该是为家里减轻点负担的年纪了。二姐哭了很久，披头散发地坐在天井里。到第三天，老马来了，他找母亲谈话，希望母亲继续让杨红梅上学。杨红梅是二姐的大名。老马说，杨红梅学习很好，悟性很高。母亲不理睬，一旁呼哧呼哧地搓洗衣服，老马就蹲在旁边继续说。过一天，老马又来了，跟前跟后地，他说，知识改变命运……世上唯有读书高……母亲把一大盆水噗地一声泼在墙根下。再来时老马刚开口，母亲就点头同意了，倒不是被说服了，而是母亲觉得老马缠得她做不了活儿。二姐又去上学了，麻花辫在肩头上又开始一甩一甩的。

昌和巷中学和昌和巷小学都在岭南会馆的附属院子里，岭南会馆是民国时建的，解放后一直空着，后来改成学校。二姐读中学，我读小学，中学和小学合用一个操场，老马的宿舍就在操场的西侧，用洋砖临时码的两间屋子，两扇扁长的窗户正对着操场，看见我们在操场上滚玻璃球或打弹子，老马就趴在窗户上看热闹，有时遇到校长经过，半截身子便倏地缩进去。林校长朝窗口看一眼，又往地上唾一口痰，然后骂骂咧咧几句。这个时候我便相信老马调来是接受劳动改造的说法了。林校长一离开，老马的身子又弹出来，他朝我们招手，说，过来，过来。我和张胜利拾起玻璃球直奔过去。老马的宿舍很小，一半堆满废旧桌椅，一半为卧室，一张木架子床，双层的，下面睡觉，上面堆放杂物，那天看见的四方皮箱便搁在上面。老马指指它，让我们猜猜里面是什么？我说是衣服吧。因为我家有一个，母亲的嫁妆。张胜利说，里面是糖，一箱子的糖。老马表扬说有想象力，然后一跃而上，将箱子拖到床边，郑重其事地，打开，竟然是一堆书。他得意地笑起来，看见我们馋涎的眼神，嗖的又将箱子盖上，说，要看得向我借——

　　坐在小马扎上的老马听得十分仔细，以至于我起身准备离开都没有发觉。天色完全暗下来了，我也要回家了，这样详尽的叙述使我疲惫。老马转过身对着我的背影突然问道，杨欢，你说的那个皮箱里面有很多书是吗？我点点头，停了一会，老马又问，有这么多书是吗？我看见他将那双枯黑的手在胸前缓慢打开，好像正在拥抱什么。

3

　　我是在第二天傍晚去老马那里的，他刚回来，蛇皮袋里鼓鼓胀胀的。他朝我招手，样子有些高兴，他把蛇皮袋里的东西倒在地上，各种颜色的饮料瓶滚了一地。我问老马什么事？老马让我猜，说捡到一个东西，你猜。他的问话使我想起了让我们猜皮箱的老马。我说了几个跟钱有关的都被否定后没耐性了，老马就从身后抽出一本书扔给我，捡的，他说。老马丢给我的是一本旧书，大概有三分之二不知去向，翻了一阵没看出什么名堂，又丢给老马，老马说多认些字是好事，然后把书又丢给旁边的马丽娜。她能看懂？我笑着问。老马摇头，说看着玩呗。我问马丽娜多大了？老马回说十七。马丽娜生下来就这样——我把"智障"两字省去了。老马顿了顿，说不是的，娃儿生下来的时候好好的，跟她妈一样能说会唱，到七岁的时候生了一场病，就这样了。我还想问点什么，老马打断我，说，杨欢，给我再讲点老马的事吧，上次说到你们看见一箱子的书，有这么多。他又将那双手在我面前打开。

我转身看旁边的马丽娜，刚刚还咿咿呀呀流着口水的模样，此刻却十分安静，她的脑袋几乎埋到书里了，好像那上面的文字吸引了她。我对老马说，我们那时也是这样的，不识几个字，但就是喜欢去老师那里看书。他的宿舍成了我们的图书馆，借了书一般不急着回去，床上坐几个，矮凳上坐几个，埋着脑袋就读起来了。窗户一点点地褪去白色，变得湛蓝，屋子里一盏白炽灯显得无比恬淡，我们不想回家，倒不是被书的内容吸引了，也不是为了逃避家务，我们在等待一种声音。黑暗降临了，声音出现了——老马洗搪瓷缸发出的响声，往里倒东西时的窸窣声，热水冲沸的声音，最后是筷子的叮当搅动声。我们无心阅读了，脑袋翘起来了，老马说一人喝两口，暖暖身子。搪瓷缸一个个地传递过来，冒着袅袅热气，迫不及待地喝上一口，从牙根一直甜到心里。一杯糖水使整个屋子都暖和起来，跺跺脚，哈哈手，继续埋着脑袋。

说到这里的时候停了下来，我和老马一起看向旁边的马丽娜，那本书还在她的脑袋下方，但是她已经睡着了，貌似很香，涎子一直流到纸页上。老马说，你看，书能让她安静下来。如果不是智障的原因，马丽娜应该算是长得标致，由于智障，她的眼神呆滞，眼睛分明有些歪斜，这一斜，嘴巴就跟着斜了。我想问一问老马马丽娜七岁那年究竟是得了什么病，想了想还是换了种问法，我说马丽娜得病那年怎么就不治疗呢？老马抬头看我，说治了，就在市人医治的，治了就成这样了。我刚要再问，老马就站起来跺跺脚，像我们小时候在喝完糖水后那样跺脚，他问我，搪瓷缸里是糖水吧。他在黑暗中用手比画。我说是的，特别甜。然后老马继续坐下来，脸上带着微笑，好像被我们喝下的糖水也使他感到温暖。老马说，后来呢杨欢。我说后来啊，后来我母亲就寻来了，她在巷口已经喊了很久，无人应答使她气急败坏，她一边数落我偷懒不干活，一边拧着我的耳朵往门外揪。老马就上前解释，读书不是坏事儿，高尔基也说过，书是人类进步的阶梯——母亲不理会老马，她不明白高尔基是谁，但她明白读书不能填饱肚子。我的母亲一辈子不识几个字，却吃了识字的苦。我的外公是一个私塾先生，后来一个副司令找他去当文书，外公一身的硬骨头，不为五斗米折腰，副司令一发怒，一枪就将他毙了；再是我的父亲，我的父亲读了很多书，在南京当教员，"文革"前被打成右派，他想不明白这事，一气之下从长江大桥上跳了下去，我对父亲没什么印象，他去世那年我才六岁，母亲很少和我们姐弟俩说起父亲，父亲的懦弱使她感到羞惭，所以母亲不喜欢读书人，对于老马常来我家给二姐辅导作业，母亲也不给好脸色，老马照样觍着脸进门，辅导完了再觍着脸出去赴下一家。

　　黄翠花就是这个时候回来的，她的突然出现打断了我的叙述，还在老远的时候，黄翠花就和我打起招呼，她说杨欢啊，坏腿好了没有啊？我用右手握成拳头使劲敲给她看，这使黄翠花更加夸张地笑起来，她看一眼还沉浸在故事里的老马，便向我努努嘴，说，他故事多着呢。

"故事多着"的老马从没有向我讲过他的事，他的木讷与不善言辞使我想起一句歇后语：茶壶里煮饺子。所以我想老马不是不愿意和我讲他那些"多着"的故事，而是他讲不出来。于是在以后的讲述中，我总会时不时地停下来，试探性地询问一句，比如，当说到我的大姐嫁到一个叫作薛家营的地方时，我就会问一句，老马，你的老家在哪里呢？老马会猛地愣住，然后指着北边告诉我，在那里的一个小村庄。这时，我们就会停下来，朝着他手指的方向做短暂眺望；再比如，当我说到那个老马是个高材生，曾毕业于南京某高校时，我就问一问坐在对面的老马，他的文凭是什么？坐在对面的老马则回答我说，没读过几年书。他的回答使我感到气馁，很生气他那张倒不出饺子的嘴。后来，我就想通过黄翠花来进行一些了解，结果也令人气愤。这个连自己双腿在哪一天失去、究竟如何失去也记不得的黄翠花，怎么会记住很多年之前的事呢。她是一个极其乐观，乃至大大咧咧的人。在黄翠花断断续续以及前言不搭后语的叙述中，我得知他们的确来自一个北方的村庄。那是在早年前，村庄里有他们的几间陋屋，几亩良田，后来又有了女儿马丽娜，再后来马丽娜生病了，他们就到城里求医治病，这一待就是很多年。再回家乡时，房屋破了，田地被政府征用了，给了几百块钱进行"一刀铡"，农村没他们的地了，于是干脆就待在城里，一边找活一边给马丽娜治病。

4

再见到老马是在三天之后,这三天里我去了趟医院,其余时间就是把自己关在屋子里对一篇小说进行冥思苦想,第四天时,我才打开屋门向城市的边缘走去。老马仍然坐在一堆饮料瓶前,正在分门别类的装蛇皮袋,看见我,十分欣喜,他赶忙丢下手中的活,将小马扎递过来,催促我继续讲述老马的故事。后来我发觉,他对我现在讲述的"老马",所表现出的兴趣超过了以往任何一次。得到这样一个结果后,我感到很得意,我甚至故意放慢了讲述的进程,光讲述那个老马为我二姐辅导作业这事,就花了一个晚上。然后又用两个晚上讲了老马教我们画画,没有画布了,老马就扯下自己的床单来代替。我还花了一个晚上讲了老马也曾做一个类似于雪橇那样的车,和这个老马做给黄翠花的几乎一模一样,只是一个用来载人,一个用来载木桶。那个时候母亲常常差使我和二姐去运河边的煤船上买煤球。运河离昌和巷很远,我和二姐总是要跑上半天,加上满满一桶的煤球就更累了,后来老马为我们做了一架木板车,下面装了四个轮子,车的一头拴上绳子,人一拉,车就梭溜溜地跑起来。

再后来,我开始讲述老马的木枪,在讲述木枪之前先讲到老马为我做的那把弹弓。那个年代让我有时不忍回忆,我告诉坐在对面的老马,差不多我用半辈子的时光来忘记一种感觉——饥饿,即便是在丰衣足食的现在,我仍然害怕它的到来。当我说到这里的时候,我看到老马很认真地点了点头,他从地上捡起一只饮料瓶,里面还有三分之一的液体,然后老马就看着那些褐色液体开始说话。大概是"饥饿"这个话题使他产生倾诉的欲望,或者是我的叙述感染了他，总之，老马说了我们认识以来最长的一段话。老马说自己小时候和奶奶一起生活，母亲去世早，父亲被拉去上工地了，他没见过父亲。只有一次父亲夜里回来带给他的两个发硬的馒头，第二天醒来时父亲已经走了，奶奶指着远处的几根电线杆告诉他，父亲就是栽电线杆去了。后来奶奶死了，父亲也没有回来，那时他才五岁，夏天睡在一张桌子上，冬天睡在灶门口的草堆里，没东西吃就在田野里四处找，野菜，萝卜秧子。有一次实在是饿得厉害了，突然看见前面有电线杆，特别高兴，他想起了父亲。他想，只要顺着电线杆走下去就一定能找到他——

老马停止了讲述，看着我不好意思地笑了起来，好像为打断我的叙述而感到抱歉，他搓搓手，让我继续讲木枪的事。

我点点头，这样的相互倾诉使人容易产生一种快感。我告诉老马，在拥有那把木枪之前，我先是拥有了一把弹弓，那是用几十个橡皮圈和一个完整树杈制成的，这个弹弓的意义让我告别了一段时间的饥饿。在离我们不远的郊外树林，总是有很多麻雀聚集在那里，我和张胜利、马大勇几个，常常放学后去打麻雀，打到的麻雀粗略去了毛就在火上烤起来，我们差不多有一年时间没碰过荤腥了，麻雀肉被烤出焦黑色，连骨头都被嚼进肚子里。后来树林里的麻雀几乎被我们吃尽了，就连附近的几个镇子都看不到麻雀了，但我们每天放学依然会提着弹弓四处寻找。一次因为一只毛还没长顺的斑鸠，我和张胜利吵了起来。弹弓成了我们的武器，我们把夹在皮垫子里的石子没有打向天空，而是打向各自的身体，就那一次，张胜利的左眼灯泡似的被打灭了——这事使老马极为愤怒，他没收了所有的弹弓，甚至亲自去了张胜利家道歉。很长一段时间以来，我们都无比哀伤，我们哀伤的理由有很多：我们失去了一个玩具；我们再也吃不到麻雀肉了；我们的小伙伴失去了一只眼睛……直到第二年的春上，那些哀伤才逐渐淡去，因为那个时候，老马正在为我们制作木枪。

老马的木枪做得相当精致，桃木的，几天把玩下来，手柄十分平滑圆润，质感更好。然而拥有木枪没多久就发生了一些事，先是学校停了课，巷子东头的天宁寺烧毁了，再后来隔壁的三奶奶被揪到了台上，说她裹了资本主义小脚。三奶奶之后，老马也被揪到台上，老马的罪名有很多，其中之一就是国民党潜伏特务。一次去学校玩，正好赶上林校长派来的几个学生在老马的宿舍前挖地，说是搜电台，挖了三尺没挖出什么，于是把老马押走审问去了。为了"深刻剖析马家骐的反动思想"，林校长押他回家交出日记，老马没有东西可交，几个人便在屋子里搜了一通。挂在窗户上曾作为画布的床单吸引了他们，一个人站在画布前研究了一会，觉得内有玄机，将画布取下带走了，林校长也站在那窗前向四处看着。他记得很多次老马就是这样从这个窗口探出身子的，他也把身子探出去，将目光调向远处，很久，才慢慢缩回来。之后，老马的罪行又多了一条——偷看女厕所。

讲到这里，我突然停了下来，因为我已经违背了自己"放慢讲述进程"的原则，我也说不上为什么要一点点向他讲述，好像这样有意为之的延长时间是和老马之间最好的一种交流。我站起来，将小马扎放到墙角下，黄翠花邀我吃了饭再走，我婉拒了，因为我还要走很长一段路。我向黑暗中的老马告别，后者没有说话，他的脸上出现了一些哀伤和悲切，直到我走完整个坡道，他才缓缓地说出一句话来，又像在自言自语，老马说，站在窗口是看不到女厕所的对不对——

5

老马第二次问我可否帮他写份材料时，与第一次已经相隔几个礼拜了，那天我正在讲述着"老马的故事"，他突然打断我，像第一次那样十分突兀地说道，杨欢，帮我写份材料吧。我愣了数秒，问他急不急，如果不急，就等我把手头这篇小说写完再弄。老马点点头，说不急不急，等你写完再弄吧。那些日子我正在写一篇和精神病人有关的小说，小说快要接近尾声了。小说的灵感很大程度来源于我讲述的老马，所以，2013年的冬夜，随着有关那个老马的细枝末叶在我脑海里不断涌出，我内心渐渐产生了一股难以抑制的叙述冲动。那时夜已经很深，我还没有从老马那间破旧的石棉瓦屋子离开，晃动的烛光使得老马鼻翼处的阴影飘忽不定。我吹灭了灯，整个屋子仿佛瞬间栽进了黑洞，我听见老马悠缓的呼吸声，还有黄翠花犹如她歌声一样抑扬顿挫的呼噜声。远处城市的灯光好像和这里没有丝毫关系，窗外没有月亮，厚重的云层遮住了一切。老马在黑暗中换了个姿势，我听到他挪动腿脚的声音，他说，那他，真的就开始打扫厕所了？老马说的"他"是我的老师马家骐，那个老马被批斗了很久，最后革委会说他偷看女厕所。好吧，既然要看女厕所，就让你看个够吧。林校长在大会上说道。老马颀长而直挺的身子使他十分气愤，批斗会上木棍敲过几次都没有使他弯曲，他们制作了一块牌子挂在老马的胸前，写着：流氓犯马家骐。那一年的春天姗姗来迟，预示着动荡与不安。这一年，我的二姐坚决要去北方的一个农村进行"改造"，母亲是不同意的，她已经托人在织布厂为二姐找了一份差事。一天晚上，老马竟然来了，那个时候他已经掏了好几个月的厕所了，他的到来使母亲十分不悦，母亲没有给他好脸色，但老马一样觍着脸和母亲说话，他说让杨红梅去农村吧，毛主席也说了，农村是一片广阔的天地，年轻人到那里是大有作为的。和上次来劝学不同，母亲没有客气些地不说话，而是将他推出门外。第二天，我的二姐还是走了，搭了一辆北上的列车。和我父亲不一样的是，我的二姐没有像我父亲那样将自己的身体投向广阔的江面，而是投向了广阔的北方天地。

二姐是在去北方的第一个礼拜就死了，她乘坐的农用车突然翻进了山沟里，车上的四个知青都受了不同程度的伤，只有二姐脑袋磕在一块石头上，当场毙命。得到二姐的死讯是在一周以后，母亲躺在床上茶饭不思，整整三天看着漏着光线的屋顶发呆，她想不明白为什么那个"广阔天地"的农村要了二姐的命，她想到了自己悲苦的命运，想到了自己早早离去的父亲，想到了那个跳江的丈夫。突然，母亲想起另一个人，这使她突然之间生出了力量，那个时候母亲已经躺了七天了，她几乎是从床上一跃而起，没有穿鞋径直走向学校——

我感到我的声音低沉了下去，夜的静谧和对于二姐的回忆使我感到难受，我站起来，将门打开，我能想象出黑暗中老马的神情。我向门外走去，月亮出来了，月光像水一样洒在万物上，草尖有霜似的白色，身后的门出现了短短的吱呀声，我没有回头，我知道一个人正站在黑暗中看向我离去的方向。

那一天，我从老马家走回自己的小屋，不知道究竟走了多久，好像这条路永远没有尽头。我踩着月光，像踩着细碎的银子一样，突然想起一个歌手曾唱过的歌，《城里的月光》，城里的月光把梦照亮，请温暖他心房，若有一天能重逢，让幸福洒满整个夜晚……那个夜晚让我感到一种莫名的悲痛，我不知道他们准确的来源之处。夜已经很深，路灯的光线突然暗了下去，街上没有几个人，城市变得空旷起来，那个时候，我突然想摊开四肢躺在广场上大哭一场。

6

第二天老马没有去捡垃圾，一早就坐在门口的菜地前发呆，我看见的时候，他正和马丽娜一起坐在晌午明亮的阳光里，他们一起看向远处的姿势十分相似，都微微抬着脑袋，眼睛一眨不眨。很快，马丽娜的口水又挂下来了。

我穿过菜地，走上斜坡，他们并没有发现我的到来。我坐在一只小马扎上，初冬的风吹拂着我们，安安静静地坐了一会，才有一搭没一搭地说起话，我没有像前一晚上那么详尽的叙述，而是间断地说着那个老马扫厕所的事。老马将看向远处的目光收回来，落在我的脸上，他一眨不眨地看着我，眼神使我产生恍惚，我总是想起 1969 年时的老马，以至于在叙述时常常将"第三人称"变成了"第二人称"。我总是以这样一种方式开头，我说，老马，你还记得吗？也不知道自己口中所说的老马究竟是哪一个老马。然而老马也不觉得奇怪，对我的问句总是频频点头。这样含糊不清叙述了很久之后，我才慢慢正常起来。我告诉对面的老马，那个时候，老马还表现出与其他人不同的顽强，他相信一切都会过去，一切运动都是暂时的。他的宿舍从原先的地方搬到巷子里的一间废弃仓库；打扫的厕所每天要接受检查……这些都没有将他打倒，老马继续用捡到的木头为我们制作木枪，这似乎成了他和我们唯一有联系的地方，大概也是最温暖他内心的一件事。然而不久，他的木枪再一次将他送上了批斗台，不知道是哪个学生将老马送他的木枪交给了林校长。这简直具有严重的反动倾向，林校长在批斗会上向大家宣布，他要老马交代制作木枪的动机和用意，木枪代表什么意思等等。这个时候，我的母亲正走在通往学校的路上。几天以来的茶饭不思使她想明白了一些事，她想到二姐离家的前一晚，老马不顾自己"反动派"的身份前来动员，是他蛊惑二姐去的那个"广阔天地"，是他让二姐丢掉了性命。母亲来到批斗台下，台下人振臂高呼，母亲也举起了手臂。她的手上比其他人多了一个东西，那是一包用纸包着的粪便，纸包被母亲用力地砸过去，在老马的脸上砰然炸开，这样的声音犹如爆竹一样鼓动着人心，台下的人更加激动了，声音一声高过一声。我第一次看清粪便在日光下呈现出的自然状态，由于重力，它在老马的脸上一点点地往下流坠，妇女们争相将粪便砸向老马，嘴里喊着：臭流氓，叫你偷看女厕所，臭流氓……老马的身子矮下去了，他的腰板第一次佝了起来。

人潮散去之后，老马被押到一个废弃的猪圈，这里后来便成了老马居住的地方。那一天，他坐在猪圈潮湿的草堆上，用那曾经叠得四方的手帕一点点地擦着脸——

我看见泪水在两个老马的脸上流淌着，它们像几条蚯蚓一样从眼角逶迤下来，1969年的下午和2013年的下午，如两张扑克牌 样突然在我面前重叠起来。

老马的背仿佛是一夜之间驼的，他依旧每天去打扫厕所，用板车把粪便运到十里外的农科所，再后来，他又多了一份活——捡垃圾，整个昌和巷每天要走两趟。学校很快复课了，人们好像忘记了老马，或者老马不该再回到讲台一样，学校铃声敲响的时候，老马已经在巷子里佝偻前进了，他不再和人打招呼，脚步也不再是不急不缓和气定神闲。有人说老马的身上有一股猪骚味，也有人说老马和一堆老鼠睡在一起，总之，人们已经忘记他过去的模样，忘了那个曾经富有朝气的青年。很多年之后，在巷子里乘凉或闲聊的人，偶尔会谈起过去的岁月，谈起捡垃圾的老马，人们甚至已经叫不出他的名字了。那时他仍在捡垃圾，蛇皮袋由一根麻绳系着，斜背在腰上，他的身子像一块合页一样弯折起来。当然，也有人说，老马可能已经变成哑巴了，因为十多年没人听他发出过声音；也有人说他的脑袋坏掉了—— 每一种说法都很确切，没有人不相信这些。

7

黄翠花回来的时候，我也正打算离开了。她的歌声从很远的地方飘来，像春天正在向我们走来一样。我从没有看过黄翠花在菜场唱歌的模样，我想一定没有我曾见过的一些乞讨之人的悲戚。黄翠花说马丽娜小的时候，没人看管，只好带着她一起去菜场，盆里的硬币碰撞的声音自然会多一些，但黄翠花不喜欢这样，她是指带着马丽娜一起唱歌，她觉得这样有了要饭的意思，如果没有马丽娜，她认为自己是在表演艺术。黄翠花递来一只收音机，说是一个听众送的，可以收很多台，刚刚她就是听着收音机一路唱回来的。她把收音机重新调了频率，正是午间新闻，一个男声播报着发生在这个城市的新闻轶事。黄翠花突然转过身，她对身后的老马说，今天在菜场听到了一个消息，说是买了这块地的老板跑掉了，也就是说这里暂时不会砌房子，他们不要像之前那样搬来搬去了，可以在这里住一段时间。黄翠花说的"这里"就是被白色围墙圈起来的地方，她把这则消息对老马又说了一遍，后者没有接茬，而是转过来和我说话。老马说，杨欢，你那篇小说写得怎样了？

如果当时我就能明白老马这句话的意思，也许会问问关于那份材料的事情，而不是和他继续讲述自己的小说。我告诉他有关精神病人的那篇小说将被我改变结局，我希望主人翁不要那么快死去，或者可以永远活下去，虽然这看起来有些荒诞，但生活不就是由各种荒诞组成的么。老马点点头，好像那篇文章他已阅读过，并且赞成我的观点。后来，我们——我、老马，还有黄翠花，都停止了说话，目光一起落在眼前枯草凄凄的景物上，初冬的阳光十分无力，风吹着草茎发出了咻剌剌的响声。收音机里的新闻还未结束，说着关于北方开始下雪的事情，然后又说到了燃油涨价，某宠物狗走丢等等。最后，收音机里的男声说到了昨天下午发生在某地的一起关于拆迁户的自焚事件……

那些天，我的脑袋里装满了东西，我总是会想到还未完成的小说和那天从收音机里听到的新闻——关于一个男子自焚的事。当我想着这些的时候，老马再一次失踪了，他的失踪使我急躁，甚至有些恼火——我还没有讲完"老马的故事"。在此之前，也就是在收听收音机的第二天，老马来过我所居住的小区，在我后来看来，情愿理解为老马是来找我的。那天我正从医院回来，经过大门的时候，看见老马坐在花圃的水泥台上东张西望，他的背影太令我熟悉了，佝偻的背，搭一只白色蛇皮袋——我走过去，他吓了一跳，显然没想到我会从后面出现。我邀他上楼坐坐，老马拒绝了，说就在这里说几句吧，然后递给我一支烟。我没看过他抽烟，这是第一次，我也很少抽烟，觉得没什么意思，但那天，我和老马就坐在小区一条通向花园的紫藤架下似乎很有"意思"的抽起烟来。后来，路灯亮了，是一种带着鹅黄色调的灯光，这种光芒突然让人变得脆弱起来。我记不清自己说些什么了，很多时候像在自言自语，我把烟头踩灭，丢进身后的草地，老马侧着脸，看着不知名的远处。我告诉他，不久我的母亲去世了，二姐的死对她打击很大，我也离开了昌和巷。那时老马还在捡垃圾，虽然右派的帽子早已摘除，他的组织关系也在学校恢复了，但老马——怎么说呢，整个巷子里的人都认为他疯了。人们看到的他大多数时间都蹲在垃圾堆旁翻找东西。那时昌和巷已经有了像样的垃圾房，老马的脑袋伸在里面，屁股撅在外面，他的每一次翻找都会引起一群绿头苍蝇的飞动，蛇皮袋渐渐鼓起来，他也从垃圾房里缩回脑袋，把蛇皮袋斜背在驼背上离开。

我离开昌和巷的那天，在巷口遇见了老马，我的手里正提着一只皮箱，母亲留下的，我们在巷子里相遇，那个瞬间，突然想起第一次看见他的样子，好像这十年的时光只是完成了一个游戏而已。我停下来，像那时他朝我停下来一样，但老马没有看我，蛇皮袋擦着我的肩膀过去了，佝偻的腰使他看起来矮了一大截，从身旁走过时，我希望他能与我对视一眼，但是很失望——

路灯突然暗了下去，意味着夜已深了，昏黄的路灯在树下打出一片仿佛与世无关的光圈，我长长吐了口气，对着无尽的黑暗。这时，老马突然递来一个东西，我愣了一会，问哪里弄来的？老马说，做的，早上做的，像不像？

不知道突然之间来自何处的极度悲伤使我无法停止叙述，我一遍遍地说着关于老马的一切，关于木枪的一切，并感到自己的语无伦次。老马递来的木枪和那种叫作"南京"牌子的香烟，我不知道究竟是哪一个使我泪流满面。

8

老马失踪后我去石棉瓦房找过两次，黄翠花说她都习惯了，每年都玩几次失踪，不过这几次的频率高了一点。黄翠花说有可能去周边城市捡垃圾了，也有可能，老马没有去捡垃圾，只是打探下行情……总之，她是个十分乐观的人。黄翠花说老马想去工地，但人家不要他，说他年龄太大了。老马想多挣点钱，给马丽娜看病，马丽娜一天天长大，老马就一天天着急，他是老来得女，你懂吗杨欢，黄翠花对我说。我点点头，表示理解。

我从斜坡上下来，穿过菜地。已经入冬了，大片大片的草萎靡下去，先前蓬勃的绿色仿佛交还给了大地。沟里的水结了薄冰，地上落满叶子，四周枯草萋萋，一片寂静。我站在围墙洞口前看着这些，不由地感到伤感，我觉得自己有些触景伤情了。当然，那时我并不知道，一个月后当我再次看到这里时又是怎样的心情。

这一个月里，我去了昌和巷，也就是说从老马的石棉瓦房回来后，我就坐车走了。像几十年前从昌和巷离开一样，坐了汽车与火车，在路上整整花了一个礼拜时间，我不着急赶过去，好像是准备约会前需要的一种期待。

昌和巷和以往相比，变得崭新了，听说打包给某房产商进行包装，整个巷子已经变成了客栈，原先的小学和中学也分别建成四星级宾馆，电子屏显示着钟点房的特价信息，我不知道为什么建这么多宾馆，好像现在的人们极不喜欢住在家中似的。在巷子里走了很久，路上的青石板换成了仿古地砖，我也没有看到任何一个乡邻，尽管如此，还是令我百感交集了一下。后来我找到了小时候的玩伴张胜利，他戴上了眼镜，那只坏掉的眼睛畏缩地藏在玻璃片后。我和他说起过去的事情，说起巷子里的三奶奶和辣子头，但话题很快被他转移回来，很显然，张胜利不太愿意和我一起回忆过去，他总是将话题落在他现在的生意上，他正做着一点小生意。后来我向他说起了老马，他才突然激动起来。他说，杨欢，你知道吗，老马曾经住过的那间破仓库，后来拆迁时竟然发现有一面墙是空的，里面有一块木板，木板上面挂着满满的木枪——

记不清张胜利后来又说了些什么，我的脑海里出现了一幅画，好像那一整板墙的木枪我也看见了，整整齐齐，也密密麻麻。

离开昌和巷，我又去了二姐下放的地方，那里是一个偏远农村，当地的人还能回忆起当时知青的生活情况，但对于我说的一辆农用车翻下山沟的事都记不清了。太短了，我是说二姐来到这里的时间实在是太短了，还没来得及"大有作为"。从乡村离开，继续坐车去了南京，看了看长江大桥，很多年前一个中年男子在此地纵身一跃。这一个月里，我好像坐了一辈子该坐的车，走了一辈子才走完的路，当我身心疲惫回到自己居住的城市时，这个城市也发生了很多事情。

我听说有一幢楼被烧毁了，消防人员救了整整一天一夜，烧过的大楼坍塌了一角，人们说它酥脆得像饼干一样；我还听说一辆校车突然自燃起来，幸好车上没有孩子；新闻里还说了另外一件事，还是跟火有关的，这个冬天好像那么需要一场一场大火似的。这个和火有关的，又是一起自焚事件。说一个男子将身上的棉衣浇了汽油，一定浇了很多，因为他的棉衣都湿透了，汽油还不停地往下滴，他的脚下湿濡了一片，他的左手提着没有倒尽的汽油桶，右手握着一只打火机。男子站在一家医院的门口，嘴里含糊不清地喊着一些人名，他说他要赔偿，要医院进行赔偿。他把双臂摊开，好像这样的姿势十分有助于抒发内心的不满。他告诉在场的人，告诉那些围观的人，包括在门口卖糖葫芦和卖烤山芋的，当然，也包括路过医院的人。他说他有一个女儿，原本活蹦乱跳的，就在这个医院看病的，现在变成智障了。人群里有人问什么时候看病的？男子说十年了。人群里哧地笑开了——男子急了，他语无伦次起来，他说这是医疗事故……医院答应给他女儿治疗的，要他把病历等手续给他们，他们要研究，要向上申请……病历交给医院后就没有音讯了……医院说跟他们没有关系……他去找院长，院长出差去了，再找时，院长换了。他不明白为什么院长总是要出差，更不明白为什么院长要换来换去。他隔些日子就守在院长办公室外面，却发觉从里面走出的人总是不同的面孔……男子说，我要赔偿，我要见院长——大概由于伤心，也有可能是寒冷，他的眼泪和鼻涕都出来了，和汽油一起往下滴。他抖动着握着打火机的手，一遍遍地喊着，他说他要见院长，要赔偿，要医院给他女儿治病，要不，他就死在这里——当然，在场的人都认为他不会点燃，他只是通过这种"吓吓"的方式要求得到赔偿而已。于是人群里有人说，别闹了，你把自己烧了院长也不会来见你的——话音还没落，男子就把打火机划开了，也许他是听错了，也许他是不相信那个人说的，打火机一划开火苗就窜了出去，然后，这名男子的全身像一支火把一样燃烧起来。

　　被救下来的时候男子已经奄奄一息，他被医护人员抬上白色担架，从医院的一楼转到医院的七楼，又从七楼抬到另一幢楼的四楼，然后又乘坐电梯上到十九楼。他微闭着眼睛，好像第一次如此堂而皇之地穿梭在这个医院里，他很享受这些，也忘记了疼痛，他看到很多穿着白色大褂的医生从身边经过，还有医生走过来查看他的眼睛。他们的嘴不停地动着，他听不到那些嘴里正在说着什么。突然，他感到愤怒，嘴还在不停翻动，像鱼吐出气泡一样，他憎恨那些，憎恨那些从嘴里吐出的气泡——谎话——全是谎话—— 一会叫他回去等消息，一会说和医院无关——他不想等了，不能等了，女儿都长成大姑娘了，但他们还叫他回去等消息……他看到一张张嘴仍在翻动，气泡越来越多——他动了动右手，突然触摸到了那只木枪，还没有完全烧毁。他拿起那把用松木制成的木枪，很用力地——因为他感到木枪正黏在腿上，像长在那里似的，他深吸了一口气，仿佛要从身体里拔出来——他用力地举起右臂，将手枪瞄准一张不停翻飞的嘴唇，像瞄准靶心一样——

新闻里说这名男子在昏迷中突然用木枪对准一名医生，他胳膊上和大腿上的皮肤顿时像衣服一样被撕开了，他睁大了眼睛，嘴里含糊不清地喊着一些名字，像当年那个老马坐在垃圾堆旁，用木枪瞄准"昌和巷"的牌子一样，嘴里骂出了他这辈子都未曾骂过的话，老马说，我操你妈的——然后用右手的食指用力扣动扳机——

我又从家往城市的边缘走去，像第一次那样，从小区出发，穿过三道马路，一个广场，两个巷子，一直走向那道白色围墙。半人高的洞不见了，被几块新砖砌得严严实实，在它不远的地方有一扇铁皮的大门，围墙里的杂草似乎一夜之间不见了，挖土机与塔吊正在争分夺秒地工作——

春风沉醉的早晨

　　这一段时间，都是坐公交去单位，从小区门口的站台上车，四十五分钟后就能到达。这么说倒不是指四十五分钟很短暂，眼一睁一闭就过去了，而是它很漫长，漫长到对着窗外发呆很久，久到酣睡过去，再做无数个千奇百怪的梦，车还在摇摇晃晃之中。为了打发这四十五分钟，最好的方法就是睡觉，这也是对前一晚加班熬夜的一种弥补。我们这个年纪的人，生活给予的太少，包括睡眠。不像一些年轻人，他们虽然萎靡不振，但决不会睡觉，而是低头玩弄着手机，恨不得把脑袋钻进那个方块里。对他们来说，夜晚是不够用的，更何况白天呢。车上也有上了年纪的，刚刚从菜场或健身广场回来，或者，正往那边去，他们也不会睡觉的，睡眠对于他们只需一点点就足够了，我的外婆外公，我的爷爷奶奶，以及住在我们小区的老人们，都是这样，总是在夜里起床，仿佛床是一件特别坏的东西。他们会在白天的时候一刻不离地坐在藤椅里——每个老人都有那样一张藤椅似的——他们把身子窝在里面，打着盹，你总以为他们睡着了，可你一张口，他们就能把话接下去了。

　　这是一辆连接着城市东西两地的车，88 路，公交线路一头是火车站，一头是汽车站，穿过城市最繁荣的地方，怎么说呢，它代表了这座城市的形象。大概也是如此，所以 88 路一律都是新车。

我往投币口投下两个硬币——对，是两个，足以说明 88 路区别于投币一元公交车之尊贵——一枚一枚地投进去，我喜欢硬币坠入铁箱的声音，这是两种不同金属之间的问候，很神秘又很庄重。很多年前，或许它们在同一块石头里，后来的煅烧和提炼使它们分离开来，却在这个早晨，因我的作用，它们又相聚了……不要阻止我的遐想，对于一个要在公交车上虚度四十五分钟的人来说，这何尝不是个好方法。

车上人不多，恰到好处——我喜欢这个词，不多不少，数量适当，是一种哲学和艺术的结晶体。比如，此时的公交车上，人不多，座位空了几个，但又不显得稀少。还有两个学生模样的没有坐下，而是拉着吊环站在靠近门的位置——这很好理解，大概是要下车了，也有可能，只是喜欢站着，年轻嘛。我坐在前段的座位上，这个位置有利于观看前方和车内。后来我研究了，但凡坐在这些位置的都是和我年纪相仿的中年人，属于家庭和社会的中坚力量，上有老，下有小，职场位置也不高不低，习惯瞻前顾后。坐在中间段的自然是老人了，座位上印着"老人座"和"爱心座"，身强力壮的人自然不会走过去，即便坐了，也显得畏畏缩缩，随时有抬屁股走人的准备。至于后段的座位当属年轻人的，他们喜欢"往里走"，一直走到快要撞墙的地方，才停下，这些座位相对而言不太舒适，有些高，噪声大，颠簸厉害，可这有什么呢，他们不在乎，有个搁屁股的地儿就行，然后迫不及待地拿出手机，把脑袋再继续埋进去。

这应该是一个春风沉醉的早晨，虽然春风被阻挡在玻璃之外。之前说了，这是一辆投币两元的新车，区别在于它是空调车，车窗均是固定的，但没关系，不影响我观看窗外的绿树摇曳，那是春风的作用。这是一个城市最美的季节，又是一个季节中最美的早晨，我喜欢在这样的"最美"里进入梦乡，像小船儿摇荡一样，然后在四十五分钟后准时着岸。

我想我应该是睡着了，狠狠地睡着了，比以往的任何一次都更早地进入梦乡，如果不是有人大声说话，是不会醒来的。说话的人是司机，一个矮胖男人，平头，皮肤微黑，胳膊粗壮。他转过头，对着人群嚷嚷：谁啊？谁在哼啊？不要哼了啊。

车内安静下来，很多人都伸着脖子看着前方的矮胖男人。

此时，我才发现车里的人比先前多了一些，大概是站台上补进来的，空着的座位都坐满了，吊环下面也吊了几个。我没有听见哼的声音，可能那个人已经自觉停止了，耳边倒是有人交谈的声音，手机游戏的声音，窗外车轮的声音，汽车油门的声音……这些声音铿锵有力，又显得那么合情合理。

我把眼睛闭上了，继续酝酿睡眠，此时唯一需要的就是进入睡眠状态，但只是一小会儿，司机又喊了——不要哼了，不要哼了，吵死了——这次的喊叫有些大，似乎气愤了，他把喇叭死劲摁了几下，脸上的五官也因为气愤聚到了一起。我不知道人群里是谁在哼歌，或许是我睡着了，没有听见，但我并不像司机那样感到气愤，哼歌，是一件多么美妙的事情啊，尤其是在这样一个春风沉醉的早晨。所以，开始的时候，我有点抱不平，甚至想站出来指责这个矮胖男人：哼歌怎么了，哼歌怎么你了——作为司机你应该认真开车，眼观前方才对嘛。

司机喊叫的时候，车内又暂时安静了，有人在四处张望，仿佛搜寻声音或者发出声音的人。后来几次，一闭上眼睛，就被他的急刹和愤怒的叫骂给惊醒，也就是说，我没能再将自己潜入梦里。于是也竖着耳朵听着，我想，如果没有这个声音，司机就会好好开车，如果司机好好开车，我就能好好睡觉，如果我能好好睡觉，晚上就能好好加班，如果我能好好加班……想到这里，似乎也有些气愤了，我把姿势调整了下，脑袋转向前方。但并没有被车外的景物吸引，而是开始搜寻矮胖男人所说的哼声。我不能确定听到的一种似有似无的声音是否就是，它完全淹没在嘈杂之中，忽远忽近，若隐若现的——哼声，或者叫作微弱的歌声，它轻轻地、缓缓地在车里出现了。猛地，公交车一个急刹，在站台上停下来。司机掉过头，脸上十分严肃，他对着人多的地方喊起来，不要哼了，哪个在哼，哼得人头昏死了，再哼我不开了——

当然，他没有如他说的"不开"，乘客上车之后又踩起油门了。然而只是一会儿，歌声又开始了，仍然是悠悠扬扬的，一个男人的声音，判断不错的话应该是一个五六十岁的男人，声音浑厚而轻盈，仿佛穿过层层叠叠的屏障一丝一丝地涌上来，微弱的，带着那么一点点的自由和胆怯。它区别于交谈声，区别于手机铃声，区别于那些公交车上应该有的合情合理的声音。它应该叫作歌声，或许是某个地方的小调，好几次我想分辨出这是哪里的小调，总之，很失败，它使人想去抓住，却又徒劳无功。

又是一个急刹，像是预料之中的，车在空中颤了一下，就在那一刹那，歌声暂停了，很多应该有的交谈声、打电话的声音等等都暂停了，可能都被吓了一跳。尔后，车又开始起步，当车平缓行驶的时候，歌声也平缓开始了。

应该是一曲小调，江南小调，类似于姑苏小城的那种，有些轻快明亮，还有那么点儿带着烟雨似的，歌声里仿佛看见了码头、小船，以及远处的拱桥。声音悠扬起来了，却又微微弱弱的，歌声里有人在奔跑，是那种撒欢似的奔跑，那种在电视上电影里见过无数次的奔跑，奔跑的人只有背影，步履轻盈，向着前方，是的，向着远处，越过桥头，越过青石路，一直到看不见了——

猛地司机踩了一脚刹车，冲着身后喊叫：不要再哼了，哼什么哼，再哼就滚下去——

我想司机是气愤之至了，已经第六遍了，歌声仍不绝于耳。当车停下来的时候，歌声也会停止，车行驶的时候，歌声会飘扬起来。它不那么凸显，却又挥之不去，有时它使我沉醉，有时却让人感觉到司机说的那种"头昏死了"。

有人开始搜寻，也有人面面相觑，目光停留在彼此好奇而严肃的脸上，希望能发现声音的出处。车上的人有些多，甚至算得上拥挤，这是上班高峰时期，站台上不停地涌来人群。也有人下车了，三三两两的，也就是说，车上乘客已经换了不少，但，歌声仍在，仍然在行驶时悄然而至。再后来，更多的人加入到搜寻的行列，连那些坐在后排事不关己的学生们也把脑袋抬起来，暂时离开手机一会儿。他们盯着左邻右舍看着，狐疑着，思考着；还有那些买菜回来的大妈，也把各自的声音调小了，偶尔还会停下来，转转头，张望一下。空隙里都站满了人，挨挨挤挤地贴在一起。那些细微的像游丝一样的歌声穿行在罅隙里，我想，应该有很多人和我一样，仿佛看见这个声音在游离，穿梭，徘徊，行走，缠绕，迂回……

这一次，我敢肯定，哼的是一首草原的歌，牛羊，毡包，河流，蓝天，广袤的草原……歌声悠扬而绵长，缓缓地又是急促地，从草尖上掠过，我想起那些在草原上待过的日子，是的，我曾徒步去过西藏，在茫茫草原里走了无数个日夜，后来和很多人讲述那段经历——走过山川河流——每一次都要潸然泪下。可是，此刻的歌声，这个哼歌的人，使我又感慨万千，或许他也曾徒步去过西藏，或许没有，但应该和我一样，多么渴望奔跑在那片辽阔无边的草原上——

坐在我对面的女人总是看着我，我不知道她的眼神里是怎样的意思，胆怯吗？还是同仇敌忾？歌声是不是她发出来的呢？越来越渴望找到那个哼歌的人了。我仔细观察女人的嘴，似乎有微弱变化，我把目光落在那张脸上，目光里充满怀疑和探知，但只是一会儿，我便放弃了，因为她突然大声接起了电话。女人身后是一名男子，很高，瘦精精的，两条腿突兀得很。男人也在东张西望，会不会是他呢？用这种方式掩盖自己呢？但他的嘴一直都是紧闭的，后来又咬起嘴唇，闭得更紧了。还有后排的几个学生，若无其事地望着窗外，这样的姿势是容易发出歌声的。我突然想走过去，走过去干嘛呢，我并不知道，可能只是想走过去，可我刚要抬起屁股，那个学生突然吹起了口哨，很显然，又猜错了。在这样的搜寻里，总是使人焦急和无奈，每一束目光都变得成分复杂，它们平行或交错，像一柄柄利剑在公交车内挥舞和弹射着。

司机更加烦躁不安了，他的粗短胳膊已经在空中挥舞多次，每一次挥舞都伴随一句：再哼就滚下去——然而，还没揪出那个应该滚下去的人。有几次，等红灯时，司机从座位上站起来，一直走到过道里，他屏住呼吸，嘴嘟得厉害，眉毛眼睛都合并到一起了，我仿佛听见从他胸腔里发出的咆哮：滚下去。再后来，每经过一个站台时，矮胖男人都会让车多停一会儿。这里的意思大家都明白。好像是故意玩一场游戏似的，歌声总是在急刹的时候戛然而止，再后来，急刹更频繁了，在一次急刹突然到来的时候，歌声却没来得及停止——发现了，我想我应该发现了——那个不停哼歌的人，那个让我不能好好睡觉的人，那个让司机"头昏死了"的人——他坐在公交车中段的位置，爱心座，一个五六十岁的男子，头发秃了不少，留下的部分也白了很多，他的皮肤很黑，每一个五官都呈现出一副无辜的模样，好像本身就很无辜。他的嘴微张着，保持着哼歌时的最后一个浅浅的音符，对的，他的嘴唇变化不大，但分明看得出在急刹时会有一个小小动作，也就是暂停。他的身旁有两只蛇皮袋，鼓鼓的，有点斗志昂扬的意思，一只抱在胸前，一只卧在地上，蛇皮袋之间用一根短绳连接着。我想到为什么没有发现他，大概是蛇皮袋遮挡的缘故。他看着我，眼神木木的，因为嘴唇的微张，显得更加无辜。我想起老家的山芋、土豆，或者芋头，就是那种埋在土里才能生长的食物，收获的时候也需要从土里刨出来，带着泥土的憨态。他的脸也像是刚从土里刨出来一样，由于黑，略呈酱紫色，酱紫色的脸上有一对小眼睛，鼻子很大，这样就显得眼睛更细微了，细微得尽显无辜。再后来，更多的人看向他，这种"看"里带有一点抓获的喜悦和愤懑。司机再次叫骂的时候，全车的人几乎都看了过去，眼神凌厉。车内十分安静，大妈们不再交流做饭的事了，学生们也把手机收了起来，连那些本该有的噪声都消失了，车内安静得使人不适。很多人都憋着一股气，这个歌声竟然将大家遣向了同一方队，并且同仇敌忾。

更多的乘客看向山芋男人，并用眼神谴责起来，后者并不迎接这些目光，而是笔直看着前面，像是在看路，又像是在想心思，很投入，很认真，但当汽车行驶的时候，那个丝丝缕缕的歌声又飘扬出来了。

这一次的歌声不同于之前，像是泉水淙淙，又像是万马奔腾，总之，那应该是在草原上的，使人愿意在那样的歌声里脱掉鞋，光着脚丫撒欢起来——

突然，司机叫骂起来，用那只粗壮手臂在空中挥舞着，他说，再哼就滚下去——但后者一动不动，毕恭毕敬坐着，眼睛，鼻子，包括嘴，又显得无辜起来。有好几次，我在急刹时看过去，那张嘴总是轻轻收缩一下，然后紧张地保持最后一个口型。看的人多了，有窃窃私语的，也有目光如炬的，我想，这个家伙要是再哼，司机一定会把车熄火的，然后走过去揍他，刚刚司机已经把袖子撸起来了，他的胳膊那么粗壮。其实他的声音并不大，不仔细听很难发现，但司机一遍遍地骂着，几乎在咆哮。这时，山芋男人把脸转回去了，对着窗玻璃，他微微抬着身子，很用力地抬着，伸出两只手臂，我不知道他想干吗？打开窗户吗？！他又抬了抬，身子向后倾着，但窗户纹丝不动。他的手很黑很黑，手指粗壮，分明是与泥土过分接触的原因。但尽管如此，窗户仍未打开，这样反复很久，似乎也放弃了，又像之前那样笔直坐着，但脸没有对着前方，而是朝着窗外，也就是说，他将自己的整个面庞紧贴在玻璃上。

　　车再次启动的时候，我仍然能听到歌声，虽然被玻璃狠狠阻挡着，但还是被我捉住了，他的嘴唇被玻璃挤压着，不像一张嘴，倒像一条吐着水泡的鱼，我想，如果没有那扇玻璃，他的脸应该是伸在窗外的，在春风沉醉的早晨，一串悠扬而低缓的歌声——或者称不上歌声——它和春风交融在一起。

　　站台到来的时候，他把蛇皮袋挎在肩上，不少人看了过去，大概是要下车了，有点众望所归的意思。我接了个电话，一个推销旅行项目的，刚说了几句就被掐断了。转过头再看过去的时候，座位空了，他已经蹲到了门口——我不知道这样形容是不是合理，蹲着，是的，蹲着——他只有半个身子，屁股往下没有了。门开了，他的嘴咬住蛇皮袋，用那双手缓慢地"走"了下去。

　　公交车继续向前行驶着，再过两个站台，我也要下车了。太阳已经堂而皇之地出来了，照耀着这辆崭新的 88 路，车上的人少了一些，先前站着的都坐了下来，那个位置被一个腆着肚子的孕妇坐着了。人们似乎又回到之前的状态，交谈或者翻看手机，我也不打算睡觉了，四十五分钟快要结束。这是一条漫长而繁忙的路，是的，它穿过城市的中心，从一端驶向另一端。汽车的轰鸣声又占据了我们的耳膜，还有闲聊的声音，咳嗽的声音，游戏的声音，手机铃声，喇叭声……突然地，这些合情合理的声音里慢慢分离出另一种声音，它在我的耳边轻轻哼哼着，细细的，微弱的，是一种歌声，哼唱的歌声，丝丝缕缕，低缓而飞扬——

鸿 雁

1

何小玉决定和那个人见一面。下班后她就给介绍的黄姐打了电话，电话里支支吾吾的，黄姐问究竟是什么意思，要不要见面说？

何小玉连忙回答："是呢是呢，见一面，我想和那个人见一面。"黄姐说："当初叫你谈，你不谈，现在却想见面了？"何小玉也不说话，听黄姐嗔怪着。

地点定在南门街的一棵老槐树下，时间是半个钟头后。那个时候黄姐应该还没下班，所以何小玉只能单独去和那人见面了。她没有回家，在公共厕所里把头发重新扎一下，发现镜子里自己的眼角纹深了不少，几根白发龇在外面，便用水将其捋平，这时正好有人进来，何小玉吓了一跳，赶紧将觑在镜前的上半身缩回，装作认真洗手的样子。

从厕所出来，竟走错了方向，又赶紧折回去，看时间不早了，心想不如打个车。在路边站了一会，手臂也没伸出去，大概不想乱花钱，于是又小跑起来，一边跑一边想，为什么是南门街呢？为什么是在一棵老槐树下呢？

她跑得很快，以至于身上很快就汗湿了。何小玉觉得自己不是在跑步，而是在生气，真的，是生气，每一步都在生气。她咬着嘴唇，脑海里都是昨天在淮海路上遇见于健的事——于健正陪一个女孩买衣服，他在橱窗里看见何小玉，就走出来了。于健问何小玉干嘛去呢？何小玉说："我们都离婚了，你还管我干什么？"说完觉得自己这话过于负气，不好，应该表现出天高云淡才对，于是又补充说，"和朋友去吃饭。"

于健"哦"了一声，他想象不出何小玉会有什么样的朋友，在和她共同生活的二十多年里，她几乎没有朋友，她胆小、腼腆，害怕跟人说话，即使和他们的儿子于平说话都是细声细气的。于健问何小玉结婚了没有？

何小玉摇了摇头，眼睛并不看着他。

于建说他结了，就是那个，便用手指了指橱窗里试衣服的女孩，转过脸对何小玉说："你也赶紧找一个吧，你结婚了我就放心了。"

于健的关心在何小玉看来更像炫耀，于是使她突然产生一种咬牙切齿般地难过。"我有对象了，下个月就结婚。"她小声地撒了个谎。

现在，何小玉正向她的"对象"奔去，她还不知道这个对象叫什么，多大年纪，长什么样……不管了，她恨不得立即去民政局，登记结婚，然后双双出现在于健跟前。

南门街人不多，三三两两地聚在一起拉家常，太阳快要落山了，树木流金，槐花静悄悄地飘着，何小玉第一次为这样的情景欣喜和陶醉。按照黄姐说的最大的一棵槐树，可槐树下坐了不少人，一群半老头子围着两个下棋的。何小玉想难道她的"对象"就在这群人中？于是一个个地看过去，有一个仿佛就是，瘦精精的，戴一副黑框眼镜，两只手抄在裤兜里，笑的时候牙齿黢黑。还有一个看了一眼何小玉，转过去看了会儿下棋后又看了眼何小玉，此人稍胖，个头不高，前额有些秃……何小玉揣摩的时候，人群慢慢散了，围看的人都陆续离开了，只剩下一个下棋的，坐在轮椅上，一边收拾棋盘，一边哼着歌，他瞅一眼何小玉，笑了，说，你要不要来对弈一局？

何小玉连忙摇头。

"我叫孟天成，你是何小玉吧？"轮椅上的人问。

何小玉愣了一下，吞吞吐吐问："你，你怎么知道我的名字？"

对方笑了起来，"我不光知道你的名字，还知道你的生辰八字呢。"说完又笑了，他指了指头顶上的槐树，一片槐花正好悠悠飘下来，他眯着眼睛看何小玉。

如果没有这个轮椅，何小玉还是会觉得这个画面挺动人的。

"我是有腿的。"对方仿佛看出她的心思，腾地从轮椅上站起来，在落满槐花的地上勉强走了几步，又坐回轮椅上，"我是有腿的，你看是不是？"

他长得并不好看，但魁梧，结实，笑起来的时候牙龈毫无保留地露出来，这更增添了几分爽朗。"我是试试轮椅怎么样，方便不方便。"他的牙龈又露出来了，"明天我就去截肢了，字都签了，你突然要见面，所以就来了。"他停了停，又说："截肢你懂不懂？"眯着眼睛看何小玉，把左腿抬起来，"咔嚓，就这样。"他用手掌在左腿上示意了一下。何小玉吓了一跳，浑身一阵哆嗦。

"别怕，姑娘，我还有一条腿呢。"孟天成对何小玉说。何小玉被"姑娘"一词逗笑了，却不好意思起来，头低得不能再低。

孟天成拍拍身边的石凳，邀她坐一会儿，待何小玉坐下后，又转过轮椅用右腿对着槐树蹬上一脚，白色的槐花便颤颤悠悠落下来。"你看，多美。"他仰着头笑，"要是我们在这棵槐树下谈一场恋爱，后半生都能闻到槐花的香味。"

2

何小玉和孟天成的婚礼是在病房举行的，在他们见面后的第二天。孟天成说："姑娘，你都想好了？"何小玉很久没被叫"姑娘"，脸刷地一下涨红了。她坐在床边，低着头，要是病房的灯光再亮一些，一定能照见何小玉绯红的脸——她有着和她这个年纪不相符的腼腆。

"孟天成先生，"孟天成压低声音说道，"无论贫穷、疾病、困难、痛苦、富有、健康、快乐、幸福，你都愿意对何小玉小姐不离不弃，一生一世爱护她吗？"

"我非常愿意。"孟天成自问自答着。

"何小玉小姐，无论贫穷、疾病、困难、痛苦、富有、健康、快乐、幸福，你都愿意对孟天成先生不离不弃，一生一世爱护他吗？"

何小玉点点头："我愿意。"声音更低了。

病房里没有其他人，仅有的一个病友还没从手术室回来。孟天成轻轻抱了抱何小玉，在她耳边说："多时髦，我们这叫不叫闪婚？"何小玉没说话，脸一直红着，直到两个护士进来把孟天成推走了，何小玉还沉浸在刚刚的喜悦和害羞之中。

孟天成要做手术了，如他描述的，在左腿的膝盖下截掉。他患的是糖尿病，起初没在意，直到左脚趾溃烂才重视起来。孟天成说自己真是太幸运了，要是再晚一点，就要截到膝盖上面了。他把两只脚靠在一起，好像进行最后的告别。何小玉却在一旁哭起来——所有人的不幸都能使其流泪。她悄悄地擦了眼睛，生怕被孟天成看见。现在孟天成进手术室了，据说他的女儿正坐在云南开往扬州的火车上，她还没见过她，孟天成只说了有一个女儿，叫孟小云，在支教，其他还没来得及说。何小玉觉得这几天似乎发生了很多事，饱满充斥了她的一生，她分明还记得前天遇见于健的那个下午，他说他结婚了，何小玉气得胸脯起起伏伏——她才不在乎他，干嘛在乎这个背叛她的人呢。然后是昨天，她和孟天成的第一次见面，好像过去很久似的，好像他们已经相亲相爱了一辈子似的。

孟天成从手术室出来就看见了何小玉，他抬手向她招呼了一下，像战士凯旋。"疼吗？"何小玉小声问。"不疼，怎么会疼呢？"孟天成说，"要是疼我就告他们麻药是假的。"

何小玉噗嗤一笑，旋即又严肃起来，她从没在医院笑过，这里应该只属于眼泪和哀伤吧，但现在她已经笑过很多次了。护士正在关照病人的生活注意事项——如果恢复好的话，十天左右就可以出院了。孟天成突然接过话头："果真是个小手术，十天就能出院了。"他安慰何小玉，何小玉没说话，目光不禁落在他左腿处瘪下去的被子上。"我去看过假肢了，很不错。"孟天成说，"跟真的一样，一点都不影响我的身高。"何小玉又忍不住笑了，她想，这应该是她见过最乐观的人了吧，从昨天的第一句对话开始，她就被这种乐观打动。

3

何小玉去单位申请了提前退休，孟天成说："姑娘，你都想好了？"何小玉就抿嘴笑，在她做任何决定的时候，孟天成总喜欢这样问，他会帮她分析、判断，却由她做出选择。何小玉想到和于健生活的二十多年里，她几乎没有选择过，从结婚——是父母的选择，生活中的一切都是于健说了算，她胆小谨慎，任何事情都不敢轻易做决定，她也没有朋友，更不会有和朋友商量的机会——对没有朋友这事，于健一开始是赞赏的，认为她简单纯粹，不像那些事儿逼女人一样叽叽歪歪，于是何小玉就更不爱与人交往了，仿佛不交朋友是一种美德，她什么都听于健的，听话也是美德。但后来于健却责备她性格孤僻怪异，"连朋友都没有"。突然有一天，于健告诉她自己有外遇了，他爱这个家，但也爱那个女孩，他不知道怎么办？这是何小玉唯一一次为自己做的选择，她选择了离婚，迫不及待的，好像每拖延一天就会感到侮辱似的。

何小玉在开水房洗衣服，厚厚的宽大的夹克，孟天成的，昨天不小心洒了汤汁。很多瞬间，何小玉感到恍惚，自己怎么在医院给另一个陌生男人洗衣服呢——她和于健离婚三年，三年里她独居，除了工作，几乎很少出门。她的父母早就去世了，这个世上她只有于健和于平两个亲人，现在于健也离开了，她觉得自己活着的意义又缺了部分，很多时候她想死，又放心不下于平，她想等于平大学毕业了再死吧；可于平大学毕业了，她又想等他找到工作再死；等于平有了工作，她竟然不那么想死了。她每天按部就班地吃饭睡觉工作，好像生活原本就该这样。

开水房不停地有人进进出出，总是打乱她的思绪，她把盆里的水倒掉，将夹克拧干，浑身充满力量似的。她看着手里陌生又熟悉的衣服，突然有种奇妙的感觉，仿佛她的人生才刚刚开始。

何小玉还没走进病房，已有笑声漾出来了，不消说，一定是孟天成，他总能将病房的阴霾驱散，到现在他都不承认自己是个病人，认为自己"挺好的"，很快就能重新走路了。他告诉每一个来看望他的人，假肢已经预定了，因为腿长，比腿短的人费材料多了，他不要硅胶的，要不锈钢的，一定会很酷。

何小玉在门外站着，这种时候她是害怕出现的。笑声断断续续的，偶尔会夹杂着一个女孩的声音，何小玉一愣，心想，难道孟天成的女儿孟小云回来了。这么一想使她更紧张起来，脸又红了，身上的每一个毛孔都处于害怕之中。突然，手上的盆被一个人接过去了。"嗨，你好，阿姨，"孟小云出现在她面前，"老孟正叫我去开水房看看您呢。"

何小玉羞涩得没敢抬起头，嗯嗯啊啊地答应着对方的话，她用余光看过去，简直是小一号的孟天成，每一个五官都像极了，连笑起来毫无保留的牙龈都是一样的。

孟小云搬来凳子让何小玉坐下，自己则站在一旁，孟天成还没做完介绍，孟小云就狂笑起来，说老孟你真是太幸福了。她用手在孟天成的头上抚摩了一下，转脸对何小玉说："老孟还没白发，还年轻着呢。"何小玉看着孟小云的手在孟天成的头上来回摩挲着，心里突然咯噔一下，她想自己和于平最后一次这样亲密接触是哪一年呢？真的记不得了，她只记得于平高二那年，有一次考试前对她说："给我个拥抱吧。"然后像个大人似的给何小玉一个熊抱。何小玉感到浑身不自在，有些不好意思似的，赶紧挣脱出来，低声说："都这么大的人了，还要抱啊。"再后来，她和于平接触的就更少了，即使何小玉有时拍一拍于平的肩，后者都能像武林高手似的闪避过去。

4

晚饭是在病房吃的，盒饭，韭菜鸡蛋，莴笋肉丝，还有一块香酥排骨，孟小云一边吃一边感慨："很久没吃家乡的菜了。"她说藏区主要以糌粑和土豆为主，有时想吃米饭了，就用水瓶闷一点米粥来，真是香透了。他们无话不谈，从国际形势到星象星座，最后话题又落在最近当红的明星上。"嗨，老孟，你居然知道鹿晗和迪丽热巴。"孟小云的手又落在孟天成脑袋上了。孟天成一脸不屑，"我还知道 TFBOYS 呢，得要跟得上潮流，不然都没法跟你们零零后沟通了。"说完两人的笑声都迸出来了。

晚饭后，孟小云要出去洗个澡，她说很久没洗了。孟天成让她带上何小玉，"你阿姨这几天在医院也没顾上洗澡。"孟天成说。何小玉刚要婉拒，就被孟小云连拖带拽挟持出去，一路上何小玉都感到不自在，她很少去浴室洗澡，更别说和别人一起去了。但孟小云一直勾着她的胳膊，不容置否似的。她告诉何小玉孟天成各种好玩的事，然后兀自笑着，有好几次何小玉也忍不住笑起来，笑过之后何小玉突然发觉，人与人之间的关系原来也可以这样简单。

浴室里人不多，一块块铝合金隔板将彼此隔离出来，这倒好，不然何小玉又会不自在了。正想着，孟小云突然跑过来，说要帮她搓搓背，何小玉还没来得及拒绝，孟小云已经将她摁住了。她想，有一种人的热情是无法拒绝的，它们像洪水一样涌来，将人淹没。孟小云一只手搭在何小玉左肩上，另一只手套着

· 065 ·

搓澡巾有条不紊地在背上来回走着，何小玉浑身都在紧张之中，那个和孟小云的手接触的一小块皮肤十分灼热，这种热量慢慢传递过来，又慢慢变得温和了。"该我了。"孟小云将搓澡巾在水龙头下洗一洗便递给何小玉，不容对方回复，自顾弯下腰来。这回轮到何小玉了，她愣了一下，好像还在搜寻婉拒的理由。"没事，咋样搓都行，我在那儿难得洗澡。"孟小云低着脑袋说，热气一阵阵地涌来，水流声清脆明亮，孟小云还在说着支教的事——她好像十分喜欢目前的状态。"很好，真的。"她告诉何小玉，"天空蓝得叫人想哭，你和老孟一定要去一次。"何小玉慢慢靠近孟小云的背——这个个头已经超过她的女孩竟然和自己如此地坦诚相待，她觉得这几天真是太奇妙了，和孟天成接触的这几天里，一切都是那么地新鲜，修正了她对一切的看法，包括人与人的关系。

回到病房才七点多，离睡觉时间还早，病房里依旧谈笑风生，有两个小护士也倚在门框上不肯离去。孟小云回来后气氛就更好了，后来不知道怎么又说到了西藏和云南，说到"蓝得叫人想哭的"天空，"老孟，等腿好了你得来草原。"孟小云露出牙龈笑着。

"那肯定要去的，我就是草原上的人，我腿长，适合骑马。"孟天成将包着纱布的左腿抬起来，他说他要骑一匹白色的马，一定要魁梧，因为后面还要坐上何小玉，草原辽阔得很，看不到尽头。何小玉不好意思地笑起来，将身子缩在角落里。

有人提议唱一首草原的歌，降央卓玛的，或者腾格尔的。孟天成爽快答应了，"就唱《鸿雁》吧，在草原上最适合唱它了。"他顿了顿，清清嗓子，"我要把这首《鸿雁》送给何小玉女士。"

何小玉记不清自己是怎样听完这首歌的，她似乎一直在热泪盈眶着，眼前越发模糊，歌声低沉，却很悠长，仿佛飘扬在草原之上——后来，歌声中又掺入了一个女声，那是孟小云的，她打开双臂，似乎正在拥抱什么。何小玉仿佛看见"蓝得叫人想哭"的天空了，还有"看不到尽头的"草原，牛羊欢快地吃着草，河水潺潺，白云悠悠——鸿雁，天空上，对对排成行……鸿雁，北归还，带上我的思念，歌声远，琴声颤，草原上春意暖……

5

孟天成出院后，孟小云就回云南了，她说那里的孩子还在等她，让老孟多多保重。"你真是太幸福了，老孟。"孟小云的手又在孟天成的脑袋上摩挲了。

孟天成很快就装上了假肢，他从轮椅上站起来，刚走一步就疼得差点摔倒，何小玉去扶他，他说没事，这条腿还野得很，不过没关系，他会把它驯服的。

他们坐在桌旁吃饭，一盏灯悬在头顶上。多日来的喧嚣，现在突然只剩下他们两个人了，何小玉拘谨地嚼着米粒，眼睛时不时地瞟向孟天成，她仿佛又回到了少女时代，羞涩和腼腆铺天盖地。

"其实我早就知道你了。"孟天成突然说。

何小玉蓦地抬起头，怔怔地看着孟天成。"你的同事，黄姐，很早就和我说起你了。"

何小玉点点头，黄姐和她同一个单位，她是材料会计，黄姐是仓库统计，虽不在一个办公室，但常有交接。

"黄姐说你很内向，但人很善良。"

何小玉一时不知道说什么，她仍然不善于与人交流，于健就曾批评过她"三棍子打不出一个闷屁来"。她也记不得自己和黄姐说过什么，好像什么也没有，她很少向人吐露心声。

"黄姐一定也向你说过我吧。"孟天成问，眼睛笑着挑衅地看着对方。

何小玉支支吾吾起来，她真想不起来黄姐说过什么，她害怕与人说话，尤其是这种事，只记得黄姐找她的那个早晨，窗外还滴着雨滴。黄姐就站在她办公桌的侧面，慢悠悠地说话，声音汇入雨滴之中。何小玉多想再回到那个早晨，再听一听黄姐说一说孟天成，究竟会有哪些词语与他有关——乐观、幽默、善良……她想一定是的，一定会有这几个词。可偏偏那个早晨她什么也没听进去，只听见黄姐临走时强调"他是一个好人"。好人，是的，还有什么词语比"好人"更好呢。

屋内突然黑了，停电了。"啊。"何小玉叫了一声。孟天成说："刚刚上楼时就看见通告了，也没在意。"

何小玉起身去找手电或蜡烛，才发现自己对这里并不熟悉。"坐下吧。"孟天成说，"线路维修，也就停一会儿，通知上这么写的。"

何小玉坐下来，在黑暗里毕恭毕敬。

"正好，让我们说说话吧。"他说小的时候，祖母常常在晚饭后吹灭灯，让每个人说点儿秘密，"其实也算不上秘密，也就是一些羞于启齿的事，或者白天不好意思说出口的奇异梦想。"

"是吗?"何小玉抿着嘴笑，"一定很好玩。"

"我想听听你的小时候。"孟天成的声音很柔软，"我想象不了，你小时候比现在更内向么?"

何小玉咬着嘴唇使劲回忆着，她都快记不起来了，仿佛那是一段不属于自己的过往，时间过去太久了，这些年来她很少回忆，"有一次过年，我一个人去看电影，结果，迷路了。"她勉强记起一件。

"后来呢？"

"我害怕问路，不敢跟人说话，便一个巷子一个巷子地穿，还做上标记，一直到天快黑了，才找到家。"

孟天成笑起来，说太有意思了，怎么能内向成这样。何小玉也忍不住在笑，好像这件事刚刚发生似的。

"还有吗？"孟天成迫不及待地问。

"还有一次，我穿着新鞋去河边玩，拖鞋，塑料的那种。可我不小心将鞋掉进河里了，其实河水很浅，只要一伸手就能够着，但我不敢。路上有人经过，还有人停下来跟我打招呼，问发生什么事了，因为我脸色看起来很糟。"

"你回答了没有？"孟天成忍不住问。

何小玉摇摇头："哦，我不敢说话，我害怕和人说话，等那些人走远了，我才发现，鞋也漂远了。"

孟天成大笑起来，说："姑娘，你的内向太可爱了。"

"他以前也这么说。"何小玉声音低沉起来。

"他是谁？"

"我前夫。"

"哦。"

"后来，他很厌烦我的内向。"

"为什么厌烦？"

"我不知道，可能真的很让人厌烦吧。离婚时，在法庭上，律师指证我性格孤僻不合群，所以，"何小玉停了停，"孩子判给了他。"

孟天成握住何小玉的手，"我不会厌烦。"他认真说。

这个晚上，他们说了很多话，何小玉几乎把小时候能回忆到的都回忆了一遍，她很惊讶自己竟然说了这么多话，而且对着一个刚刚熟悉的人。她还说了自己的梦想，这些年来她从没想过自己还有什么梦想，日子太多余，每一天都在挨着。"我想不那么孤单。"她突然说出了这三年来的渴望。

孟天成把她的手拽得更紧了，黑暗中他的声音特别轻："等我腿再恢复一些，我们就去买车，我可以开车，我们去云南，去西藏，我要带你去看看草原。"

6

夏天到来的时候，孟天成已经能够自己慢慢上下楼了，他不要何小玉搀扶，让她走在前面，拐弯的时候，他便停下来休息一下，顺便向何小玉嘚瑟。"你看，"他抬起左腿，"我已经将它驯服了。"

他们每天都会走一段路，从家一直走到南门街的老槐树下，那里的人几乎都认识孟天成，看见他来了，总是让出一席地，"老孟，杀一局吧。"

孟天成必定要迎战的，这时围看的人就更多了，何小玉也被包围在里面，换作以往，她一定会逃开，她多么害怕人群啊。但现在她却安然站在一边，认真地看每一张面孔。有孟天成的地方，笑声也多，有人不小心踩到他左脚上了，连忙说对不起对不起。孟天成则安慰对方："没事，可劲地踩，这只脚可结实了。"人群便哄笑起来。

风很轻，阳光从鳞隙里透下来，洒在地上斑驳一片，何小玉常常陶醉在这样的场景之中，五十多天前，她怎么也不会想到自己的生活将会改变，那种像死水一样的生活又活泛了，一切都变得舒畅起来，仿佛四十九年的生活正重新开始。很多日子之后的一个晚上，她和孟小云躺在床上的时候，也回忆起这些画面，槐树下斑驳的阳光，初夏的风，还有孟天成爽朗的笑声。彼时何小玉和孟小云的关系更紧密了，像母女，更像朋友。孟小云问她和老孟有过性生活吗？何小玉并没有害羞，而是平静地叙述着他们仅有的几次——性生活对于糖尿病患者是大忌，她希望他活得长久——我们每晚都抱在一起，你知道吗，抱得很紧，比做爱更亲密。孟小云没有说话，黑暗中何小玉感到孟小云向她挪了挪，伸出了手臂，然后紧紧地抱着她。

小区再次停电的时候，何小玉已经能自如应对了，她和孟天成早早吃完晚饭，洗漱完毕，坐在床上，电灯突然熄灭的瞬间，黑暗降临下来。人们总喜欢说黑暗降临，降临，这是一种多么美妙和神圣的感觉。"说说你的小时候吧。"孟天成开口道。这些天她几乎将小时候回忆了遍，那些都已忘记的事情又被打捞上来，连自己都很疑惑，她何小玉也曾有过一个生动有趣的童年。或许不止是童年，她的少女时代，以及那段未能寿终正寝的婚姻看起来都那么充满意义。离婚的三年里，她几乎是咬牙切齿过来的，于健告诉他有外遇的第二天，何小玉就从家里搬出来了，仿佛多住一晚都身心俱焚，没人能够看出她小小的身体里究竟聚集了多大力量，像炸药一样，随时都能将自己引爆。她住在一个偏僻的小平房里，想把自己藏起来，用后半生的光阴去挖一道深不见底的缝。但现在，那些仇恨和委屈都不复存在了，过去的时光也能如流水一样抚平一切。孟天成说，光阴者，百代之过客也。她并不懂具体的意思，但她知道，生命太短暂了，稍纵即逝，为什么不能与过去和解呢。"说说你的梦想吧。"何小玉对孟天成说。

"在遇见你之前，我的梦想是去草原，遇见你之后，我的梦想是和你一起去草原。"说完孟天成笑了起来，"我们开车去，一路驰骋。"

何小玉也被这种爽朗感染了，咬着嘴唇嗤嗤笑着。

"那你坐坐好，系上安全带。"孟天成从何小玉的右肩上方假装拉出什么，"卡嗒，系上了。"他也给自己"系"上安全带，点火，挂挡，松手刹，"真是太美妙了。"孟天成感慨道。

"是啊，太美妙了。"何小玉也跟着说。

"你看，草地上都是羊群呢。"孟天成说，"我们应该听点什么才不负这眼前美景？"

"《鸿雁》。"几乎是异口同声。

黑暗中，何小玉感觉正身处草原，自己并不在车里，而是在天空中，像鸿雁一样，俯瞰着辽阔大地。

7

孟天成又住院了，突如其来的。

他浑身水肿，很多器官都在衰竭，胸部大量积水，因为未感到疼痛，所以并没在意，孟天成还嗔怪何小玉："姑娘，你都把我喂胖了。"直到有一天，积水压迫肺部，使他喘不过气来才感到事态严重。医院开出病危通知单，在孟天成的胸腔打出四个洞来排除积液，之后又在重症监护室查看两天后才转入普通病房。人脱离危险了，但要透析，每个礼拜三次。

病房里四个病人，除了孟天成其他三个都是腿脚健全的，但糖尿病带来的诸多并发症使他们颓丧和绝望，有的脾气暴躁，有的万念俱灰。孟天成右侧的病人叫老李，双眼视力已经快接近于零了，每天对着白亮的窗户发呆，他问孟天成，刚刚是不是有一只鸟飞过？孟天成说："是，一只小鸟，我也看见了，很漂亮。"而天空里什么都没有。

刚开始透析时，孟天成都会抽搐，眼睛、嘴，痉挛起来。医生说这也是糖尿病带来的并发症，癫痫，每次抽搐时，何小玉总是镇静地将咬合器放进孟天成嘴里，使他不会咬伤舌头。做这些时，何小玉并不胆怯和慌张，使得人们总是惊叹这个女人小小的身子里竟有如此强大的意志力。再去透析时，抽搐的情况减轻不少，孟天成总是对年轻医生说："没关系，放松，一点都不疼，随便扎。"医生走后，何小玉问孟天成真的不疼吗？孟天成咬紧牙齿，嘴里丝丝地，"疼，真他娘的疼。"

孟天成瘦掉了一圈，高大的骨架仿佛被剔除了皮肉，但他仍然乐观，每次去透析室，总有几个小护士赶过来，说："嗨，老孟来啦。"他们喜欢听孟天成讲笑话，讲他如何驯服了自己的假腿。"我对它可好了，买鞋时也给它试一试，你得一视同仁，对吧，假腿也是腿啊。"小护士们便倚着门框笑起来。

这样的日子持续了很久，孟天成和何小玉平静地度过每一天，他们似乎并不为此悲伤，吃饭，休息，透析，聊天，还常常"交换"着彼此的过去，那些被重新记起的事情像贝壳一样闪亮在岁月的沙滩上。孟天成几乎无法行走了，何小玉就用轮椅推着，大多时候是孟天成要自己"走"，他坐在轮椅上，转弯，掉头，止步，"你看，"他向何小玉嘚瑟，"这轮椅也被我驯服了。"

直到有一天，邻床的老李突然不再说话了，他坐在床上，两眼空洞。小护士悄悄告诉老孟："他什么都看不见了，眼前连一点光亮都没有了。"

那是孟天成最颓唐的一天，他要求去医院的浴室洗一次澡，被拒绝了，浴室不允许残疾人进入。后来，何小玉在医院附近找了一个钟点房，在宾馆狭小的淋浴房里孟天成第一次沉默起来，他轻轻地抱住何小玉瘦弱的身体，让水流漫过。

老李去世后，孟天成决定出院，医生并不赞成这种做法，认为每周三次的透析还是留在医院观察更好。"我觉得我好了，恢复得很好。"孟天成坏坏地笑。

"住得远吗?"医生问，"如果远那还是在医院方便一点。"

"近得很。"孟天成看着何小玉。

为了这句"近得很"，他们把从前的房子退了，在医院附近租了一间——从前冶金厂的宿舍。房子很小，四楼——找不到有比这更近的地方了。

这次租房子，何小玉才知道孟天成并没有钱。"都捐出去了。"孟天成的一个朋友告诉何小玉。何小玉有些后悔当初离婚时没有争取一点财产，那时多么天真，什么都不要，仿佛错误的是她。

晚饭后，筒子楼里安静下来，远处汽车的鸣笛若有若无，孟天成教何小玉下棋，何小玉赢的话，两人都会欢呼起来，笑声飘散在夜晚的寂静之中，十分辽远。

8

何小玉给自己找了一份兼职，为两个广告公司代账。这样既可以照顾孟天成，也能赚些医疗费。孟天成比以前更瘦了，上下楼时也不再是何小玉搀扶着，而是背着，筒子楼里的人常常看见这样一幅画面：一个瘦削的男人伏在一个更加瘦小的女人身上——她执拗地不要人帮忙——弯下腰，臀部一提，就将男人背上去了。孟天成依旧谈笑风生，仿佛肚子里有说也说不完的笑话。上楼的时候，何小玉说："老孟，我们什么时候去登记结婚呢？"

孟天成笑起来："姑娘，你都想好了？"孟天成喜欢这么称呼她——"姑娘，你睡着了吗？""姑娘，你还记得吗？""姑娘，你不后悔吗？"

何小玉也喜欢被他这么称呼，多么美好的名词啊——姑娘，这是一个女人一生中最好的年华。

"姑娘我想好了。"她也笑着回答。

孟小云后来问何小玉，老孟和你有没有去领结婚证？何小玉摇头，"我们约定了很多次，一推再推，每次都因为透析而耽搁，或许是天意吧。"她长长舒了口气，"后来，我们就决定在腊八这天去民政局，老孟喜欢吃腊八粥，他说，多好，全中国的老百姓都将做腊八粥为我们庆祝。"

进入腊月后，孟天成已经需要隔天透析一次了，他越来越瘦，仅剩的一点皮肉像挂在骨头上一样。有一次何小玉次帮他洗澡，突然发现孟天成变得很轻很轻，她弯下腰扛起他，差点将他翻了过去。但尽管如此，透析时的抽搐孟天成仍然有着无比可怖的力量，究竟是怎样的疼痛才使他浑身颤抖——他的眼睛和嘴角被一种看不见的力量牵引着，直到歪斜。"快点，"护士喊道，"快将咬合器放进嘴里。"何小玉来不及找来咬合器，她没犹豫，迅速将自己的手伸进孟天成的嘴里。

待一切都平息后，何小玉的三根手指已血肉模糊，护士为何小玉包扎了伤口，血还是不停地洇出来，她不想被孟天成知道，便装作若无其事地说，自己不小心割伤的。

他们从医院出来，太阳快要落山了，路上车水马龙，每一个人似乎都在奔赴远方。何小玉看着川流不息的车辆，她不知道人们为什么这么忙碌，他们奔跑着，究竟是为了到达还是离开。

何小玉推着孟天成从老巷里走。青石板路凹凸不平，他们经过一扇扇的门和一扇扇的窗户，每一个被木板隔绝的老屋都显得格外安静——据说这里也快拆迁了。

南门街的老槐树还在，光秃秃的枝条伸向天空，几只小鸟从枝条上扑棱着飞去，消失不见。槐树下也不再有人下棋了，或许因为寒冷，也或许，都搬离了。何小玉将轮椅固定，和孟天成在老槐树下并排坐着，那个过去的春天仿佛又跑回来一样。

到达冶金厂宿舍，天已经黑透了，她把轮椅推到台阶下，锁住，自己再蹲到孟天成跟前，她从肩上握住孟天成的手，腰躬着，慢慢站起来。

孟天成说："姑娘，你后悔吗？"

何小玉笑了，声音特别清脆，"一点都不后悔。"她对孟天成说。

"真的不后悔吗？"他也笑着问。

"为什么要后悔？"何小玉声音更高了。

他们像两个顽童一样逗乐起来，笑声在黑暗中激荡。

何小玉将背上的孟天成提了提，再慢慢往上爬。每一层都有一扇小窗户，何小玉总是在窗户前逗留一会儿，窗外已经黢黑一片，偶尔有一辆汽车经过，车灯像利剑一样将黑夜刺破。孟天成在她背上轻微均匀地呼吸，热气掠过她的耳朵，总使她感到阵阵温暖。他说，姑娘，你累吗？

不累，一点都不累。何小玉总是这样回答，她的手将他箍得更紧了，仿佛要将他嵌进自己的身体之中。

很多年后，何小玉都不会忘记那样的夜晚，他们在黑夜里慢慢前行，他伏在她的背上，紧紧地，贴着，她多想就这样一直下去，一直背着。

但到了晚上，孟天成就去世了。何小玉永远记得那一天，他们不像是生死离别，倒像是短暂地分开。他们回到小屋里，孟天成说他想睡一会儿，躺下后，却一直睁着眼睛，他将屋子反反复复看了无数遍——第一次这样认真地打量这个家，"真好。"孟天成对何小玉说，"麻雀虽小，五脏俱全。"

"我们常常以麻雀来形容这里。"何小玉对孟小云说，"老孟说四楼挺高的，一层一层艰难爬上去，好像花去半生光阴，打开门，再钻进麻雀肚里，多好，谁说我们不是在天上呢。"

"老孟一定去了天堂，如果不是，那么也一定去了很好的地方。你说，是不是?"孟小云问。

何小玉点点头："一定是，好的地方，很好很好的地方。"

她记得那个晚上孟天成突如其来的呼唤，他的脸色很难看，五官都扭曲了。何小玉要拨打 120，孟天成阻止了。"让我抱抱你，姑娘。"他几乎在哀求。何小玉坐在床边，孟天成的双臂紧紧箍着她——她感受到他的力量，也感受到他的痛苦和难过——他将她抱得很紧很紧，整个脸都陷在她的臂弯里。何小玉没有感到慌张，她的手臂也紧紧地抱着对方，很长时间过去，她一动也不动地，直到手臂酸疼，直到对方慢慢平静下来，何小玉没有松开手，整个夜里都保持着这一姿势，很多次她觉得怀抱里很空，恍若自己正抱着自己似的。

天亮的时候，她才将孟天成慢慢放在床上——已经停止呼吸了，他的面容十分平静，甚至安详。窗外有隐约的汽车鸣笛，有疾驰而过的自行车声音，遥远得仿佛另一个世界。

9

丧礼很简单，只有几个朋友和亲眷——孟天成的两个姐姐、婶婶、姨婆和侄子。孟小云也从云南回来了，她没有像电视或电影里那样声嘶力竭，而是平静地坐在角落里，偶尔会看一看何小玉，目光乞求着，让她多讲一点关于老孟的细节。孟天成的两个姐姐和婶婶张罗着丧礼——人情往来，火化时间，墓地选择，等等。何小玉似乎帮不上什么忙，只有在她们需要一把剪刀，一支笔，或者别的什么的时候，何小玉才快速地找出来并递过去。

人们来回在医院、殡仪馆、冶金厂宿舍之间——一个人与这个世界的最后联系似乎只有这些了。一切都处理完毕后，亲眷们也要离开了，他们小声地谈论何小玉——恐怕也要走了——他们认为，这短暂的几个月能有什么感情，再说，又没结婚。他们商量着如果何小玉离开了，这间屋子就停租吧，毕竟每个月六百元的费用，谁还来付呢？

只有孟小云不参与谈论，她依旧一个人坐在角落里，或者坐到何小玉旁边。

孟天成的姐姐去照相馆洗了照片，一张给孟小云，一张给何小玉，另一张自己留着。"留个念想吧。"她说。何小玉接过照片，突然，她喊起来："不要，不要这个照片，我不要黑白照片。"所有的人都愣住了，这几天里他们从没看过何小玉歇斯底里——为什么要洗成黑白的，老孟没有死，我不要黑白照片，我要彩色的，老孟怎么会是黑白照片……在她断断续续地哭喊中，人们才明白过来——后来不知谁又去照相馆了，重新洗成彩色照片，何小玉才不再哭泣。

亲眷们都陆续离开了，每个人又回到各自的生活轨道中。孟小云也离开了，回到那个她"放心不下"的学校去了。何小玉依然住在冶金厂的宿舍里，屋里还保持着过去的模样，孟天成的眼镜搁在面盆旁边；瓶瓶罐罐的药还在餐桌一角；假肢在轮椅上，新买的袜子还没来得及穿好……孟天成坐在轮椅上笑——那张彩色照片——他的牙齿很白，牙龈都露出来，眼睛弯成了一道缝。

　　腊八这天，何小玉做了腊八粥，从挑选食材到蒸煮，都十分讲究。花生要红皮的，肉紧，口感略甜；核桃是自己剥的；枣子是新疆产的，个大，皮薄；还有桂圆，不要陈的，是刚晒干的那种……她坐在煤气灶旁目不转睛地看着，不时用勺子慢慢搅动。热气袅袅，汤汁渐渐黏稠，间隔还会发出"噗噗"的声响，像一个人轻微而均匀的呼吸。她掀开锅盖，给自己装上一碗，也给孟天成装了一碗——他们相对而坐。吃完后，何小玉坐在台灯下做账，屋子里很安静，远处有隐隐约约的声响——汽车的鸣笛，工地上混凝土搅拌机的声音——这样的声音，并不使人感到喧嚣，相反，因为它的遥远，反而能感到夜幕之下的辽阔。做完账，何小玉把灯熄灭了，脱了外套，慢慢坐到床上。她将腿伸直，身体靠在床头背上，这样坐了一会，突然，她站起来，迅速转换到床的左侧——孟天成从前坐的位置。黑暗中她抿嘴笑了笑，努力回忆着孟天成"开车"的那个夜晚，他带着她驰骋在草原上。她看见成群的羊，黑黑的牦牛，还有头顶"蓝得叫人想哭"的天空——何小玉抬起右手，启动，挂挡，松手刹——她学着孟天成，动作连贯而娴熟，汽车开动了，向远方疾驰而去。何小玉闭上眼睛，感受着草原的风和阳光，身子轻了，轻得自己都感觉不到了，云海苍茫，大地辽阔，耳边又响起了熟悉的歌声。

搬　家

1

　　李城给我打电话，希望我能去一趟他的家乡。那时我正在青海参加一个笔会，向主办方请了假便奔向火车站。电话里李城的声音还挺风和日丽的，不像一个肺癌晚期又严重肾衰的患者。挂了电话他又往我手机里发来地址以及坐车线路——其实是多余的，即使没有这些，我也能准确无误地找到小官庄。李城无数次向我进行描述，好像小官庄也是我曾生活过的地方，那里的每一棵树，每一缕炊烟，以及头顶或缺或圆的月亮，都是我熟悉的。

　　火车一路向南，穿过城市和乡村。正是二三月间，两边的风景还是以灰色调为主，偶尔有一两片绿色的麦田，总是会吸引车厢里人的目光。睡在我上铺的是一个小女孩，瘦瘦的，像个长臂猿似的从上面挂下来，好半天才站到地面上，坐在窗口，托着腮。她应该不大，二十左右，和李城刚认识我时差不多。车经过西安，女孩似乎有些激动，她伸着脖子，以至于半个身子都抬离了座椅，女孩不时地回过头来，告诉我，又仿佛自言自语：古城墙哎，古代的城乡边界哎！后来我们开始聊天，当她得知我是一个写小说的，眼睛和嘴巴都呈现出一副欣喜和激动模样。我想起和李城的第一次对话，也因为我的小说，使得在那个瞬间我们都显得欣喜和激动。

那时，我刚开始写小说，如果你恰巧读过几篇，一定对"李城"这个名字不陌生，对于小说中的人物，我总是给他们一个最朴素确切的名字，比如，小说中的女性，大多叫作王彩虹，她们内向而腼腆，内心丰富，追求像彩虹一样的绚烂美好。至于小说中的男主人翁，大多又沉默木讷，隐忍顽强，无一例外都叫作李城。

所以，当一个拿着"李城"名片的男孩递过来时，我还是忍不住吃了一惊，尔后又笑起来。我说，你叫李城?! 你确定你叫李城?

李城也愣了一下，然后也像我那样笑起来，他说，确定，我确定就叫李城。

后来我把这件事向另一个写小说的朋友说了，他也感到十分惊奇——你小说中的人物终于出现了。他这样对我说。

李城正在我的小屋里，和一个工人要将一摞书抬出去。

他们是搬家公司的，爱心搬家，电话前一晚打的，第二天一早就到了。来了两个，一个比较壮实，一个瘦精精的。瘦精精的那个就是李城。

我告诉他我的短篇小说里的男主翁几乎都叫"李城"的时候，他不好意思地笑了，嘴咧着，牙齿白得炫目。他问我小说里的"李城"们都是什么样儿的? 为了方便回答，我将两本刊有我短篇小说的杂志借给了他。

那天李城是很开心的，这是其一，还有一个原因就是我送给了他一只旧沙发。其实也算不上送，反正也想扔了，它已完成了一种使命。李城用屁股在沙发上试了试，每晃一下嘴就咧开笑一下。

　　沙发是晚上来搬的，他说他要用车装回去。我趴在阳台上朝下看，是一辆旧自行车，车后座上横了两根木条，那只绿沙发大概过会儿就要躺在这木条上了。李城不需要我帮忙，说他本来就是干搬家这事的，他蹲下身，沙发翻了个跟头就骑到他头上去了。楼道不宽，怕蹭着了，所以走得小心翼翼。我站在门口朝下看，看不见李城的身体，只见沙发自个儿慢慢移动，像一个奇怪生物。我再回到阳台的时候，李城已系好自行车绳子了，在路灯下向我挥手，我听不清他说了什么，只记得仰着脑袋的样子，灯光将那半边脸照得通亮，他道完别，跨上自行车顺坡而下。这个画面很多年后我都历历在目，好像是刚刚发生的一样，不过在我的记忆里，夜晚变成了白天，准确地说是清晨，是清晨通透而明亮的阳光照他的半边脸上。

　　那段时间，我的心情不太好，我的妻子因为胃癌去世不久，而我也刚刚退休，为了排遣悲伤和寂寞，我几乎把所有的时间都用在了写作上。这是我年轻时的梦想，现在拾起来，也不晚。新居是妻子选的，在世时我们看过几次，她希望快点装修好，这样就可以躺在宽阔无比的大床上了。那里不光有宽阔无比的床，还有宽阔无比的阳台，一百多平方的屋子，没有妻子，一个人住显得太过空荡，但旧居到处都是回忆，使人不能自拔。

　　新居离城市很远，郊外，取了一个充满水汽的名字，水印西缇。我平时不爱交友，所以朋友寥寥无几，再加上离城市较远，几乎无人造访。

　　在这里接待的第一个人是李城。他是来还书的，当然还有道谢，为那只绿色沙发。李城是晚上来的，大概刚下班。他仍然骑着那辆自行车，从小区曲折逶迤的小路上驶过来，路灯很暗，半藏在草丛里，灯光映照在人脸上也呈绿色。李城的自行车后座上仍然横了两根木板，只是上面没有沙发，而是一只篮子。上楼时我才看清楚篮子里是一捆韭菜和一些茄子。他把菜拿出来，堆放在厨房角落里，又把篮子放在门外。李城说下次回去再带点菜给我——他对此仍然感到歉意，认为蔬菜的价值远不能抵消我送他沙发的价值。我说不用了，一个人也吃不了那么多。后来我才知道，李城的老家离扬城八十多公里，他就是骑着自行车来回的。

我正在写小说，不打算留他坐会儿，他把杂志还给我后，并没有走的意思，而是站在门口支支吾吾，过了会儿才说，方老师，你的小说写得真好。

我笑了起来，倒不是被夸奖，而是突如其来地提到了小说。李城没有具体说哪儿"真好"，可能他的表达也仅此而已吧。

出门的时候，李城又把头探进来，对我说，我觉得那个叫李城的乡村教师不应该那样离开小王庄的。

李城说的是一篇叫作《小王庄往事》的小说，里面讲了一个从县里调到农村的老师，我给他取的名字就叫李城，他在小王庄教书的两年里和一个叫王彩虹的姑娘相恋了，可是在一个学期放假后，再也没有回来。文章里李城这个人物不是主要的，他的出现仅是为了表达那个叫王彩虹的女孩对美好事物的追求。

而这个李城的意思我懂，可能他在阅读小说的时候产生了代入感，把自己和文章里的李城联系到一起了，所以对那个"李城"的无情无义，这个"李城"不太愿意接受。

李城离开后，我把那篇文章又读了一遍，或许他说的没错，我们写小说时常常会犯下一个错误，总是以一个人的恶来衬托另一个人的善，实则是多余的。

2

秋天之后，我很少出门了，每天像一只狗似的躺在一块棉垫上。穿得很简单，吃得更是简单，我想妻子在世的话，一定很赞成我这样，我们都是追求简单生活的人。妻子是前一个冬天去世的，那段日子令我悲痛欲绝，或许我们没有孩子的缘故，彼此成了对方唯一的依靠。我都不知道那个冬天是怎么挺过来的，我像逃离似的从旧房子里搬出来。后来，我又回去几次，小心翼翼地走路或打扫，尽量使它保持以前的模样，但又不敢经常来，生怕把过去的气息都赶跑了。

天气渐渐冷了，去年时的那种悲痛又慢慢渗透出来，我常常想，都已经花甲之年了，解决悲痛的能力依然没有长进。它和年龄无关。

很长一段时间，我和李城之间也是没有联系的，每次坐在电脑前写小说，脑子里都会恍惚一下。一个晚上，我突然在一本书里看到李城的名片——上次搬家时给我的。名片是公司名片，固定电话下方挤了一行小字。我把那串数字输在手机里，通了。

这次倒是我支支吾吾了，电话那头问是谁，我才吞吞吐吐说自己就是那个写小说的。李城的声音亮了，仍是那种春光乍泄般的明亮，他问我最近可好，有没有写新的小说？

我没有回答这些问题，只告诉他，我打电话是想找他搬家。

挂了电话，我为自己的回答感到吃惊。

李城仍是一大早来的，这次是一个人，他很疑惑我又要搬家，当我说只是想搬一些花到旧居时，他才一阵释然。

他骑的是一辆电动三轮车，说借来的。我们去花木市场买了一株蜡梅和几盆兰花后往旧房子送去。那时正是寒冬，离春天尚早，李城穿得单薄，风把衣服吹得鼓起来，但不使人觉得瑟缩，而是另一种感觉，一股春天般的力量吧，准确地说，是意气风发。

事完之后，李城不愿收钱，说是没告诉公司，算帮忙的。

这之后，又让他帮我做过一些鸡零狗碎的事，比如移动一下柜子，比如换一个灯泡，甚至是一颗螺丝松了，我都会给他打电话。李城很乐意，有时晚上来，有时第二天清早。自行车的铃铛在楼下先摁出两声，便蹭蹭跑上来。每次我会塞给他一些劳酬，他拒绝，如果我说"不收下次就不找你了"，他便会无奈收下。这成了我们之间某种隐约的联系。

后来，我还发觉李城很喜欢在干完活后倚在门框上问我小说的事。

你写过多少个李城？

李城多大年纪了？

怎么给他取李城这个名字？

可以不把他写死吗？

这篇还有多少字结尾？

这些问题是不必回答的，很多时候他只是自言自语，李城坐在外面的沙发上，拿着杂志认真阅读，之后总是告诉我小说里的李城跟他还是有那么一点相似之处的，或者说，这也许就是他的未来呢。

还有一次，我们一边聊着"李城"一边走着，竟然从楼上走到楼下，又从楼下走出小区，最后一直走到李城的住处附近——离水印西缇不太远，那是一片快要拆迁的民房，四处搭建了违章窝棚，路被侵占了，像经过啃噬一番。李城邀我去坐坐，说，有点小呢。那时天已经黑了，路灯还没亮起来，或者这里原本就没有路灯。我们摸黑辗转了几条窄巷，在一扇铁皮门前停下。李城掏钥匙，开门，开灯，眼前突然明亮了。屋内比我想象的还要小，搁下一张床后便所剩无几了，床是搁在地上的，像随意堆放的杂物。墙角里横了一块木板，木板由十来块砖头垫着，上面放了些碗盆，还有一只手电筒，毛巾，一叠衣服。大概这就是他的全部家当了。李城挪出一只方凳给我坐着，自己坐在床上。小吧，太小了，他说。

我不知道怎么回答，附和说，是挺小的。

李成又说，有个睡觉的地儿就行。

外面有狗叫，声嘶力竭地。李城把门关上，头顶的灯泡突然闪了闪，我们俩一起仰起头来，灯泡又闪了一下，有点垂死挣扎的意思，亮了会儿之后突然就灭了。李城迅速打开手电筒，好像有所准备。屋内明显暗了很多，光柱朝上，像要把屋顶刺穿似的。我打开门，让月光跑进来一点。

很长时间，我们都没有讲话，认真听着那只狗叫，直到狗叫得疲惫了，我们才转过脸来。那时我和李城认识已经快两年了，平时交流并不多，即使说话也多是围绕小说里那个叫"李城"的人。

后来，我又独自去李城的住处几次。每当有事需要他帮忙了，我就会走过去，也不打电话。我对这条路以及这间铁皮屋子十分熟悉，它几乎成了我唯一的去处。在铁门前敲两下，里面的床吱嘎一声，那是李城从床上跳下来的声音。我好像突然开始喜欢狭小的空间了，或许一个人真的不需要很大地方。我们常常将灯熄灭，把门打开，让月光一点点移动。在年龄上，我几乎可以做他的父亲，但李城喜欢称我方老师，偶尔会叫方大哥。他说你还小呢，说他的父亲都快八十岁了。我吃了一惊，问他上面是不是有很多哥哥姐姐。李城说是的，他说有一个哥哥，十四岁的时候下河游泳淹死了……

我呼了口气，表示惋惜。

现在只剩下一个姐姐了，长到五六岁的时候才发现，是个傻子，傻子命大，今年三十二岁了。李城停顿了一下，说，所以，后来他们就抱养了我。

我抬起头看李城，脸上很平静，和他叙述的声音一样，没有波澜。

3

妻子离世前后，我一直以为自己很快也会随她而去。她生前是一名会计，而我在单位工会上工作。我喜欢写诗，她正好喜爱朗读，所以，我们大多时间就这样自娱自乐，生活简单而充实。新居装修的时候，我们唯一的要求就是将客厅变成书房，三面墙上都嵌着书架，地上是地毯和棉垫，坐着，躺着，读书，或者休息。

现在，我一个人躺在书房的地毯上，内心已没有了从前的悲痛，好像对死亡坦然了或有了参悟。卫生间的门合页一直松着，关门的时候总是咯哒一声，一副松松垮垮的模样，挂了下来。后来李城把合页换了，拧紧螺丝，门又神气起来。李城说，门就该有门的样子。上个礼拜的一个傍晚，去厨房倒水，转身时突然发现角落里有个金黄色的点，打开灯，原来是一朵菜花。这是李城一个礼拜前送来的，我没有吃完，蔫了，一棵已经没有根的青菜居然开出了一串花。我蹲在墙角很长一段时间，这些生命的顽强绽放使我泪水潸然。

李城很久没来了，屋子里也没什么需要修复的地方。他有时会向我借书，我便在书里夹上一点钱，他原封不动地还回来。对于我多付的酬劳，他总是毫不留情地拒绝，只有我给他的一些原打算扔掉的衣物，他才会欣然接受。他说我给他的那件皮大衣，他父亲正穿在身上，挺神气的。现在他的父亲还每天给人家打打杂，跟在瓦匠后面，谁家修围墙了，砌猪圈了，八十岁的老父亲就去搬搬砖，和和混凝土。他做事的时候就把皮大衣脱下来，挂在树杈上，皮大衣沉甸甸的，油光发亮的。我给他的棉拖鞋送给了他母亲，李城说他母亲一辈子没穿过几双鞋，一年里除了冬天，其余的季节都是光着脚。母亲七十多岁了，除了耳朵听不见，身体还是很硬朗的，每天天一亮就去地里，一直到天黑才回来，人像被栽在地里似的，她说下地还要穿鞋干什么呢，所以脚上的茧很厚，像鞋底似的。李城向我说这些的时候，脸上仍是明亮的笑容，他很感谢我送的东西，为了表达这种感谢，他总是以老家的粮食作为偿还。

最近一次的接触，得知他不在搬家公司了，据说老板拿了高利贷，还不上，跑了。李城去了一个建筑工地，对于后来的工作，他表示很满意，满意的主要原因是，住工棚，可以省下租金。

我问他之前的那间小屋退了吗——显然有些明知故问。李城说，退了退了。

我有些怅然若失，可能是对那个地方的怀念吧。那里也快拆完了，记得很多次自己穿过城市的水泥丛林向南走去，到处都是残垣断壁，人们这么热衷于将一切推倒，一切归零，好像争分夺秒，要逃离这个星球似的。我常常会顺道去看一看李城，那间铁皮屋有时是锁着的，我便坐在门外的碎砖上，抽烟。太阳快落下去了，推土机，挖掘机，正憩在残墙下，四周静谧。后来起身沿着小路继续向前，在一条小河边看见了李城，他也正坐在碎砖上看着河面。天色正逐渐暗下来，黑色暗涌，李城静坐的模样，让我有些感动，又有些难过，我从没有上前打破这种静谧，而是转身离开。我往回走，一个人缓慢地走完这条路。

现在，李城已经离开铁皮屋了，他住在工棚里，彩钢板搭建的，我去过一次，找找写作素材，也算是看看他吧。

那天有些小雨，工地上停工了。李城正在工棚里做饭，工棚不高，密密麻麻被几张上下床给挤满了，唯有门口的地方有一点光亮，从门口到后墙窗户拉了一根铁丝，横七竖八挂了很多湿漉漉的衣服。宿舍里挤了一些人——其他宿舍的工友。几个人在打牌，几个人在睡觉，屋子里弥漫着酸臭和霉腐的气味。我试图找李城的床铺，每张上面都堆有东西，被子是灰黑的，水泥一样的颜色。李城从潮湿的衣服后面钻出来，看见我，显得十分惊喜，他的手上正拿着锅铲，激动得不知道往哪儿搁。后来他向别人借来两只塑料凳，和我坐在走廊里说话。

雨从天空飘下来，丝丝缕缕，像被撕碎了似的。李城比以前更黑了，也更瘦。如果不知道年龄，压根猜不出李城只有二十来岁。他跟我说话，总有些故作老成，但他的眼睛和笑容出卖了他。我常常想，如果李城不是出生在农村，不是出生在那个家庭，这个年纪应该正在大学里读书或谈恋爱吧。

对呀，你谈对象了没有？我突然问道。

李城不好意思地笑，说，还没有，不着急。

这个话题其实之前我们也谈过一次，李城说他喜欢王小丫那个类型的。王小丫，你知道么？

我想起是一个主持人，说话时总爱抿一下嘴，问，你确定吗？确定吗？

李城问我最近写的什么？

我说是个短篇，男主人还是叫李城，停了停告诉他，已经发表了。

李城笑起来，好像这成绩有他一半似的。我们都把目光投向前方，雨点将工地洗得湿漉漉的，钢筋很重，砂石很重，就连前面的高楼也显得很重。好高啊，我感叹一声。我问李城这座楼有多高？李城说，具体多高他也不知道，听说将是扬城最高的楼呢。

我们都长吁一口气，仰着脑袋看着，直到目光被雨水打湿。

李城说他这些天都在最高的地方干活，风吹得人摇摇晃晃。

我的眼前仿佛出现了李城干活的场景，还有他的工友们，像蜘蛛侠似的攀援在高楼的四壁，他们吊着安全带，戴着安全帽，用混凝土一点点地将楼房喂大。长高了，结实了，漂亮了，他们也离开了，城里的人蜂拥而至，他们不会想起这座楼是怎么长大的，他们只会站在窗前向远方眺望。

4

我的小说创作越来越顺利，它使我得以倾诉和表达，除了在雨天去李城的工地，我还会参加一些笔会或采风，在笔会上当我谈起自己的小说人物时，我会想起我的朋友李城，尽管那些人物和他没有关系，但总是执拗地认为他们正进行着李城的命运，或者说，小说里人物的命运正被李城演绎着。这种关系在我心里和笔尖纠结缠绕，也让我对写作有了更认真和严谨的态度。我常常想，换一个名字吧，汉字那么多，可以叫杨城马城田城，还可以叫李军李兵李阳……总之，我可以不必将"李城"继续下去。但我试着换了，不知道为什么，写下一点点后，还是将主人翁的名字又改成李城。我说不清这是什么原因，或许是用习惯了，或许是笔下的李城已经和那个民工李城合二为一了。

2010 年至 2013 年，李城共待过六个工地，其中两个干了一段时间就停工了，一个是拆迁问题没解决好；一个据说投资人资金跟不上了。

房子建起来是很快的，李城说每天都感到楼房在向天空攀登。李城的话让我也开始对高楼敏感起来，每当走在城市里，任何一座被安全网围护的建筑物，我都会感觉李城在这里，在楼层的最高处，推着砂土车，风吹得他摇摇晃晃。

当我用"摇摇晃晃"这个词语描述李城时，我也曾想过，李城某一天会不会像一片树叶那样摇摇晃晃飘落下来。不过，我的想法并非完全准确，但相似的是，李城的确从一幢楼上摔下来了。我没有在现场，所以不能准确描述那一时刻。李城形容自己就像小鸟那样飞了起来，他并没有感到害怕，只是十分想念老家年迈的父母，还有他的傻姐姐。他父亲应该正在谁家帮忙砌猪圈呢，她的母亲肯定像一棵庄稼似的种在地里，他的傻姐姐呢，她不会到处跑，而是坐在门口的太阳底下发呆。李城说自己在下坠时流泪了，不知道是不是风太大，吹出的眼泪——那天，所有的民工都跑上了顶楼，因为他们看见包工头来了。这是一个绝好的机会，之前他们就商量过，要是包工头来工棚，就把他圈住，向他要钱。但包工头没有去工棚，也没有去他的临时办公室，而是一改以往跑到了楼顶上，有人说，他会不会跳楼呢。另一个人说，他才不会，他说不定是逼一逼开发商呢。总之，那一天，几乎所有人都跑上了顶楼，他们认为，没有比这个更好的"绝佳"机会了。顶层还没有砌墙，四周由脚手搭建了栏杆，后来不知道谁激动了，说要同归于尽。人群开始摇晃起来，有拦截的，有拖拽的，还有扯着嗓子叫骂的，那天的风更大，也有可能是人与人的撕扯，他感觉高楼在摇摇晃晃，到处都在摇摇晃晃。后来有人摔倒了，像被一股强有力的风吹倒似的，又有人倒下了，紧接着倒了一片，李城也向后倒去，他发觉自己被一股风吹了出去。

李城没有摔在地上，而是挂在半腰的脚手架上，那些他曾经搬运过的脚手架，救了他一命。他的肋骨断了三根，脾破了，肾也碎了。从外表看，他几乎完好无损，但体内像经历了一场地震。医生取掉了断裂的肋骨，切除了脾，切除了左肾，剩下的那一只肾岌岌可危，医生嘱咐他不能再干体力活了，只能休息。李城没有回老家休养，回去怎么说呢。他在工棚里休息了一个月，就离开工地了。

对于李城的这次事故，没有得到任何赔偿，我也想方设法四处找人去援助，但开发商和包工头都不翼而飞了。李城躺在工棚的钢丝床上，似乎很平静，他把我带给他的小说读了又读，甚至还给我打过几次电话，问我正在写的小说里的李城是什么样儿的呢？

5

2014年冬天，李城又有了新的工作，在一家化工厂做门卫。化工厂在工业园区，城市的最东边，我们见面的机会少了，因为离得太远，而且李城的工作时间是二十四小时。

那时距李城出事仅有两个月左右，但李城认为身体没事了，反正传达室的活也是坐着或躺着的。我给李城送过两次杂志，上面刊有我的小说。化工厂并不好找，在工业园的最深处。我并不熟悉那里，也不知道城市的四周正被大大小小的工业园包围了。

已经是下班时间，但厂里仍在热火朝天，李城说，最近订单多，都是通宵加班呢。

我看见厂房里的灯都还亮着，有人影攒动，一些持续又怪异的轰鸣声不绝于耳。

李城给我倒水，问最近咋样？

我反问，你呢？身体还行吧？

李城说挺好的，就是吃不下饭，不消化。他的手落在腹部。里面没什么东西了，他笑着跟我说。

我这才发现李城比之前瘦了若干，整个人像是被削去了一半。他的腰有些弓着，这样便显得很矮。李城告诉我，干到年底他就回去了，回小官庄。

哦，我表示惊奇，问他是不是就不来城里了。

李城点头，他觉得自己的身体越来越不行了，恐怕连这样的"门卫"都干不了了。我注视着李城的脸，我还记得几年前的那个春天，他骑着自行车从我家楼下顺坡而下的场景，那时候，他春风拂面，意气风发。而现在，这两个词和他没有一丝关系。李城大概也看出我的难过，反倒开始劝我，他说回去也挺好的。

我不知道他说的"好"是什么"好"，或许可以待在双亲身边。李城说，小官庄其实挺美的，还没见过比小官庄更美的村庄了。也有可能是，李城补充道，我没生活在其他村庄。

我已不是第一次听李城描述他的小官庄，我知道那是离扬城八十公里的地方，村庄南面是通扬运河，河的两侧是大堤，堤上长满松树，松叶落了一地，常年像松软的地毯似的。大堤下是大片大片的梨园，春天到来，整个世界都是白色的，梨园无人承包，收获的季节，小孩们就提着篮子和桶来摘梨子。梨园旁边是柿子园，还有桃园。吃完桃子吃梨子，梨子吃完柿子就成熟了。李城说大人们在地里干活，孩子们就在果园里嬉闹，那是他们的乐园。我的眼前仿佛出现了小官庄，阳光普照，落英缤纷，一副祥和甜美的田园图景。

我没有在乡村待过，所能想象的是陶渊明笔下的世外桃源，是孟浩然的《过故人庄》。日出而作，日落而息，忙时牵犊扶犁，闲时把酒话桑麻。

其实，我打断沉默，当初不进城也挺好的。

李城抬眼看窗外，眼神朦胧而迷离，好像正看着家乡的青山绿水。停顿片刻，才说，是挺好的。

不过，他补充道，种地是养不活一家人的。他向我分析出几个数字，四口人，六亩地，除去一家人口粮，能卖出的也所剩无几了，那就得让老天爷保佑一家人无灾无病了。

李城看着我，突然笑起来，说现在没事了，现在他也吃不了多少粮食了，他的父母也老了，也吃不了多少呢。

6

与李城对话三个月后，他就回小官庄了。那年春天来得很早，四处洋溢着明媚颜色。我给李城打过一次电话，他的声音似乎又回到最初的昂扬和欢愉，他说他检查出来肺癌，其他还都挺好的，真的，都挺好的。他似乎担心我不能相信所说的那种"好"，又强调了一遍"真的"，李城说他和她的傻姐姐正坐在门前的沙发上晒太阳呢，那只绿沙发，还记得吗？

当然记得呢，我说，没想到它先我去了小官庄。

李城呵呵地笑起来，笑声爽朗。他说，沙发很舒服，也很宽阔，他们俩挤在一起，像小时候。他的姐姐一会就睡着了，趴在扶手上，嘴咧开着笑似的，口水都流出来了。他说自己身体好点的时候，就走到屋外去，到处走走，看看路，看看草，村子里没什么人了，特别安静。

是的，特别安静。当我第一次踏上小官庄的时候，也感觉到了这种安静，它那么庞大，像从头顶倾覆下来，使人震颤。小官庄的人似乎都搬走了，空空荡荡，或许是中午的原因，或许是空气中弥漫的难闻气味，偶尔遇见一两个老人外，我几乎没看到年轻人。

按照李城说的路线——下车后沿着一条石子路向西，过一个小桥，再沿着大堤向前走一段路，便是小官庄了。那片他描述过很多次的梨园，应该就在大堤下，还有桃园，柿子园，还有落满松针的松树。然而，这些，我都没看到，大堤上没有树，草皮之下的沙土已经裸露出来，一辆拖拉机正在挖土。正是一年中最美好的季节，但地里的庄稼毫无生机。不少树木被砍伐掉了，树桩还是新的，村庄裸露出来，显得胆怯而瘦弱。我捂住鼻子，若有若无的难闻气味还是渗透进鼻腔里。一条小河绕着村庄，河水羸弱，成黄褐色，有人在河边洗塑料桶，瞥见我时，突然停下来，眼神异样地看我经过。

远处的地里有一两个身影，我想其中之一应该是李城的母亲。李城说他的母亲老年痴呆了，常常找不到家，但只有把她安置到地里，才会准确无误地回来。

我顿时明白李城向我描述的小官庄，应该是它曾经的样子，是李城记忆里的模样。

过了小石桥向西第三家就是李城家了，先映入眼帘的是那只绿沙发，它泰然处之地倚在一面墙上，一个女人坐在上面，毫无疑问，是李城的姐姐。她斜着眼睛看我，一眨不眨。这时厢房里摇摇晃晃出来一个老头，老态龙钟的，他的牙齿没有了，用气声问我是方老师吧？

我点头，并称他大伯。李城父亲穿着件毛线马甲，下摆处线头都出来了，腿上不合时宜地穿了条牛仔裤。我跟着他向堂屋走，屋内也空空荡荡，一张板床搁在堂屋一侧。方老师，李城喊我，我才发觉他正躺在床板上的棉絮里。

他勉强坐起来，倚在他父亲拿来的一只纸箱上，大概长期倚着，纸箱里塞了一些旧衣物，被身体抵出一道弧线。李城父亲给我送来一只板凳便又摇摇晃晃出去了，他的个头很矮，像被什么进行重压过似的。

李城特别消瘦，如果用数字形容的话，就是又被削去了二分之一。他的眼睛深凹，牙齿凸了出来。我突然不知道说什么，十分难过，一路上幻想了很多结果，全部破灭。我想可能李城身体恢复，又要进城了；也有可能他在农村进行创业，颇获丰收；当然，还有可能是，李城要结婚了，和一个跟王小丫差不多的姑娘。

李城开口说，身体快不行了，一天不如一天。他说他已经一周没吃东西了，吃什么吐什么，只能喝点水，还有，他说……总是怕冷。

我无法将眼前这个人和那个骑自行车意气风发的小伙子联系在一起，仿佛他们是两个不同的人。我还记得那个人总是春风拂面，一脸笑容，他的声音清脆而干净，他喜欢帮我搬书，总是从高高的人字梯上噌地跳下来；他还和我争论小说里的人物，不能接受我将他们写作懦夫；还有，他的乐观让我从丧妻的悲痛中慢慢走出来……

那天的阳光很好，一直照到李城床边。李城的姐姐已经睡着了，屋外特别安静，阳光一点点地移动，爬向我们的身体，仿佛从没感受过的轻柔与温暖。它一点点地攀登上来，向李城的身上移过去，阳光普照着，从不会对谁吝啬。

我记不清自己后来是怎么离开这间屋子的，离开小官庄的，我内心无比难受，却又无比轻松，李城说，他找我……是有一件重要的事，希望能帮帮他。我点头，身体向他倾斜，以便能听清他断断续续的声音。李城说，他想……搬家……不是从铁皮屋搬到工棚，也不是从工棚搬到传达室那样……而是，希望我能将他搬进小说里，和之前任何一个"李城"的命运都不一样，他希望，在小说里，他有一个……美好未来，当然，还要有他的父母，和傻姐姐。

美丽世界的孤儿

1

我现在所要说的事情是发生在七岁那年的夏天，那时我和我的外婆、姆妈生活在广陵路的崇德巷，她们在那儿已经生活了好多好多年了，我也觉得自己在那里活了太久似的——当我的外婆穿着和老青砖一样颜色的棉袄躺在那只被磨得发亮的藤椅里时，我总是感到时间把我们淹没了，并有一种莫名地害怕——外婆一动不动地，闭着眼睛，只有下巴处松弛的皮偶尔颤动一下，那个时候，我总是猜不出外婆的心思，她是生气了，还是悲伤了，或许只是累了。她纹丝不动地坐着，像是要嵌进身后的青砖墙里。我不知道我要说的那个下午，外婆是不是也一直这样静静坐着，等着我和姆妈从外面回来。

那天下午我和姆妈去了哪里，我怎么会忘记呢，即使在今天——我在崇德巷生活的第十三个年头——回忆起那一天的事情，好像一切就发生在昨天似的。我记得那天的太阳白亮亮的像起了烟一样，记得路上被踢起的飞扬尘土，还记得姆妈牵着我走路的样子——她的灰色布鞋总是挂不住后跟，走几步姆妈就弯腰提一下，后来，也索性不提了，把鞋帮踩在脚下，于是布鞋和地面不断发出咻啦咻啦的声音，那声音使人烦躁胸闷，我想挣脱姆妈跑起来，但手被钳住了，是的，像钳子，姆妈的手紧紧的，也冰凉的，一点温度都没有。而那时正是夏天。

我不想说太多姆妈那天的样子，比如她走路僵直的模样，比如遇见熟人时迅速低下的头，比如在学校门口徘徊胆怯的脚步，但怎么说呢，我们还是很快穿过了整个广陵路，穿过了学校挺拔的雪松，穿过了一排陈旧的教学楼，一直走到那个后来成为我班主任的王老师面前。王老师个头不高，头上像落了一层雪，她瞟了我和姆妈一眼说，户口本呢？姆妈支支吾吾，瘦尖的脸顿时就红了，姆妈说，刘小树没有户口。刘小树是我的大名，外婆常常喊它，外婆说，刘小树，你站到墙角去；刘小树，你把痰盂拎过来……王老师又问了一遍，姆妈还是摇头。我也低下头，有些难过，因为没有户口。我不知道户口究竟是什么东西，但我知道它一定很重要，而这个重要的东西我却没有。王老师说，那，刘小树——她的下巴抬了一下——刘小树的父亲呢？

谁会料到呢，这个时候，姆妈突然就哭了，她长得那么瘦小甚至干瘪，像一撮蔫了的韭菜，她哭得十分伤心，肩膀和脑袋都一耸一耸的，像韭菜被风吹得一晃一晃的。她捂着脸，嗓子里由于喘息而发出"喉喉"的声音，然后又蹲下来，好像哭泣是一件十分费力的事情，突然地，姆妈就"嗵"地昏倒在地上。

后来，我上学了。不过跟姆妈的哭没有关系，那天姆妈被抬回来后，外婆颠着小碎步出门了，晚上回来时，她把我拉到藤椅旁——那只跟她一样上了年岁的藤椅，外婆说，刘小树，你要好好认字，给你姆妈争口气——

我并不喜欢上学，这是姆妈和外婆都不知道的，但我每天会很早起床，飞快地穿衣，飞快地吃饭，飞快地收拾书包，然后，飞快地跑出门外——那扇和外婆脸色一样深暗、一样苍老的铁门在身后重重关上的时候，我都会情不自禁地笑起来——门内我的外婆正坐在藤椅上，闭着眼睛，嘴唇抖抖索索说着只有自己才听得见的话；我的姆妈则伏在缝纫机上，缝着没完没了的毛绒玩具，她的身子觑得很近，像是要把自己的脸也要缝进去似的。铁门把她们关在了里面，把灰暗的颜色关在了里面，也把各种对话和陈旧的声音关在了里面，我感到那些声音越来越远，越来越细，细得都跑不到我的耳边。

我在石板路上慢慢走着，走得那么认真和仔细，一步步地数，从崇德巷到广陵小学整整三千一十步，我试验过很多次。第二十三步的时候是罗四奶奶家；第九十六步的时候是老向林家；第一百一十步的时候是王五保户；第四百五十六步的是……要是倒过来，第两千九百步是王五保户；第两千九百一十四步是老向林家；第两千九百八十七步是罗四奶奶家……一次都没错过。从这些门前经过的时候，还能看见里面的花草或家具，老向林喜欢坐在椅子上晒太阳；王五保户则躺在一只藤椅里……这条街上每一户好像都有一张上了岁数的椅子似的，它们的主人躺着或者坐着，和椅子相依为命。

从崇德巷到学校，一路会看见很多这样的老人，冬天的时候他们在墙角下晒太阳，夏天的时候躲在树荫底下乘凉——总之都是躺在椅子里。他们慢慢悠悠随着太阳或树荫移动着椅子，慢慢悠悠地走路，慢慢悠悠地说话，甚至慢慢悠悠地拉着屎——据说在茅厕也是哼哼啊啊一阵才慢慢悠悠排出便来。

罗四奶奶的门很少打开过，我知道她住在我们隔壁。要是很长时间没有动静，外婆就会抖索着瘪唇说一句——罗四奶奶怕是过去了。然后我的姆妈会停下踩缝纫机的脚，竖着耳朵听上一阵,直到下一个声响出现,她们便会相对一视。外婆齿缝里咇咇两声,说,命硬着呢——

命硬着的罗四奶奶我从没见过——或许更小的时候见过,谁知道呢。后来,每天晚上躺在木板床上我也开始竖着耳朵听隔壁的声音,罗四奶奶洗脚了,罗四奶奶倒水了,罗四奶奶撒尿了……最后一种声音,我听得十分仔细,它拖沓而绵长,是一种泄愤却又有气无力的水流与搪瓷的碰撞声,我从来没有把这个声音听完,睡意就将我带走了。到了半夜,声音又会出现,在我耳边越奏越响——这是外婆的撒尿声。我微微睁开眼,月色下屁股反射出一道白亮的光,于是赶紧把眼睛闭上。声音滴答一阵后停止了,外婆抖抖索索提裤子,再抖抖索索走过来,一直走到我的床边,掀开我的被子,一边把我从床上拽起来,一边说着只有她自己才能听见的话,那些话我早就能背下来了。外婆说,刘小树哎起来撒尿吧,不能尿床啊,尿了床就要被冲到东海龙王那儿了,冲到那儿你姆妈就找不到你了哎——可是,外婆并不知道,我是很想去东海龙王那儿呢。

2

周末的时候,又被王老师留下来订正作业。我不喜欢王老师,当然了,王老师也不喜欢我。教室里只剩下我们两个人,王老师坐在讲台上记着笔记,她的头上越来越白了,像冬天越来越深。

我把作业交上去,王老师不动声色地用橡皮擦得干干净净,然后雪一样的头发里探出眼睛看过来,对我说了两个字:重写。我不明白为什么要把每个字写得那么一模一样呢,为什么那些字总长得那么奇奇怪怪呢。学校里已经安静了，窗棂把天空切成一小块一小块的，有麻雀从一个格子里飞到另一个格子里，也有树叶从几个格子里悄悄跑走了。

天快黑的时候，我才从学校里走出来，广陵路上已经有了灯火，明明暗暗地闪烁在更多的格子里。我慢慢悠悠地往家走，一丝不苟地数着步子，第三百八十步，第五百二十三步……第两千九百八十七步的时候，停了下来，往左边一扇门缝里看了看——院子里黑乎乎的，没有罗四奶奶。我把脸紧贴着，突然，门竟被推开了，我吓了一跳，赶紧往家跑，进了门才长长舒了口气。屋子里还没有点灯，姆妈觑着脑袋在踩缝纫机——好像那是不需要光明的，闭着眼睛都能把眼睛鼻子缝得周周正正。外婆在院子里生炉子，红红的火光把她的脸也映得红彤彤的——这个情景，这么多年都没有变化过——缝纫机永远哒哒哒地叫着，姆妈脚下四处散落的耳朵、眼睛和鼻子，五官们支离破碎，没有表情；外婆永远都在生炉子或者煮着稀饭，火光或者热气把她的脸氤氲得更加严肃。

姆妈见我回来问怎么这么晚？我说在学校写作业的。这个回答姆妈是满意的，在姆妈看来，只要多认字就不会学坏，不会学坏就不会犯罪，不犯罪才可能有出息——

晚饭后照例要被扒了衣服去洗澡，这是惯常的事情。要是在夏天，就省事多了，接一盆水在院子里冲一下。常常太阳还没落山，姆妈用搪瓷盆端来温水，搪瓷盆的底部有彩色图案，两条小金鱼像真的似的摇着尾巴，我用水泼着，它们却不动。洗澡的时间长了，外婆就会骂起来，说天都被我洗黑了——等我洗完姆妈和外婆也洗澡了，她们也像我那样，站在院子里，旁若无人地用水往身上撩着。有时她们会一起洗，一起洗的时候姆妈就给外婆搓后背。我站在堂屋里看她们，傍晚的光线打在她们白腻腻的身上，显得那样刺眼。洗完澡姆妈很快套上衣服，而外婆却慢慢悠悠，和广陵路上那些上了年岁的老人一样——外婆不疾不徐地擦着身上的水珠，仔细而又谨慎。再把裤子穿上，系好，这时才将一块毛巾搭在肩上，好像并不着急，她把布袋一样的奶子掀起来，让毛巾吸干水，再把布袋放下来，不慌不忙地，甚至有些一丝不苟。

天果真黑了，真如外婆说的那样——被洗黑了。我站在黑暗里，哪儿也不想动。天洗黑了，身子却洗白了，外婆和姆妈身体发出的那种白总是铺天盖地的，即使闭上眼睛，都能看见那种刺眼的白亮。

天冷之后的洗澡就不一样了，傍晚时外婆便开始在院子里一壶接一壶地烧水了，热气懒洋洋的，都不肯跑开。把五个暖瓶都灌满的时候，我就要被姆妈塞到浴帐里了，浴帐吊在堂屋的一根椽子上，里面卧一只桐油澡盆。姆妈一会就往盆里添热水，热气从水里被赶出来，死劲往外面跑却跑不出去，浴帐顶端尖尖的，像神仙收妖怪的布袋，我和姆妈被收在里面。我感到呼吸困难，有些喘不上气儿，大口大口地吸上两口，再死劲憋一会。姆妈在给我擦着身子，仔仔细细，一处不落，手背，脖子，脸颊，耳根……像缝她的毛绒玩具五官似的。姆妈没有穿衣服，身子觑得很近，这样她皮肤的白亮就显得十分刺眼，一对奶子来回晃动着，热气被搅动起来。我突然对姆妈说，我要到浴室去洗澡。

姆妈显然吃了一惊，手停下来，说，浴室洗澡哪里好，那么多人，脏死了。

我说我就是想去浴室洗澡。

姆妈不高兴了，把脸埋在热气里，又说，你还小，浴室是大

103

人洗澡的地方呢——

——我也想去浴室洗澡。

姆妈不讲话了，停了一阵才说，你太小自个儿不能去，我和外婆又是女的——

我刚要说"我就是想去"，却发现姆妈的眼睛红了，像那天在王老师面前一样，姆妈突然捂着脸哭了起来。

3

我第一次走进罗四奶奶的院子是在一个秋天傍晚，那时阳光很轻，正一点点从地上爬上院墙。院子里有些暗，地上躺了满满的萝卜干。我是怎么进去的？怎么走到了院子中央？从门口到院子的路上又有些什么——这些都忘了，我像回自己的家中一样就这样站在了这里。

罗四奶奶正在翻萝卜干，把括号一样的萝卜干从左边翻向右边。她看见我，并不惊奇，拿起一个递给我说，吃吧，好吃呢。我突然觉得嘴里淡得慌，刚要去接，罗四奶奶的手就缩回去了，她摇了摇头说，不能吃哎——我嘟着嘴，想着罗四奶奶的"不能吃"是什么意思，过了一会儿，才对她说，我家就住在你隔壁。罗四奶奶说，是哎，住在我家隔壁。我又说，你家是第二十三步哎——

罗四奶奶像是听懂了，说，是哎，第二十三步哎——

很显然我还没有学会搭讪，不知道怎样跟一个邻居聊天。在过去的那么多年里，我很少说话，因为我的耳朵里总是塞满了声音，教室里读书或吵闹的声音，王老师唧唧喳喳讲不停的声音，缝纫机哒哒哒的声音，痰盂里滴答答的声音，还有外婆从早到晚自言自语的声音……那些声音阻止了我说话，好像只要我一开口，声音就被它们吃掉了一样。但是，这个院子里却十分安静，所有的萝卜干都睡得很沉，它们一动不动地躺着，等着一只手给它们一个舒服的翻身。

外婆和姆妈还不知道我偷偷跑了出来，更不会知道我正在隔壁的罗四奶奶的院子里。她们总是不允许我到处乱跑的，即使崇德巷头上的公用厕所都不允许进去，外婆说，脏死了，在家用痰盂不是挺好的。可是我想去厕所，想听那些老人哼哼啊啊的声音，想听大人们聊着各地稀奇的事儿——当然，他们更喜欢聊的还是广陵路上的事情。一次，我在厕所后面倒痰盂，就听见有人谈论我的姆妈，刚听了几个字，就被外婆唤回去了，外婆喊着，刘小树哎，你倒痰盂把自己倒到粪坑里了啊——

我弯下腰，学着罗四奶奶翻萝卜干。它们还有些白白胖胖，懒洋洋地蜷成半圈。翻它们的时候，罗四奶奶不是用一只手，而是两只手，轻轻扶起，再轻轻放下——她的动作很慢，很轻，小心翼翼，像是伺候一个孩子似的。

那一天，要是和罗四奶奶一直翻萝卜干也就罢了，可我偏偏在院子里走动起来——我想看看别人的屋子长什么样子——我先是看到了墙角码得整整齐齐的坛子，罗四奶奶说里面都是萝卜干呢；我还看到堂屋里一张和外婆的一模一样的藤椅，它也被磨得发亮；然后我就看见了藤椅后面的那堵墙，墙上挂了只相框，相框里一个人站着，是的，就这个人，他穿着淡绿军装，戴着帽子，帽檐下有一双黑亮的眼睛。我突然站直了身体，每一个细胞都鼓胀起来，那双眼睛一眨不眨地看着我，他并不笑，也不很严肃，不像外婆看我的眼神，更不像王老师看我的眼神。他的眉头微锁着，好像正在思考一件重要的事情，又好像那件重要的事情正在等着他。他就和我那样面对面站着，离得很近，近得好像只要一抬脚就能走过去，一直走到他身边。

　　第二次来看照片的时候，仍是一个傍晚，罗四奶奶依然在院子里给萝卜们翻身。我站在照片前面，一眨不眨地看着，玻璃后面的眼神还是那样坚毅，目光透过玻璃落在我的身上，注视那双眼睛的时候，我感到它在眨动，他的喉结轻轻颤着，他的嘴唇微启，他好像要对我说话，像一个男人对另一个男人说话一样。那个瞬间，我有些难过，又有些幸福，觉得他离我那么近，和我共同生活在崇德巷里。尽管那时我知道他已经死了，在战场上，他是罗四奶奶唯一一个儿子。罗四奶奶说这些的时候，我好像看到他在战场上拼搏的模样，他的眉头还是紧锁着，脸上满是血水。突然一颗炮弹将他击中，四肢、脑袋全部炸飞了，耳朵鼻子们散落在战场上，支离破碎了，没有人能找全他的尸体，战场上躺满了人，有人一个个的翻找过去，像翻萝卜干一样地翻找着。

4

　　爬山虎还没有爬上院墙，寒冷就来了。这一年的冬天来得格外早，一场接着一场的冷雨落下来。外婆常常把藤椅搬到屋檐下看着连绵的雨丝，她的瘪唇抖索得更加厉害了，空荡荡的嘴里牙齿越来越少——不久前的夜里在痰盂旁摔断的。和牙齿一起摔断的还有她的脚骨，据说那些骨头细脆得像一截枯枝，小诊所的医生虽然不能确定是否能够长好，但还是用厚厚的石膏将它们裹了起来。外婆总是把那只受伤的脚搁在姆妈的毛绒玩具上，像是毛绒玩具长出的一只大耳朵。我常常猜想石膏里面的枯枝是不是发芽了，因为它们总是发出一阵阵菌类霉腐的气味。

姆妈依旧日夜踩着缝纫机，哒哒哒的声音有时把墙上的灰都震落了。她接了更多的活儿，毛绒玩具的耳朵鼻子已经堆得老高老高，像海水一样，从堂屋漫延到院子，一直漫延到外婆的白石膏脚下。姆妈的腰弓得更厉害了，终于把自己的五官也缝进去了——她的视力和听力越来越糟。后来姆妈给自己买了一副老花眼镜，厚厚的玻璃像脚上的茧子似的，跟王老师的一模一样，以至于我不敢直视。她的耳朵也不好使了，有时我和外婆喊她，她也听不见，然后蓦地从哒哒哒的声音里抬起头，十分漠然地看着我们。

罗四奶奶的萝卜干晒好了，它们在一个阴雨天被装进一个个新坛子里，坛子依旧被码得整整齐齐，安睡在墙角下。罗四奶奶又开始切萝卜了，她把萝卜洗得干干净净，拿一把刀，慢慢比画着，再缓缓落下。我躺在床上依旧听着隔壁的动静，听着各种没有生机的声音——然后，我会想起那些照片，它们挂在黄昏时的墙上，挂在晨曦时的墙上——不管光线的明暗，我都能清晰记得照片里的眼神，他看着我，穿过纸片，穿过镜框，穿过隔墙的两层木板，一直落在我的脸上，那些眼神像在说话，是男人之间才有的那种对话，他说，刘小树，来吧——

我果真去了，早晨或者放学回来，我站在照片前一动不动地看着，院子里罗四奶奶切萝卜的声音无力又缓慢，还有木板墙那边外婆的叫唤，外婆喊着刘小树哎，刘小树哎——那些声音并没有把我唤回去，它们拖沓而冗长，从木板缝里飘过来，飘过我的身边，飘过湿濡的青砖墙，飘过狭长而阴暗的巷子……一直到听不见了。

我每天依旧数着步子上学或回家，依旧在第二十三步、九十六步、一百一十步……往旁边的门缝看一下，那些躺在椅子里的身子又消瘦了不少，厚厚的棉衣显得空空荡荡，他们脸上的皮又缩皱了，连门牙都包不住了。干瘪的嘴里有时会狠狠地咳几声，那个声音倒是响亮，巨大的，颤动的，像是要把胸腔震碎似的。

外婆有时会摇摇晃晃走出门来，在广陵路上慢慢悠悠地挪着步子——这是一条没有生机的街道——树叶早已落光了，两边永远都是沉闷的青灰色，几个和她一样的老人正在太阳底下酣睡着——到了这个年龄，就连岁月都懒得把他们怎样了。街上有一些妇女经过，她们也仅是拎着前一夜尿满的马桶，匆忙而过，然后迅速消失在一截巷子里。外婆走完了整个广陵路，在街边闭着眼睛站了一会，她听见远处工地上机器的轰鸣，听见远处幼儿园的嘈杂声，还有各种叽叽喳喳难以捉摸的声音——外婆原本想从这些声音里寻找到我的声音，她不知道她的外孙又跑到哪儿去了。她感到那个孩子越来越大，也越来越难以捉摸。她把那只坏腿搁在一棵梧桐树桩上，身子微微晃着，像是风在吹动着似的。外婆抖索起瘪唇，她想叫唤我的名字，刘小树哎——可是，也只发出一句气声。

5

王老师的脾气越来越大了，有同学说这叫更年期。她朝我们发火的时候，头上的白发会颤动起来，像雪花飞舞。我的成绩又掉了不少，留下订正作业和罚站的次数越来越多。王老师说，下次，下次还这样的话，就把你的父母喊来——我真希望她能有办法把我的父亲找来，我还没见过他，外婆也不允许我问这个问题，她总是告诉我说，你没有爸爸。

王老师这个时候又把我喊起来了，她总能发现我的走神，她一路咆哮而来，拎着我的耳朵走向教室门外。王老师说，刘小树，你给我站到外面去——我不知道老师喜欢把学生罚站到外面的作用是什么，是因为他们不想看到我们，还是想让更多的人看到我们。好吧，现在有很多的人看到我了，那些正在上体育课的高年级学生都向我看了过来。

王老师在教室里继续讲课，好像我的出列使得课堂清澈多了，她的声音也柔和了，或许跟她所讲的内容有关——美丽的什么？她向她的学生们提问。教室有人举手了，陆陆续续站起来回答问题——美丽的花朵；美丽的家乡；美丽的世界……我想要是我也在教室里，要是也被提问了，我会回答什么呢——我想起了崇德巷 17 号；想起我和外婆还有姆妈生活了很久很久的地方；想起了狭长而阴暗的巷子；想起那些在太阳底下打盹的老人们……

高年级学生的体育课还在进行着，他们在老师的指导下打着排球，打得并不好，飞得低矮，又很不听话地坠下。体育老师是个男的，好像第一次看见，他来回跑着，脸都涨红了。他戴着帽子，所以看不太清晰，我不知道帽子下面的那双眼睛会是什么样的，也会是那样的眼神么。

放学铃声响的时候，王老师并没有把我喊回教室，她正投入于那个问题——美丽的什么。好像这些都与我无关。同学踊跃的发言还在继续，声音越来越小，它们被甩在身后——我不知道自己怎么就离开了，或许只是想去厕所。我从雪松后面绕过去，顺着甬道向前走。杂草和瓦砾使它显得更加狭窄，我惯性地数着步子，也是在二十三步的时候，停下来——我想一定是个巧合——眼前不是一扇门，而是窗户，几块透明玻璃，半爿布帘，布帘后面是一个人——刚刚上课的体育老师，他正用一盆水擦洗着身子，像姆妈或外婆那样，但他的皮肤不是白腻腻的，却有些黑，他把水撩在身上，用毛巾来回擦着，然后，他又转过身子。是的，他转了过来。我看见了他的眉毛，由于寒冷而紧蹙着，我想起了照片里的那个人，于是把脸觑在玻璃前，他的喉结滚动着，似乎要开口对我说话。我抬起脚，向前迈动。突然，我听到脑袋与玻璃的碰撞。

再后来的事我就记不得了，王老师是怎么过来的？我又是怎么被她揪到办公室的——王老师看似极其愤怒，她敲着我的脑袋咆哮起来，她说，刘小树，你给我立即回家把父母喊来——

我的腿沉到极点，第一次听到自己脚下也发出那种唭啦唭啦的声音。王老师说，刘小树，我叫你罚站，你居然偷看老师洗澡，干这种流氓事情——我站在王老师面前，觉得浑身的骨头都支撑不住那个词的重量。姆妈和外婆也十分痛恨这个词，她们对它咬牙切齿。现在，它又要出现了，王老师一定会告诉姆妈，告诉外婆，说那个词和我的关系。姆妈会哭的，然后把一张干瘦的脸捂在手里；外婆也会很生气，把身体嵌在藤椅里不知道到什么时候。

我缓慢地往崇德巷走着，居然没有在三千一十步走回家。我站在崇德巷的一头，看见巷子狭长的上空被烧得通红。很多人聚在罗四奶奶家门口，他们窃窃私语着，仰着脑袋看着，脸上因火光而明明暗暗。

这是一场火灾，火灾的原因还不知道，大火从罗四奶奶的屋顶蹿上来，撕咬着，吞咽着，屋里传来轰地一声，像是什么倒塌了。人群里有人着急起来，说罗四奶奶还在屋里呢，这该怎么好呢——听见的人也皱着眉头附和一句，说：是啊，怎么好呢。巷子里的人越聚越多，我从没见过崇德巷里竟有这么多人，老向林也出来了，王五保户也出来了，外婆和姆妈也出来了，还有很多我叫不上名字的人，他们挽着袖子，把水桶拎来，但又觉得不济事，于是把水桶放下，继续站在人群里皱眉、叹气。还有人拨打了"119"，可是立即有人提出疑问，救火车怎么进得了崇德巷呢。

天越发黑了，火光也越来越高，火星子偶的飞向天空，又不见了，天空像是烧着了，红红的，又是紫紫的，黑烟从红色里跑出来，又窜进黑暗里去了。有人遮着眼睛，像被那那火光刺痛了似的。屋子里猛地发出一声脆响，人群里开始猜测起来，说是不是三门橱呢？还是五斗橱？

我仿佛听见那里传来的各种声音，水流和搪瓷的碰撞声，刀与萝卜的碰撞声……还有墙上照片发出的声音。我转身想冲过去，衣服却被拽住了，刚要挣脱，又被一双手给钳住了，是的，钳子一样的手，死死地扣住我的肩膀。

火的熄灭是在一场雨后，多么及时啊——崇德巷里的人感慨着，他们又陆续从雨里走过来，一直走到罗四奶奶的屋子。有几扇门还是完好的，和门框紧紧地连在一起，她的屋里都变成了黑色，木质的家具还在雨里丝丝地冒着青烟，和我家相连的那板墙也烧出一个黑黑的窟窿，藤椅变成灰烬，五斗橱烧成了黑色，三门橱也是黑色。有人打起了手电，光柱落在哪里都是黑色。我向那面墙走去，墙上却光秃秃了，什么都没有，除了黑色无边无际。我站在那里，那个经常站定的地方，照片被烧掉了，照片里的眼睛不知道去了哪里，原本他一直看着我的，他的喉结就要滚动起来。

罗四奶奶从灰堆里被人刨出来，黑黑的一截，据说像个萝卜干似的。有人扛着她从我身边经过，不知谁不小心踢到了地上的玻璃，黑暗中脆生生的一响。人们跨出罗四奶奶屋子，身后就发出一声沉闷的轰鸣，它震耳欲聋，在崇德巷的上空回荡了很久——一切倒塌了。整个屋顶倾覆下来。

很长时间我就这样一直站在雨里，空气里充斥着焦木的味道。那些刚刚火灾时打开的门关闭了，整个巷子和街道又恢复到冷冷清清。这场火似乎和所有的人都没有关系，它的突然而至仅是为了毁灭什么——几堵墙倒塌之后崇德巷变得空荡和光亮了一些，雨点从巷子的缺口落进去，腾起一阵烟雾。

雨越来越大，好像整个天空都要坠落下来。我向前走着，却不知道该去哪里。我的耳边出现了哧啦哧啦的声音，是姆妈布鞋与地面的摩擦声，但这个声音已经越来越小了，也越来越远。还有，王老师的训斥声，外婆的自言自语声，姆妈缝纫机永远的哒哒哒哒声，全部都远去了。

我开始跑起来，雨水被鞋踩出很多水花，路灯愈发幽暗，仿佛也疲惫了似的。我数过了一百一十步，数过了二千九百步，甚至数过了三千一十步……我不知道自己走了多久，走了多远，好像有什么重要的事情正等着我，好像只有这样一刻不停地奔跑才能到达那里。

有人从我身边经过，嗖地跑过去了，又有一个跑过去了，有人追上来，他们手里拿着棍子，木棒，或许还有铁器。地上被他们踩出很多水花，四处溅着，使人睁不开眼睛。后来，又有了更多的人，他们跑着，追着，喊着，从我身边一擦而过。我也跟着跑起来，像他们那样，这样跑起来的时候，感到了一种痛快。跑在前面的人打起来了，木棒和铁器在空中跳动着，它们落在对方的武器上、身上，又弹出来。我也挥舞着手臂，抽打出去。我感到浑身充满了力量，它们从我的眼睛里，手臂里，每一个毛孔里向外迸发。有木棒打在我的身上，但不觉得疼，我将手臂抡出去，然后更多的手臂抡过来。

雨越下越猛了，像起了烟似的。有人倒在地上，有人继续厮打。越来越看不清了，眼睛里全是水，脚底下也全是水。我把手臂抡出去，甚至腿也用上了，我向那些柔软的或坚硬的地方挥过去——打出的拳头和腿又跑了回来，它们像雨点似的敲打在我头上，像姆妈缝纫机的恼人声音。雨肆掠了，木棒和铁器也肆掠了，肆虐的铁器敲在我头上和背上的声音沉闷而巨大，像青砖墙倒塌时的轰鸣。突然地，我的耳朵里安静下来，什么声音都没有了，我倒在冰凉的雨里，血和雨水一起向前拼命流着。我想我是不是死了，可我一点儿也不难过，多安静啊，什么声音也没有了。我突然想起了那个问题，我站在教室的外面，我想要是被提问的话会回答什么呢——可是，当想到那个回答的时候，我却感到浑身剧烈疼痛了——

荷花小区 5 幢 601

1

2013 年的时候，我写过一篇小说叫作《王大华的城市生活》，后来还写过一些关于王大华的散文。王大华是确有此人的，我老家的邻居，在我们庄上生活二十年后嫁到城里去了。王大华本名叫王翠华，在小说中被我改成了王大华，这么做的意义大概因为王翠华是孪生姐妹中的老大，这名字虽简洁粗略，但更具有小说的意味。2013 年在我写那篇小说的时候，王大华还没有离婚，和她的疯子丈夫正生活在七闸桥西的老居民楼里——荷花小区 5 幢 601。那个地方我是熟悉的，甚至了如指掌，因为我曾和他们——王大华和她的疯子丈夫——共同生活过一段时间。

如果你恰巧读过我的那篇文章，或许会了解王大华这个人，怎么说呢，就是那种有点倔强又有点大大咧咧，这大概跟她的魁梧身材给人的错觉有关。当然，王大华首先是个善良乐观的人，也特别乐于助人，说到这一点，后来盛情难却住在她家，就是王大华乐于助人的结果。

关于王大华的文章我写过四篇，比如最早的《那年碎夏》，以及前年完成的《坚硬如铁》，无不例外地讲述到了她的婚姻，大概同为女人，以及对她婚姻的惋惜，我都在小说里用多种途径"杀死"了她的疯子丈夫，这或许是作为一个作家比较便利的泄愤方式。记得我在《坚硬如铁》里写道：王大华和宏叔正厮打在一起，屋内狼藉一片，地上有血，被踩出斑斑驳驳。宏叔的铁钳重重地敲在王大华的脑袋上，沉闷而冷涩，血像头发一样披散开来，王大华喊，快帮我啊张小羊——张小羊冲过去，拉住宏叔的腿向后拽。血越来越多，已分不清是谁的血，王大华仿佛奄奄一息了，她说，张小羊快打死他啊，我不想跟他过了啊——张小羊尖叫起来，歇斯底里地扑了上去，她咬着宏叔手臂，然后又夺过铁钳，她不知道自己哪来的力气，两只手拼命挥舞起来，王大华想，这样的日子她也坚持不下去了。张小羊把铁钳抡出去，像是要把所有的日子都要抢回去似的——她想起了王大华睡在旁边时的叹息，想起肋骨断裂的那些夜晚呻吟——她过不下去了，真的，王大华说她后悔嫁到城里了，他就是一个神经病啊——突然，几声脆响之后，世界安静下来—— 一具血肉模糊的身体倒下了，张小羊没有尖叫，也没有哭泣，而是站在黑暗里一动不动……

　　文中的宏叔就是王大华的疯子丈夫，而张小羊便是我了，我的小说一贯都是温情脉脉的，像出现这样的血腥场面还是第一次，由此可见，我是多么希望王大华能从她的婚姻里走出来。当然，那只是小说，我们也没有杀人，要不现在怎么能平安无事地坐在这里和你们说王大华呢。

　　我住在王大华家的时候正读高三，王大华已经嫁到城里十多年了，如果他们有孩子的话，也差不多和我一个年纪，但是，她没有。也因为这个原因，王大华格外喜欢小孩，每次在路上，看见那些咿呀学语或蹒跚走路的娃，都会捞起来亲一亲，我母亲说我小时候也经常被王大华亲得"一脸口水"。王大华常常对我母亲说，张小羊和她长得很像呢。我们的头发都是自来卷，王大华喜欢把一头弯丝像稻把似的捆在脑勺后面，而我则让它自由生长，所以脑袋上常年像顶着一头火炬似的。再后来，王大华找我母亲谈，要把我认作她的干女儿。但母亲含糊其辞，没有应允，倒不是反对什么，而是我母亲是个不喜欢麻烦的人，她认为认了干亲就要多一些人情往来，比如过节送礼、春节拜年什么的，很烦。这一点，我母亲反而像个城里人。高三那年，我住在了王大华家，经常在我认真做题的时候，王大华就会抱着一团毛线坐过来，一边织着，一边伸着脖子看我在纸上写字，然后又冷不丁来一句：要是小羊是我的女儿就好了。说真的，我很害怕听这样的话，因为感情的丰沛，王大华的话总让我一阵心酸而无法再认真做题。

至于为什么会住在王大华家，我在几篇文章里都写到了，用我的理解是一种"巧合"，而王大华则认为是一种"缘分"。为了让没有读过我文章的人知道更多，我想还是有必要再叙述一次。高三那年我特别想在校外租个房子，宿舍里太吵了，两个女生分别和其他班级的男生恋爱了。众所周知，恋爱的人都热衷于煲电话，早晨煲，中午煲，晚上煲，还经常在深更半夜的时候，突然对着话筒号啕大哭，若问其原因，只咬着嘴唇直摇头，一副全世界都亏欠她们的模样。那段日子，我们都快神经崩溃了，纷纷开始走读或者干脆在校外租房子。然而合意的租赁房很少，而且距学校较远，后来我跑到荷花小区，挨着楼幢一家家地询问，我曾在《那年碎夏》里写过一些：王大华从门里出现的时候，我竟吓了一跳。我说，华姨，咦，华姨，咦。由于紧张引起了结巴，我没能把话说得很流畅。王大华看见我，也是一脸惊讶，大声地喊着，咩，小羊，咩，小羊。我们都被对方吓了一跳，说话顿时像说快板似的显得很滑稽。若干年后，我还在想那天傍晚的事，怎么就碰巧得跟电影里的情节似的呢？

也许王大华说得对，这样的巧合即是缘分了。那晚我在王大华家吃了晚饭，晚饭后又睡在王大华宽大的床上。我怎么就在那里吃晚饭呢，怎么就在那里睡觉呢，我想，大概是因为有一种人的热情是无法拒绝的——王大华的便是——她先把我摁在椅子上，迅速煎了两只鸡蛋，从碗橱里端出一盘韭菜和一盘土豆丝，又从衣橱里拿出睡衣和枕头——好像这些早已是准备好的，只是等待我的出现。

那晚我是和王大华一起睡的，王大华的男人则睡在客厅的沙发上。很小的时候我见过一次，在我们小王庄，也就是王大华刚结婚那阵，男人是白衬衫白鞋底的，跟着王大华在村里高高低低走了一圈，这之后就再没见过。我想，除我之外，小王庄没人知道那个"白衬衫白鞋底"的男人是个神经病。我曾试探性地问过我的母亲，王大华怎么就嫁到城里去了？我母亲正在灶膛前烧火，火苗映得脸上红通通的，她一边添柴一边撇起嘴角——她撇嘴常常意味着一种幸福——王大华做事勤快嗳，领导把她调到城里去了。母亲有些答非所问，但从她前言不搭后语的叙述中基本能得出一个结论，就是王大华的命好。

我所知道的是，王大华初中没毕业就辍学了，曾在我们中学食堂里给学生做饭，食堂里四个中年妇女，王大华年纪最小，妇女们最热衷的事儿就是家长里短了，她们常常在一起拣菜的时候，谈论发生在小镇上的稀奇事。《王大华的城市生活》里也写到了这段：

食堂一共四个人，每天一边干着活儿一边拉起家常，他们聊早上在路上的见闻，聊乡里最近发生的新鲜事，聊谁家的狗又怀上谁家的种——是的，他们熟知乡里的每一个人，包括畜生。但话题往往还会回到学校里来，他们谈论某个学生一口气能吃七个馒头，某个老师不喜欢土豆和茄子。这天，他们又谈起了几年前退休的王老师，谈起了王老师的儿子，三十二岁了，还没说上媳妇，王老师愁得头发都白了。他们说她儿子城市户口，长得倒是白净得很，可就是这脑袋，不中用，哪家姑娘愿意嫁给他呢——

王大华听不下去了，她的耳朵里只剩下四个字：城市户口。她听不见他们又说了些什么，好像录音机播放到这里就卡壳了。这四个字像四只苍蝇似的在她的脑袋里一阵嗡嗡叫，她想起了她的同学王秀梅，也考了个城市户口，还有小王庄的大李子，也把自己的户口买到了仙女县。

这晚下班，王大华没有直接回村里，而是骑着自行车一口气来到了县城，来到了下午说到的王老师"荷花小区 5 幢 601"的家。

她不知道自己怎么敲的门，怎么进的屋，怎么又毛遂自荐想成为她儿媳的。她看到王老师坐在对面的沙发上，正如他们说的，头发都白了。王老师说，姑娘你都想好了？王大华点头，她觉得自己已经想了一个下午，再说，这事不需要想的，就像那年她要辍学一样，父亲也这么问她，都想好了吗？需要想什么呢，好像她的人生该在这里拐个弯了。

2

关于这些，都是住在王大华家后得知的，那时我们——我和王大华——像母女一样亲近，也或许，仅是她对我的亲近。王大华每天邀我和她一起睡，早晨她骑自行车送我到学校，晚上准时在校门口等我。关于她婚姻就是在某个晚上告诉我的——那天她没有骑车，而是推着和我一路说话。直到现在我仍记得那晚的月光和鼻子里荡漾的春天气息。王大华说完后沉默良久，然后意味深长地补充一句：我最喜欢小羊了，小羊嘴最稳了。我明白这句话的意思，所以以后的十多年里没有告诉任何人——包括我的母亲——王大华的丈夫是个神经病。（当然，我在小说中写出来，我们小王庄的人也不会看到的。）后来，我考取了北方的一所大学，毕业后一直留在那里，这十多年中与王大华只见过一两次，春节，在我们小王庄，匆匆打了个招呼就走了——王大华每年都从县里骑车回来拜年，而她回来的时候，我恰巧离开。我从母亲那里打听过王大华的消息，几乎和过去没有变化，我不知道我想要听到些什么，或者说渴望听到什么，当我的母亲感叹"王大华命好"时，我的心里便感到些许难受。我本想抽个时间去看看她，或者约她吃个饭什么的，但没有，或许这一点我遗传了我母亲的"怕麻烦"。

王大华结婚三个月，她的婆婆——王老师——就去世了，临终前拉住王大华的手泣不成声，和很多电影里描述地一样——拜托她要把她的儿子照顾好，等等。于是之后的几十年——一直到离婚，王大华都充当着保姆的身份。王家有遗传精神病史，一开始还吃吃药，做一些辅助治疗，再后来吃药也不济事了，发病的时候会抡起夹煤球的铁钳打人，铁钳落在王大华身上发出沉闷的响声。不发病时，王国宏就从早到晚坐在沙发上，像是从沙发里长出来的。坐到天黑时仿佛想起什么似的，蓦地从沙发里站起来，径直走到卧室去。他把堆在角落里的木箱子一个个拉出来——这些箱子是王老师以及王老师的婆婆当年的嫁妆，虽油漆斑驳，但还能放些东西，所以并没有扔掉，王国宏就把这些箱子一一摞起来，像堆积木似的，堆好，拆开，再堆，有时自己也爬上去，在摇摇欲坠的高处挥舞着铁钳，嘴里发出怪叫声。我想，王国宏之所以热衷堆箱子，或许这里有他童年的记忆。但我还是感到十分压抑，想再搬回宿舍，每次都被王大华拦住了，她说，住校哪里好，吃不好，睡不好，还要缴住宿费，嫌钱多是吧，嫌钱多把住宿费贴给我好了。当然，王大华是不要钱的，我母亲几次塞钱给她都被挡回去了，王大华说，我没有小孩，我就是把张小羊当自己的闺女待。

前面我说过，王大华是个乐观且大大咧咧的人，这是我与她共同生活的三个月中感知的，或许是因为我的到来，使她的生活有些明亮。王大华结婚后就从我所读的中学调到县里了，在一个技工学校继续做饭，九十年代末的时候，王大华下岗了，这只给她短暂的打击。为了能遵从王老师的遗嘱"把她的儿子照顾好"，又不得不找点事做，她每天夜里起来蒸馒头，早晨和傍晚坐在菜场的大门外去卖。有时我从学校提早回来，会经过那个菜场，总是看见她坐在一堆白花花的馒头前，身后是成堆的垃圾以及一些散在地上的烂白菜帮子，这画面，常使我感到恍惚，仿佛王大华正漂浮在荒无人烟的孤岛上。

从菜场回来，王大华是哼着歌的，看见我了，便惊叫一声，说，小羊你都回来啦。她会递给我一只馒头，然后蹲在地上擦着地板，擦的是一件旧衣服，整个人都趴在地上，王大华完全沉浸在一种自给自足的快乐中，一会钻到床肚里，一会钻到桌底下，一会又钻到宏叔的脚旁。我觉得地板快要被她擦出火花来了，这种来回的摩擦让人有些透不过气来，我想帮她，王大华却将我连连推开，说，看书去，看书去，好好看书，以后要考大学呢。然后我就倚在门框上，傻愣地看着她。

王大华肩宽，背厚，腿脚结实，尤其是那尊屁股，走起路来像一对篮球上下弹跳。她回小王庄的时候，也闲不下来，给哥哥家割稻插秧，帮邻居家挖地，给一个五保户挑粪——地比较远，要挑到大堤的那另一头，那个时候，我们小王庄的人便会看见那对屁股弹跳一样地来来去去。当然，王大华除了屁股，脸蛋也是不错的，饱满，月季一样，但每次见面时，都觉得那张脸在凋谢。

3

在此刻写这篇文章的时候，我突然想到，分别后的十多年来，我几乎没有和王大华好好说过话，只在某一年的中秋打过一次电话，并寄了一条北方特有的厚实围巾。王大华很意外接到我的电话，有些惊讶，但很快就兴奋激动起来了，她问我在北方吃不吃得惯，住不住得惯，又问我那个城市怎么样，是不是像电视上描述的那么寒冷。那次的通话时间并不长，几乎都是她问我答，她把语速调得很快，每个字都在嘴里乱撞，像要一下子把所有的话都要倾倒出去似的。我本想问一问她的情况的，抿了抿嘴还是止住了，这或许是我身体里的某种冷漠，一种"怕麻烦"的怪癖作祟，还有便是我害怕听到关于荷花小区 5 幢 601 的一切。高考结束后，我填报了一个很远的学校，仿佛为了逃离，逃离这个城市，逃离那个沉闷阴郁使人发疯的地方。当话筒里王大华的声音传来的时候，仿佛感到某种压抑的东西正顺着电话线向我跑来，所以，没等王大华把话说完，便匆匆挂了。

我还是无可避免地回忆起过去。

高考前的几天，我看见王大华身上的伤了。我们一起洗澡的，王大华脱掉衣服的时候，我吓了一跳，她的后背与肩膀卧了几道褐色的疤，笔直的，有旧迹，也有新伤，王大华停止哼歌，也扭过头看，说，都好了，结痂了。我刚要发问，王大华已经开始冲洗起来，水流声把说话声盖住了，她用水快速地撩着，又把头探出来，脸上尽是水珠子。她对我说，一会儿给我用劲搓。说完笑了，有个闺女就是好呢。

有几次我从学校回来，战争刚刚结束，屋子里还狼藉一片，王大华从地上爬起来，一瘸一拐地往阳台去了。她挽起袖子一边洗菜，一边嘤嘤哭，你这个神经病，她转过脸，对着阳台，你这个神经病，你把我打死好了——

那年夏天，王国宏又发病了，他用铁钳把王大华打伤了几次，其实每一次王大华都是可以跑开的，但她偏不，偏要倔强地站着一动不动，王大华对王国宏说，你打啊，你用铁钳打我啊，你把我打死好了——

王大华没有被打死，而是肋骨断了一根（也有可能是几根），她不想去医院，说那里只会瞎花钱，她将一件旧衣服撕成条状，缠在腰部，夜里疼得厉害了，便哼哼两声，哼完撑起半个身子对着客厅喊，喊的内容无非还是"把我打死好了"。王大华每一次被打，我不都是在场的，等我放学回来，屋内已经是骤雨初歇后的平静。要是我在家，王大华会把我推开，说，你写作业去，我就不信他能把我打死——

写到这里，我又感到悲伤了，仿佛那些日子又飞回来了，在我过去的几篇小说中多次写到这些场面：王国宏用铁钳砸在王大华后背上；王国宏一动不动种在沙发里；王国宏走路时的蹒跚而行，时不时发出的啊哦啊哦的声音；以及屋子里散发出挥之不去的霉腐而压抑的气味。

4

但王大华终于熬过来了。

我有些迫不及待要告诉你们王大华离婚的事了。那是2016年的春节，我的母亲将这个消息告诉我的，彼时我们正坐在走廊里的小板凳上，晌午，阳光正好。我的母亲像突然想起什么似的对我说，王大华离婚咯——她的嘴角又撇上去了。我正剥着花生，赶紧停下来，生怕细微的声音影响倾听。母亲说，王大华离掉了，你知道么，他男人是个神经病呢。我"哦"了一声，并没有告诉她我早已知晓。母亲说，前年离的，早就该离了，一个疯子，怎么过日子呢。我看着母亲，她正将两粒花生从壳子里拿出来，她不停地重复这一动作——将花生壳捏破，再取出花生仁。我记不清后来母亲又说了些什么，只觉得那天的风有些温暖，吹面不寒。

第二天中午我就遇见王大华了，她趴在我家院门上朝里看，看见我就激动起来。王大华说她知道我肯定在家，因为看见我的车了。母亲邀她进来坐坐，吃点瓜子花生。她说不了，就是想来看看我的，又说，好几年没有看见小羊了。我解释这些年春节没有回来的原因，并且告诉她，快了，下个月，可能要在仙女县待一段时间，一个项目调研。她笑起来，阳光正好落在她的脸上，她说，那就好了那就好了。我突然发现王大华老了不少，皱纹深了，一颗牙也掉了，这使她苍老许多。从前魁梧板实的身材萎缩了似的，站在我面前的仿佛是一个小老太。她说时间过得真快哦，小羊住我那边的时候才十来岁哎。我和母亲也附和着，说时间过得真快呢。王大华转过身，拿一只矮板凳坐下，因为背对着阳光，使我不太看得清她的脸，她仰着脖子和我说话，有一个瞬间，我十分难过，想上前握住她的手，或者抱一抱，但手在衣兜里挣扎很久终究没有拿出来——或许我们这一代的人还不善于表达情感。我告诉她，等我到县城的时候，一定去七闸桥西看她的，说不定还住那里。王大华点点头，又重复之前的话，那太好了那太好了。一边说着一边站起来跟我们道别，仿佛心满意足地离开了。

春天到来的时候，王大华给我打过一次电话，她从母亲那里问了我的新号码，我问她是不是有什么事？她说没有没有，春节的时候说要去七闸桥西看她的，问我怎么还没来？我不好意思地笑了，说这也由不得我，公司在西安的项目还没完工，完工才能过来，估计也要到下半年了。王大华在电话那头的声音矮下去了，支支吾吾说到仙女县一定要去她那儿坐坐。我点点头说一定去呢。

一直到了秋天我才回来，我们集团将在长江边上开发一批江景房，这一段长江流域属于仙女县，由于施工前期的手续问题，加之我是本地人，自然被安排过来。那天我跑了一个上午材料，从行政中心出来的时候已经傍晚了，突然想起之前和王大华说过的话——去看看她。从七闸桥西经过一个菜场，王大华曾经卖馒头的地方，特意张望了一番，没有，看来王大华已经不卖馒头了，我想起曾经和母亲的对话，母亲说王大华人好又勤快，再找一个肯定比之前的日子过得好。我很赞同母亲的说法。

荷花小区还和十多年前一样，几乎没有变化，唯一变化的是那些瑟缩在墙角的野蔷薇和爬山虎已经肆虐了，它们蓬勃葱茏，密密层层，仿佛要吞噬这个小区似的。我在 5 幢前面停下，朝六楼的窗口看去，空荡荡的，不像其他窗口摆满盆花或是一些长着葱蒜的破盆。上楼，锈蚀不堪的铁门，木质扶手，以及磨得发亮的水泥踏步，这是二十世纪七十年代的小区，如此有了年岁的居民楼已经很少见了，据说仙女县本要向西开发的，日夜不停地拆迁新建，后来，突然换了一个领导，新领导与前领导意见相左，新领导说要向东发展，这样，还没来得及拆迁的荷花小区便陷在一片废墟之中，那些不停生长的高楼，宽阔的柏油路，似乎都和它没有关系，它仍然坐在这个县城的西边，像一个被遗忘的老人。

我抬起手，刚敲出一声，门就开了。王大华弓着腰站在门里，她说，呀，小羊，呀，小羊。像很多年前我第一次走进她家一样。她给我倒水，还拿出两个橘子。我在屋里四处走着，仿佛缅怀，内心有些感慨。屋内光线很暗，还没有开灯，由阳台改成的厨房是唯一明亮的地方，地砖上的花纹已经没有了，磨得发白，水龙头一直在滴水，啪嗒啪嗒地落在一只水桶里。那间我曾经睡过的卧室门关着，深红色的油漆快要掉光了。我用手拎了拎把手，锁住了，王大华连忙走过来说，不要看不要看，杂物，都堆了杂物。我说它不是我们以前睡觉的地方吗？王大华点点头，又摇摇头，说，都是杂物，现在都是杂物。

我转过身坐在桌子旁，问她现在不卖馒头了吗？她告诉我不卖了，早不卖了，发面没有力气，身体也吃不消了。又说，现在在市政上班，挺好的，扫马路，每天凌晨和上午去扫一下，下午就可以回来了。她认为比卖馒头好多了，因为市政还给她缴"三金"。

我也点点头，表示"挺好的"，又笑着问她，有没有人给你介绍对象？我把母亲的话又重复一遍：你人好又勤快，再找一个肯定比之前的日子好。王大华尴尬地笑了笑，说，我就守着这个房子过过算了——

那时我还不明白这句话的意思，觉得这个房子有什么好的，几乎禁锢了她的一生，于是反驳她，这里有什么好守的——

王大华便不再说话，低头给我剥橘子。她的身后是那张绿色沙发，王国宏整日躺着的地方，屋里的摆设和从前几乎没有变化，所以当我看见绿色沙发的时候，恍惚王国宏还在这里。我有些支支吾吾，但还是问了，我说离婚后王国宏去了哪里呢，有没有被关到精神病院去？王大华突然把头抬起来，眼神惊恐，她说我不知道我不知道——反复说了一阵又说，随他吧，是死是活关我什么事呢——

我很后悔和她提王国宏的事，都过去了，谁愿意回忆那些不堪的日子呢。于是我们都不再说话，把剩下的橘子剥了吃了，橘子放置的时间太久，没什么水分，丝丝络络地卡在嗓子里。

王大华留我吃了饭再走，并起身淘米去。我拦住她，说自己晚上有个饭局，推不了，过些天再来。她有些失落，手僵在米盆里好一会，但还是送我出门，并告诉我她上班的时间——上午不在家，要是下午和晚上来，她都在的。我点点头，在黑暗中摸索下了楼梯。

5

在第二次去荷花小区前，王大华给我打过两次电话，问忙不忙，说好久没有和我说说话了。那段时间我有些烦躁，工作上的事几乎没有进展，由于土地所有权的问题——一个化工厂的半截厂房始终不肯拆除，新项目不得不搁浅下来，也就意味着我暂时还要回到那个寒冷的北方去。王大华听说我将离开，突然像个孩子似的哭起来。我在电话里劝了几句，说等土地问题解决了，还是要回来的。王大华一个劲地说不是的不是的，说哭的原因是因为我去的那个城市太冷了。

我在出发前先回了趟小王庄，秋天来了，草木开始颓败，小王庄低矮的房屋裸露出来了，我陪母亲在田野里走了一圈，看了看正在生长的麦苗和蚕豆，还去了小时候经常撒野的南大堤——那里曾是我们的乐园，也是小王庄每个孩子的乐园。后来这些孩子都逐渐长大，离开小王庄，开始各自的生活。当我正唏嘘感慨的时候，母亲突然问王大华有没给我打电话？说那天特地回来向她要我的新号码的。我说打了。母亲又说，临走时去看一看她吧。

我是第二天去荷花小区的，并没有给王大华打电话，从熟食店买了些菜径直去了。这次敲门很久才打开，王大华一脸灰色，我问她怎么了，是不是生病了？她摇摇头，说可能是最近总做噩梦吧，睡不好。说完便坐在椅子上发呆。我从厨房里拿来盘子，将熟菜一一倒出，王大华这才急忙站起来，抢过去做了，她说她不知道我来，也没有煮饭，还是上顿剩下的粥。我说没关系，就吃粥吧。

头顶的灯光并不明亮，使人的脸色更加黯然，我把一块鹅腿夹给她，她又把鹅腿夹给我，那顿晚饭吃得悄无声息，好像突然间都不知道该说些什么，也许是吧，时间过去太久了，我们上一次一起吃饭还是十多年前，那时的我正值青春懵懂，而她也是风华正茂，这些消逝的时间去了哪里，当我看着周围颓败的家具、墙壁、桌椅，心里一阵难受。为了打破这种沉默，我和王大华说起了昨晚刚做的一个离奇的梦。她一直盯着我看，听得极其认真。把梦说完后短暂地停顿一下，便告诉她我要回北方去了，今晚的飞机，在飞机上睡一小觉，就到达那个冰天冻地的城市了。王大华突然低下头，好像那些寒冷已经袭来似的。屋子里又安静下来，只有劣质闹钟嘀嘀嗒嗒的声音，也有可能是水滴声。我刚要起身去看看水龙头，王大华说话了，她说，我最近老做梦，老做噩梦——

我又坐回来，跟她开起玩笑，我说，我会解梦呢——

王大华抬起头，眼睛里竟然有了泪水。她说，小羊，我做了个梦，真的，真的是个梦。半晌，又说，我梦见王国宏死了，就死在这个屋子里，你相信这是个梦吧——

我认真地点点头，说信呢，肯定是你做梦了，他怎么会死在这个屋子里呢。

王大华啜泣起来，眼泪滴在刚刚的鹅肉上。她继续和我说梦，说她每天都做噩梦，真的，王国宏是个神经病，梦里他也是个神经病，真的，你要相信啊，我早就不想跟他过了，他打我的时候，我就要跟他离婚，他听了就打得更凶，我们楼下的都听到了。有一次我冲出去，把他锁在屋子里，我没有走远，就坐在我们楼栋下面，你看过我们小王庄那些喊冤的人吧，我就喊了一个晚上，真的，我过不下去了。后来还是对面楼上的大妈把我扶起来的，她说谁家没有个烦心事呢，都大半辈子过下来了。我就对那个大妈说，我是真的要离婚呢。你晓得的小羊，我是真的想离婚呢，我一个人过，我一个人过也挺好的。

我点点头，表示认同，我的母亲也这么说过。王大华接着说，这个神经病，他除了打我，就整天躺在沙发上，要么就在房间里堆箱子，那些祖上的箱子，不晓得怎么这么多，被他堆得老高老高，然后还爬上去，他就是个神经病啊，那天我从楼下上来，箱子都快堆到屋顶了，王国宏一级级地爬上去，又爬下来，再爬上去……他就是个神经病啊小羊。然后呢，那些箱子都倒下来了，一起砸在王国宏身上——

王大华抬起眼看我，眼睛空洞得没有一丝光芒，她停下来，深深地呼吸了一口，继续说，我没有救他，他被砸在一堆箱子底下，那些包了铜边的箱子哎，砸下来的声音很响，像响雷似的，王国宏肯定被砸死了，身上到处都是血，我没有救他，我就坐在客厅的沙发上，我也没有报警，我怎么能报警呢，他们会把我抓起来的，你说他们会不会把我抓起来——

我告诉她不会的，这只是一个梦，梦醒了就好了。王大华呜呜哭起来，她说是的是的，我在跟你说梦呢，真的，这真的是一个梦，我怎么会杀王国宏呢，我怎么会杀人呢。她伏在桌子上哭了一阵，又猛地抬头看着我，我没有报警，小羊，要是人都死了三四年，还能查得清楚吗？王国宏都死了三年了——我把箱子又堆好了，把他从地上拖起来，放在过去我们睡的床上，我能把他放到哪里呢，只要我守着这个房子，就没人知道王国宏死了，你说是不是小羊。王大华又抽泣起来，她用手臂揩着脸上的眼泪，揩也揩不完似的——

我长长舒了口气，感到浑身发冷，四周的黑暗愈发黏稠，向我压拢来。王大华趴在桌上哭着，声音被墙壁赶出一些回音，她说她每天都在做噩梦，真的，我在跟你说梦呢，小羊。

那个晚上，我是怎么从屋子里走出来的，已经记不清了，只觉得浑身冷，牙齿不停颤抖。出门的时候，王大华仍趴在桌子上哭着，她瘦削得像一片纸，我想走过去拍拍肩，或给她一个拥抱，但没有，我说过，我很不善于表达情感。从楼梯上跌跌撞撞下来，王大华的哭声还在耳边，好像没有穷尽的回音似的。回头看601的窗口，灯光孱弱得很。我又想起那扇紧闭的门——我和王大华曾经睡过的房间，里面一定有很多很多箱子，它们结实而漂亮，包着古老发亮的铜边，当然，除此之外，还有快要变成白骨的王国宏。

我仿佛跌入黑暗之中，四周静悄悄的，天已经黑透了，对这里——5幢601——的记忆仿佛都是晚上，楼道门敞开着，像深不见底的嘴，爬山虎已经吞噬到六楼的高度了，叶子影影绰绰的，恍惚海水淹没上来，使得那个窗口所在的房子，如孤岛一般。我往黑暗中走去，多么希望在我离开之后——或者，明天，王大华仍能像我记忆里的那样，魁梧，结实，大大咧咧，她站在厨房最明亮的地方，阳光落在肩上，她卷着袖子，流水从四指经过，洗菜，淘米。然后拖地或者做饭，像从前那样生龙活虎。

老胡记

1

2007 年我从仙城技校毕业后在一家面馆打工，面馆叫老胡记，在菜场附近。去时面馆里已有两个人了，一个是老板胡大江，一个是员工王秀英。我们仙城这儿的饭店不知道哪一年突然都喜欢以姓氏命名，比如陈记饭店，王记面馆，李记饭店……"老胡记"前面多了一个"老"字，以为老板是个老者，见到之后才发现是个年轻人，比我大不了多少。

面馆的生意一般，两个人是足够能应付不太忙碌的一天的，胡老板说半年前把招聘启事贴在电线杆上后就忘记撕掉了，日晒雨淋后模糊不堪的电话号码还是被我给瞧出来了——我仿佛看见胡老板在无人问津的街头，将胳肢窝下夹着的一沓招聘启事一张张刷在电线杆上的画面了——胡老板支支吾吾，没有拒绝我，大概是被我的哪句话给打动了，转身叫王秀英带我去厨房里看一看。

一个月之后，我们在一起干活时他才告诉我，因为那天我对他说了自己的梦想，即写一本书，一本厚厚的书，然后带进坟墓。

我想那应该是我上半辈子说过最牛叉的一句话了，尽管后来我又说过很多次。

王秀英抬起头来看我，咂咂嘴说这个梦想好，写书好，书里一定要写到她和老胡。

我把眼睛瞥过去，不太认同这后半句。

后来关于写书的事总是会被王秀英问起，早晨看见我了，便问，书写好了没有——好像写书和吃早饭一样简单轻松。

王秀英快六十岁了，比我继母年纪大，比我的母亲就大更多了。我喊她大妈、婶婶，她不高兴，说我把她喊老了。所以索性直呼其名。

老胡记店堂不大，外边用来做生意的座椅只有四五张，靠里是一个短短的吧台，吧台后一扇门连着厨房，吧台旁边有一张闲置的桌子，中午忙完后，我们便会坐到这张桌子旁一起干活。大多是切牛肉，摆牛肉。桌上只能搁两块砧板，要么是王秀英切肉，我和老胡在一旁打下手；要么是我和王秀英切肉，老胡打下手。我很快就能熟练操刀了，但王秀英对我的刀工仍不满意，她会从切好的牛肉里挑出一片在我面前晃一晃，你看看，这块太厚了。

老胡不擅长白案，切起肉来比较抽象。王秀英似乎很担心老胡亏本——其实我们也没有计算过每个月除去房租、工资等其他开销后老胡还能落上多少，王秀英不识字，也不会算术，自然算不出来；我数学不好，只热爱文字不热爱数字。但我想，老胡应该仔细算过，因为偶尔会在下班后看见老胡坐在吧台后面用计算器噼噼啪啪敲一阵，然后给自己点上一支烟，深吸一口。这个时候，便会觉得老胡忧郁得像个诗人似的。

的确，老胡写过诗，流行的口语诗，我问发表过吗？老胡说没有，是写给自己看的。我问怎么后来就开面馆了呢——虽然来老胡记才几个月，但我说话一点都不吃生，大概跟我和老胡一样热爱写字有关——老胡笑起来，牙齿白灿灿的，他说以前写诗也没人读，没人知道他老胡会写诗，现在下面条了，却有很多人喜欢吃他做的面条，连面汤都喝得干干净净。我和老胡都忍不住笑出声来，他递给我一支烟，意味深长地说了一句：你要好好写。后来我读过老胡的诗，觉得比他的面条有味道多了。诗里写长江，写东北，还写柴米油盐——

我累了

每天都在

擀面条

切面条

下面条

这不是

乏味的原因

我的生活

不应该

仅仅只和面条

发生这么大的关系

读完后我捧腹笑了，直到眼泪给笑出来。老胡有些不好意思，说，小鹿你要好好写，反正我是写不了书的。王秀英侧着脸听我们聊天，然后也在一旁嘻嘻笑着，好像能听懂似的。她把脑袋从面锅的袅袅热气中探出来，咂吧着嘴说，你们写书也把我写上去咪——说完就摇头晃脑地唱着歌。

这个时候的老胡记，还是让人感到十分温暖的，灯光，热气，歌声，还有梦想——

2

老胡是东北人，漠河的，却娶了个南方的女人，两年前离了，若要问老胡是什么原因使他从大东北来到我们这江南的，老胡一定铿锵有力地回答你是爱情。但现在，这爱情也没了，只留下一个爱情的遗晶，也判给了女方。我问老胡还回去吗？老胡说不，他要留在这里，因为这里有长江，等日子宽裕了，就回去把他的奶奶接过来。其实我们都知道老胡不回去的原因不是因为长江，而是他的女儿。老胡仍然在强调他跟长江的关系，他的名字是奶奶取的，这个目不识丁的老人一辈子没看过长江，却在孙子的名字里留下这两个字，老胡说，你看，这就叫缘分，他和长江的缘分。

每逢过节的时候，面馆的生意会淡一点，大概仙城的人都不喜欢在外庆祝。南方人不及北方人爱吃面，也不讲究，粗面细面，宽面窄面，没什么要求，或许他们在意的是面汤和配菜。老胡喜欢吃面，他说自己一顿能吃五大碗，有一次跟朋友打赌，以四斤面赢了对方。我问是不是因为喜欢吃面才开的面馆？老胡嗤嗤地笑，意味深长说一句，人也得有点儿追求是吧——

店里不忙的时候，我们就会围坐在吧台旁边，大多是他们向我问长问短，问我在技校的情况，问我的家庭，当得知我的父亲和母亲很早就离婚了，王秀英突然站起来，声音有些颤抖，混账，混账父母，都是混账父母。

我第一次看见王秀英这样激动。

老胡呢，他从前的日子也不是很好，小时候和奶奶生活，后来跟村里人外出打工。现在奶奶七十多岁，身体还挺硬朗，过些日子赚上钱了，他就把奶奶从东北接到长江边来。

只有王秀英不谈自己，如果我们问急了，她就摇头晃脑且答非所问地告诉我们，她过得很好。

我和老胡都属于比较内向的人，平时不爱说话，所以大多时候喜欢倾听，听王秀英眉飞色舞地讲。王秀英对我说，小鹿，你赶紧写一本书吧，我说给你写——

王秀英向我讲述的是她老家的事。我没有农村生活的经验，对那里的一切都感到陌生，起初王秀英讲了一个叫王彩虹的女人，又讲过一个叫作王红霞的——我问王秀英他们村里的人是不是都姓王？王秀英愣了一下，然后连忙摇头说不是不是。她说那个叫王彩虹的女人呢个头不高，但力气大，做起事来像男人似的。但她命不好，苦得很——其实我并不愿意听王秀英老家的人和事，那些离我太遥远了，但在面馆的时间需要打发，尤其是坐在一起切牛肉的时候；电风扇在头顶呼哧呼哧转动的时候；等待下班的时候，如果没有那些陌生的故事，是多么令人困乏。

3

父亲给我发来信息了，叫我把冬天的衣服拿走。信息写得很委婉，甚至有些动人，我父亲就是这样，擅于文字，或许这一点遗传给了我。他说，气温说降就降，会叫人一点准备都没有，你要把对付寒冷的棉衣准备好，别等降温了才急乎乎地到处找寻，这和人生一样，要学会未雨绸缪，要做有计划的人——我知道父亲的意思，现在正是仲夏，离他所说的"寒冷"还有许多日子，但那个他和继母生活的六十平米的房子，要腾出一半来迎接继母的女婿了。

拿了衣服，父亲把我送到小区门口，脸上挂着歉意，这些年来一直这样，他对不能和母亲白头偕老感到歉意；对不能给我完整的家感到歉意；对不能听从奶奶的话感到歉意；对不能给继母更好的生活感到歉意……这些歉意长久挂在脸上，使得我面前的这张脸逐渐扭曲变形。他问我找到工作了没有？我说找到了。在哪里？干什么呢？面馆，菜场那儿。怎么样？他问。挺好，我说。父亲哦了一声，脸上的肌肉仿佛有了微微的松弛。挺好就好，慢慢来，慢慢来，一步一步往上走，前面一定会是光明。父亲快速说着，仿佛说慢一步那些光明就要逃走似的，他从口袋里掏出一枚硬币递过来，问硬币有吧？我说我有，然后他便将手揣进口袋。

把东西送回租屋，再回到老胡记，时间刚刚好。王秀英已经站在凳子上擦玻璃了，她个头不高，人也瘦，但总是卖力地干活。一开始我以为王秀英和老胡之间是亲戚关系，或者老胡给了她双倍的工钱，但这两种都不是。你脸色不太好咪，王秀英突然在我身后说。

我说没什么，去搬了个家。

王秀英抬头看我，搬哪里了？

我告诉她一早的事，把衣物从父亲的屋子里腾出来了——

王秀英不说话了，开始埋头擀面，好像一时没想好劝慰我似的。很长时间之后，突然说，小鹿，你书写了吗，我给你讲我们庄上的人吧——

王秀英又向我讲起那个叫王彩虹的人。比你惨多了，她对我说，讲给你听，让你安慰安慰。

我和老胡都觑过来，王秀英把擀好的面叠在一边，收起擀面杖，坐下。王秀英说，这个王彩虹呢，也叫小王，小官庄的人都这么喊她。她不是我们庄上的,是哪里的也不知道,她是被人卖来的,二百块钱,卖给一个瞎子。你看,这个比你惨吧——瞎子五十出头了,比她大三十多岁。第一个晚上其实她是可以逃走的,因为瞎子看不见啊。她呢,没有逃,她想到瞎子花掉的二百元觉得对不住人家。小王就想,不如等自己攒到二百元了,还给人家,这样就可以走得心安理得了。

呀,王秀英突然叫起来,说,讲反了,讲反了,我应该从她小时候先讲起,再讲卖给瞎子咪。那我从她小时候开始讲咯——

王秀英不好意思笑起来,好像为自己颠倒顺序的讲述而感到羞惭。她说,王彩虹的命真不好,这是后来她对别人说的,生下来就被父母抛弃了,被抛弃的时候具体是多大呢她也不知道,几个月吧,差不多几个月大——这个惨吧。后来被人卖给一对哑巴夫妇,那几年哑巴生不出孩子,但对她还是不错的,给她买过新衣服和新鞋,应该是王彩虹最快乐的日子了。好景不长,人们都爱说好景不长是吧,也就一年时间,第二年哑巴女人就怀孕了,生了个男孩,白白胖胖的,讨喜得很。他们觉得两个孩子生活上有些吃力,但又不愿意随便把王彩虹送人,毕竟当初是花钱买来的,于是又找到卖给他们孩子的人,要原价把她退回去,白养的一年生活费就算了。

王秀英停下来,看着我们似乎入神的模样,站起来,故意要卖个关子似的。我问后来呢,是不是真的能退回去啊——王秀英没回答,径自往厨房走去。

4

王秀英做事很卖力,浑身好像有使不完的劲儿,比如,她总是抢着把我们的围裙拿过去洗，也不知道从哪儿找来的搓衣板，下班后坐在门口呼哧呼哧地搓着，围裙都被洗薄了一层。我说不用这样使劲的啊，围裙会洗坏的啊。王秀英很不赞同，甚至对我鄙夷起来。所以经王秀英洗过的围裙、抹布、毛巾都会坏得快一些。搓衣服的时候王秀英是要唱歌的，她唱起歌来有些夸张，摇头晃脑的。我问唱的什么歌啊？王秀英就诡异一笑，说，你猜。然后又迫不及待地告诉我答案：《甜蜜蜜》，我唱的是《甜蜜蜜》。

我真的笑起来了，王秀英也跟着笑，说自己就是喜欢这首歌，《甜蜜蜜》，甜蜜蜜的，一唱起来就觉得到处都甜蜜蜜的。说完又摇头晃脑地唱了。

那天老胡不在，店里只来了四五个吃面条的，我和王秀英忙完便坐在吧台后面，我伏在一张纸上构思小说；她则用透明胶带把几张破了的纸币粘起来。王秀英做得很认真，粘好一张便递给我"欣赏"。你又写书了？她突然伸过脖子问。

是呢，还没写呢，我在构思。我说。

王秀英嘟了嘟嘴，说，我都跟你讲了那么多，你就这样写好了。

我这才发觉王秀英一定以为我要写她说的故事，又不好意思挑明，只好支支吾吾应着，我说我都记着呢，记在脑子里呢。

那就好，那就好，我再跟你讲一段吧——

就这样，我又听了一段。

你上次问我什么来着的？哦，你问王彩霞有没有被哑巴夫妇退回去是吧——

王彩霞？不是叫王彩虹么——我打断王秀英。

啊——对对，王彩虹，叫王彩虹……两个哑巴日子也不宽裕，他们能挣什么钱，还有自己的小孩。唉，也要原谅他们咪，王彩虹过继给哑巴的姐姐了，姐姐寡居，住在哪里王彩虹也说不清楚，那时太小了，她和哑巴姐姐过到十三岁，哑巴姐姐就死了。王彩虹又剩下一个人了。但她认为自己长大了，可以挣钱养活自己了，就锁上门，到城市里去。她没进过城，不知道城市长啥样儿，城市里不长水稻玉米，但是菜场有得卖。王彩虹就每天来菜场捡吃的，生的菜叶，坏了的包子……看见什么就捡什么。有一天，她特别饿，一连吃了几天的白菜叶，肚子里剐得很，这时就有一个人来问她了，要不要吃大米饭，要不要吃红烧肉。跟她说话的人个头不高，但是脸上总是带着笑，让人看了心里舒展得很。王彩虹几个月没好好吃过一顿了，说到肉的时候，口水都快流出来了。王彩虹就对对面的人说，想呢，我想吃肉呢。

这时有人进来了，打断了王秀英。客人要点一碗牛肉面。王秀英赶紧止住话题，起身到厨房去下面条。在老胡记，有几个时刻是让人感到十分温馨的，一是擀面或切牛肉的时候，三个人围坐在一起，这是一天中最清闲的时刻，刀起起落落，面或者牛肉被码得整整齐齐，一天中要说的话都在这个时候说着，有时恍惚这情景很像过年，像我记忆中为数不多的团圆之夜；还有的温馨时刻就是下面了，炉子上架着大锅，锅里热气腾腾，面条逐渐被面汤顶上来，凫着。整个厨房都氤氲在热气里，每个人的脸都模糊了，脸上的皱纹，以及过去的岁月刻印在脸上的痕迹，都朦胧了，看不见了，只看见对方隐隐的笑。王秀英低头搅着锅里的面，不急不缓地，把面条分散开来——我突然很欣慰自己有这样一份工作，安然，踏实，还那么让人觉得温馨。王秀英把面捞上来，配上佐料——老胡记的牛肉面是招牌面，面条是擀出来的，有劲道，牛肉卤香，汤是浓的，再撒一撮小青蒜。王秀英把面递给我，又摇头晃脑起来，王秀英说，那时候真想吃一碗牛肉面呢。

5

父亲打电话来，问我去不去吃饭，他的生日，一家人聚一聚。不过，你要是忙就算了，父亲赶紧说，忙就算了吧，我就是打电话问一问你。

父亲说的"家"是他的第三个家了，他和他的第二任妻子只生活了三年，短暂的婚姻还没有来得及孕育一个孩子便寿终正寝了。父亲再次结婚时，仍然带着一个我——我比新的继母的女儿小六岁，她有时住在她的外婆家，而我则是住在奶奶家，逢年过节了，才坐到一起吃个饭，那样的饭局也是令人尴尬的。父亲生性胆怯，他这辈子做的唯一有胆量的事就是和两个女人结婚又离婚。

他们在那个家里给我安置了一个小卧室，等到继母女儿逐渐长大了，我便让出来，睡在客厅里。用父亲的话说，你是男孩，她是女孩，女孩睡客厅总是不好的。我在那个家里的空间从一个卧室变成了一个可折叠的床，再由一张折叠床变成一个包裹——住校后我很少住过去——那个包裹着我所有过去的衣物也在上个礼拜拿出来了。继母的女儿要结婚了，男方暂时买不了房，先"租"一个房间结个婚。"租"字是继母说的，父亲为此还不太高兴，认为一家人还说两家话。

王秀英叫我还是回去一趟吧，毕竟那也是家。

整个一天，我做事都心不在焉，老胡一直没过来，听说是去找房子了。老胡说过，等挣到钱了，就把在东北的奶奶接来。我问王秀英是不是老胡挣到钱了？王秀英瞪我一眼，说，挣个屁，挣到钱还用得着租房子吗？

老胡不在，没人和我谈论诗歌了，只能听王秀英的"故事"。我敢打赌，绝不是王秀英讲述得精彩使我产生了兴趣，而是人的一种寻求平衡的心理。幸福是比较来的，因为比较才会有幸福感。我们喜欢打听那些比自己生活更加糟糕的人。

王秀英晃着脑袋说，小鹿，我再给你讲一段王红霞的事吧——

我说你又说错了，不是王红霞，是王彩虹。

王秀英噗嗤笑起来，说，哎呀，我总是弄错，什么彩虹彩霞红霞的，都一样，都一样，都是好看的，小鹿，我说的是一个人呢。好了，我开始讲了。

这个叫王彩虹的女人命真是硬呢，身上生过几次疮，也没钱治，就这样拖着拖着就好了。有人对她说，姑娘啊，我带你去找你妈妈吧。王彩虹相信了——她这辈子最爱犯的错就是容易相信别人——王彩虹还没见过妈妈，不知道"妈妈"是什么，她看别的孩子喊，也跟着喊，她喊的第一个妈妈就是哑巴，哑巴听不见，啊哦啊哦地挥挥手。王彩虹这辈子喊过多少个妈妈她也记不得了，反正很多，可没有一个是她的亲妈。

你妈妈呢？王秀英突然转过头来问我。

啊——我愣了一下，在七桥西呢——

我是问她又成家了没有？王秀英撇起嘴。

我想起父母的婚姻，离婚后母亲又嫁人了，但那段婚姻并没有坚持到最后。母亲再离婚的事是父亲告诉我的，三年前了，因为父亲那时也正办着离婚手续，当然，他们并不是为了复婚。我常常想起他们的婚姻，简直是将高等数学里的排列组合进行现实运用。父亲在电话里的声音有些伤心，他说，你不要怨我，这都是时代导致的。我不能理解父亲把离婚之事归罪于这个时代。

　　但是我并没有难过，对于他们这样是再正常不过了，我甚至看到父亲用他的那支几乎和他同样年纪的钢笔，兴致盎然地给新的伴侣写信，也仿佛看到母亲桀骜不驯的背影，她的一生都在追求自己的理想——我并不完全知道她的理想是什么，可能是自由——离婚后母亲去了云南，又从云南去了西藏。对她来说，人生就是一场又一场的旅行。

　　母亲后来的生活状态我并不清楚，我们唯一的联系是她每年寄来的一点生活费和一件毛衣。母亲爱编织，但她并不知道我的个头已经疯长了很高。那些毛衣都被我垫在枕头下，越来越厚，深夜醒来时，嗅着枕下淡淡的温暖的却又令人忧伤的味道，眼泪会流出来。

　　我告诉王秀英我的母亲又结婚了，不过，又再离婚了——

　　我仿佛在说一个绕口令。

6

　　傍晚老胡回来了，坐在吧台后面摊开一张纸打电话——纸上是一些小区名字和电话号码。他一个一个拨过去，问还有没有房子了？租出去没有？要是回答"有的"，老胡便会将胳膊抬离桌面，坐直起来，然后小心翼翼询问价钱。他跟电话那头说要住很长时间呢，也算是长期租赁，能不能再便宜一点。我和王秀英都屏住呼吸听老胡与对方讲价，大概为五十元又没谈拢，电话挂了。

　　王秀英说，现在的房价真是太高了，还要上天了呢。老胡不说话，给自己点上一支烟，皱着眉，拿起那张纸反复看着。

我向老胡请一会儿假，去一趟父亲家，父亲生日。老胡"哦"了一声，赶紧挥挥手说"去吧去吧"。出门的时候，老胡叫住我，叫我不要空手去，买个礼物什么，又问口袋里有没有钱，要不先拿一点过去。

　　我连忙说有呢有呢，便逃似的出去了。老实说，出门后眼前的一切就模糊了，因为眼里有了泪水。越来越觉得"老胡记"就像我的另一个家似的。老胡是我的堂哥或是表哥，王秀英则是姑妈——当然，这么说王秀英会很不高兴的。

　　我给父亲买了一个蛋糕，上面写着"祝您永远健康、快乐"，字太多，面包师傅抱怨了很久。我只恨蛋糕太小，要不可以把老胡的一首新诗摘录上去。自从有了写书的梦想之后，我愈发热爱表达，每天下班后在自己的小本子上写上一段，当然也会记下王秀英向我讲述的故事。

　　我的出现让父亲十分意外，他打开门后连忙说，还以为你不来，还以为你不来。他和继母坐在靠墙的餐桌旁，桌上有三四个小菜。他从桌肚里掏出一张凳子给我，我说不坐了，一会还要上班去。父亲又站起来，双手不自然地垂在两侧。

　　送个蛋糕来，祝你生日快乐。我说。父亲连忙说小生日小生日。好像十分歉意，他说本想让几个孩子一起来吃个饭，可又怕你们上班忙，没时间过来，我和你阿姨就炒两个菜，算是过过生日了。

　　他送我下楼，楼梯道很窄，肩膀不小心就碰到一起。父亲压着声音跟我说话，大致都是些阿姨身体不好的事，我听不进去，脑海里都是她矮小苍老模样。继母比父亲大七岁，看起来像个小老太婆，她的脸很小，说话时五官都皱到一起。父亲说继母很可怜，没离婚时，没少挨过打。但她人好，善良，现在对他特别好。我一直不太明白父亲的爱情观，或许这种所谓的彼此心疼才是爱情。父亲在路灯下向我挥手，灯光压在身上，矮了很多。

7

老胡要回一趟东北，他的奶奶摔了一跤。他说好像有预兆似的，四天前他还写了一首老家的诗，四天后就要回去了。他把诗拿给我看，写在空白菜单的反面。

我喜欢的一条河

在一个北方小城的中心

很多年前的一个晚上

我们坐在那条河边

从那时起

这条流了很久的河

才开始流出了故事

我已经好久没有看见过那条河

我不知道，现在

还有没有人坐在那

将两只手牢牢紧握

然后再

慢慢地松开

我说写得太好了。老胡问哪儿好？我也说不上来，反正就是我喜欢的那种，好像说的是我，那个坐在河边发呆的人就是我。

王秀英从旁边经过，也停下来，她是很喜欢听我们谈论诗歌的，尽管她不懂，尽管她总表现出一副不屑的神情——撇着嘴说，要是我识字，我一定会写一本书的。

老胡离开后，王秀英说话的对象只剩下我了。每天见面时依然问一句：书写了吗？我总是敷衍说"写了写了"。王秀英很高兴，她一高兴就开始唱歌：甜蜜蜜，你笑得甜蜜蜜，好像花儿开在春风里，开在春风里……

我开始写王彩虹的故事是在老胡回来之前，店里的活儿并不多，轻松，下班回家有些无所事事，于是摊开本子把王秀英白天说的故事记下来。王秀英在讲述时是很严肃的，又好像她亲眼目睹了王彩虹的整个人生似的。她会停下手中活儿，把擀面杖握在手里，两只手不停搓着上面残留的面团。我每天沉浸在王彩虹的故事里，有些悲痛，当故事告一段落，回到现实中来，听王秀英唱歌、大声说话，和客人开玩笑，便觉得现实还是如此美好。

我几乎没有做任何修改，按照王秀英讲述的原封不动地写着——

王彩虹是十六岁被卖到小官庄的，卖给小官庄的瞎子。那年瞎子五十四岁，年轻时没找上老婆，快断了这个念想的时候，有个人贩子问他要不要买一个，两百块。瞎子没听错，一个黄花大闺女，只要两百块。他从枕芯里掏出一个小布袋，再从布袋里掏出一个纸包，一层层打开，捻出九张十块的，十二张五块的，还有一些零零碎碎的毛票递给来人。

王彩虹是第三天被带来的，她见到瞎子时还喊了一声"大伯"。

当初人贩子说是给她介绍工作的，到一个农场帮忙收棉花。半路上王彩虹就感到不对劲了，但她没有起疑心，她想自己都这么大了，不像小时候被卖了也没法逃。再说，哪有那么多坏人呢。你看，王彩虹最大的缺点就是太容易相信人。当瞎子告诉她是花钱将她买来的时候，王彩虹都没有相信，她说大伯，你不要跟我开玩笑哦，我是来打工的，我要帮忙收棉花呢。

几天之后，王彩虹才开始相信瞎子的话——她是他买来的老婆。王彩虹没有哭，也没有逃，她突然感到有些难过，她都被卖了三次了，自己就在这卖来卖去里稀里糊涂长大了。瞎子说，我人不坏，就是瞎了，年轻时没娶上老婆。现在虽然也挣不了什么钱，但日子还是能过的。他告诉王彩虹，天晴的时候，他会出门给人算算命，落雨了就在家里发发呆。瞎子转身问王彩虹，你今年多大了？

王彩虹说十六，过了年就十七了。

瞎子"噢"了一声，说，十七了，命哎，这都是命哎——

8

王彩虹的故事又进行了一些的时候，老胡回来了。他的奶奶右腿骨折了，敷了石膏，每天坐在出租屋的水泥台阶上晒太阳。老太有轻微的老年痴呆症，常常忘了刚刚发生的事情，老胡说自己应该早点将奶奶接来，让她看一看长江。

天气渐渐凉了，抬头看天时，偶尔还能看见雁群从头顶上人字形地飞过。老胡回来后面馆热闹多了，食客们吃完面也不急于离开，而是点上一支烟，给老胡也点上。我们把纱窗拆下来清洗了一遍，把电风扇用布套包了起来，以迎接一个新的季节。老胡说天冷之前要买一个炉子放在店堂里，炉子上煨着牛肉汤，热气腾腾又香喷喷的。炉子要买东北的那种，敦实得很，耐用，而且还有童年回忆。我想老胡最在乎的应该是最后一点——童年回忆。他常常向我们说起小时候的事，说起他的东北老家——大炕，炉子，冻梨，等等，这些都是我没接触过的。老胡说南方真是冷死人了，一到冬天就有种哆嗦的感觉。他说最不喜欢仙城的冬天，阴冷，潮湿，寒风往骨头里钻。王秀英顶他一句：仙城不好那你咋不回东北去？

这话果真把老胡噎住了，半晌才幽幽说道：我等衣锦还乡呢。

对于老胡的"衣锦还乡"，我总感到希望渺茫。"老胡记"的生意时好时坏，老胡不是一个生意人，做事过于诗性了，遇上开心的事了，总对食客们胳膊一挥——这顿算我请的——要是对方坚持付钱，老胡便拉下脸来很不高兴。

老胡将每月营业额除去我们的工资后分成三份，最多的一份打给前妻，这是女儿的生活费；另一份寄给几年前资助的小孩，如今已经读高中了，这份钱不能停，老胡说。最后剩下的是给奶奶和自己的生活费。老胡说自己没什么开支，也不在乎吃和穿，只要每月一百来元香烟费就够了。

老胡抽的是十元一包的红南京，烟太贵抽着心疼，其实也就是过过瘾而已。老胡有时给我和王秀英一人点上一支，然后饶有兴趣地看我们被烟呛得咳嗽。

王秀英平息了咳嗽后又狠吸了一口，说，抽烟的感觉还真是不赖啊，难怪瞎子那么喜欢抽呢。她把烟夹在两指之间，反复看看——瞎子每天都要抽烟的，他有一只烟斗，梨木的，烟嘴上包着铜。瞎子喜欢将烟斗叼在唇边上听王彩虹说话呢。

每当听王秀英讲述王彩虹的时候，我总感到一些恍惚，好像王秀英和王彩虹是同一个人，又好像王秀英经历过王彩虹的前半生似的，怎么说呢，或许他们并没有什么千丝万缕的关系，而是我们越来越沉浸在这个故事里了。

王秀英说王彩虹对瞎子说，我不能做你老婆，我是要走的——

瞎子不说话，把额头抵在拐杖上。王彩虹又说，我会把两百块钱给你的。她从口袋里掏出八十五元放在桌子上，王彩虹说我只有八十五元，剩下的一百一十五我尽快给你。我想找个事做，到村西的砖窑厂搬砖，钱凑够了就还给你。不过我这几天要住这儿，吃碗饭，饭钱我也会付的，你放心好了，我不会让你亏钱的。

瞎子不说话，只长长地叹气。

王彩虹真的去村头的砖窑厂搬砖了，每天能挣到七分钱，一个月就是两块一，除去交给瞎子的一块钱伙食费，还能余一块一。王彩虹觉得日子还是有希望的，一百多天她就可以离开小官庄的，而且内心没有亏欠。在砖窑厂十分辛苦，王彩虹以前没干过这么重的活，一个礼拜下来，人瘦了一大圈，脚上手上都起了泡。上工回来，整个人都瘫了，这时瞎子就给她端一盆洗脚水过来，不由分说将她的脚按进热水里，把脚上的泥泥垢垢搓得干干净净。王彩虹哭了，眼泪一直滴到洗脚水里。

一百一十五元凑足了，王彩虹并没有离开，其实老早之前她就把包裹收拾好了，她想钱一还清就走，一刻都不等。可这个日子越来越近的时候，王彩虹有些难过了，她也说不上来，想到每天晚上瞎子把饭做好等她回来，她刚坐下，瞎子就把洗脚水端来了，她不知道一个看不见的人是怎样完成这些事情的。王彩虹想，先前是欠瞎子的一百一十五元钱，现在却欠了瞎子的人情。

王彩虹把包裹放下来，拆开，是的，不走了，跟谁过不是过呢。

9

王秀英向老胡请了两天假，说是家中有点事。

这些天风雨潇潇，气温骤降。老胡不再把奶奶推到平台上晒太阳了，而是带老人去长江边上走一走。长江的水位下跌了不少，夏天被江水淹没的堤岸裸露出来，老胡喜欢站在风雨中的江堤上，有种"一蓑烟雨任平生"的感觉。

老胡照例每个礼拜去幼儿园看一看女儿，趴在刷了彩色涂料的栏杆上，女儿看见他了，在滑滑梯上一愣，尔后便向他欢快地招手，嘴咧开笑，两只大门牙没了。这是老胡最开心的时刻，这种开心会延续很久，接连几天干起活来都斗志昂扬的。

一切都挺好的，真的。老胡给我点上一支烟说。他狠狠地吸一口，然后整张脸在烟雾后面舒展开了。这是什么？我指着他手臂上的文身问，刚文的么？

老胡笑笑，说上次回去遇到一个发小，发小送的。

挺不错。我说。

是吗？老胡把胳膊横过来看，是一个成语"心想事成"，花青色的字在皮下仿佛血液似的涌动。他说发小这些年一直不顺，前些时候去文身馆打工，生意不太好，工资才发过一次。两人聊了一夜，临走时说给文个身吧，算是提前送老胡的三十岁礼物，他也没什么能送的，就送个文身。

我们又点了一支烟，外面雨声潺潺。那个下午我们抽了很多，舌头都麻了。

王秀英请假回来时已经穿上棉袄了，她整个人仿佛瘪下去了，看起来十分憔悴。我们也不便问什么事，因为王秀英总是一副不屑地神情告诉我们：她过得很好，日子甜蜜蜜的。

下午的活儿一清闲下来，王秀英就迫不及待地讲起王彩虹来，王彩虹真是个命苦的人呢，真是命苦呢，我上次和你们讲到哪了？王秀英抬起头问我，眼皮松沓沓的。

我说，讲到王彩虹和瞎子过日子了。

是的，王秀英说，王彩虹就留下来跟瞎子过日子了。可是，没多久，那个端洗脚水的瞎子不见了，给她搓脚的瞎子也不见了。瞎子脾气很坏，动不动就对王彩虹骂一顿，王彩虹想走，但已经怀孕了，她想生下孩子就走。一年后生了个儿子，瞎子给他取名叫家喜。王彩虹看着家喜在她怀里笑，突然舍不得走了。她想要是把家喜带走，家喜就没有爸爸了。是的，跟谁过不是过呢，王彩虹最大的优点就是乐观，再说，瞎子骂人又不会把人给骂死呢。

后来，王彩虹听说，瞎子年轻时有过一个老婆的，成亲没几个月就上吊死了。说是人太内向，经不住骂，最后吊死在堂屋的大梁下。王彩虹听了心里一惊，不由地往头顶上多看了两眼。

王彩虹的日子过得并不好，瞎子挣不到什么钱，只能靠王彩虹每天去砖窑厂干活了，有时一身疲惫的回到家，还要被瞎子骂一顿，他手上的拐杖就会在屋子里挥舞起来，然后以拐杖为半径的物件全部被打落在地。有一次，拐杖搭在王彩虹身上，王彩虹竟然没有让，她咬着牙说，把我打死好了，把我打死好了。那个瞬间王彩虹突然希望瞎子能早点死掉，这么一想，王彩虹不禁一个哆嗦。

瞎子命硬，一直活到七十三岁，那时王彩虹也快四十了。瞎子活在世上的最后几年，都是王彩虹一把屎一把尿地伺候，王彩虹被瞎子打骂了几十年，这时候完全可以不理他的，但王彩虹不忍心，她每次心里苦闷的时候，就会想起瞎子给她端过洗脚水。

瞎子死的那年家喜刚好十八岁。学习成绩很好，又懂事，他早就有了辍学的打算，瞎子一死，家喜说他要承担起家庭重担，让王彩虹享享福，便跟着村里的包工头进城打工去了。

王彩虹认为自己的苦日子熬到头了，可没想到才一个月就传来噩耗——家喜从脚手架上摔下来了。

家喜没死，但大脑坏了，也就是说成了植物人。王彩虹第一次听到这三个字，她不懂，她不知道植物人究竟是什么意思，但她知道，家喜没有死。

王秀英抬起头来看着我们，好半天才说，只要人还活着，就一定有希望，你们说是不是呢？

我和老胡认真地点了点头。

10

炉子到来的那天，着实把我们忙了一阵。炉子很重，铸铁的，炉面上可以搁四五个大锅，如果炖上牛肉汤，整个屋子一定会香气弥漫。出烟口由一根不锈钢管道伸向外面，屋外即使寒风凛冽，屋内也是温暖如春。我们把炉子的位置定在店堂中央，桌椅在四周围着，这样便有了围炉夜话的感觉。老胡说，感觉太好了，晚来天欲雪……可饮一杯无？这感觉有没有？有没有？

这晚我们就围着炉子喝了一顿，加上三个来吃面条的顾客。父亲打来电话问我最近咋样？有没有找到好的工作？在他看来，在面馆打工只是暂时的。你不能丢了你的专业啊，父亲说。自来老胡记的第一天开始，我就没想过要离开，我快忘记自己所学的机械修理专业了，眼前的这一切令我十分满意，我对食物的香味，对蒸腾的热气，对灯光下的闲聊，产生如此美好感觉，没有比这更让人感到温暖的了。

我们又要求王秀英讲一段"王彩虹"了。这么长时间以来，仿佛王彩虹也成了我们中的一员。老胡说，快说一说王彩虹吧，王彩虹现在咋样啦？

王秀英便差使我给她先倒杯水。

王秀英说家喜工伤后只赔偿了三万元，包工头早就不见了，医院里劝她还是拖回去吧，躺在医院里也不是个事。王彩虹每天都给家喜吊两瓶水——她都能麻利地扎针了，吊的水是蛋白质和葡萄糖，维持生命的。但家喜没有醒过来，有时手指会动一动，嘴角动一动，王彩虹就特别激动，激动得眼泪都会流出来。

我拿出纸和笔，伏在炉旁的木板上认真记录着——

她去过那个工地，因为建筑手续不全，已经停工了，地上的石子路又松松垮垮起来，踩上去人有些摇摇晃晃。王彩虹一个人就在上面慢慢走着，好像感受家喜曾经的脚步一样。建筑周围的脚手架还杵向天空，安全网都被风吹日晒破碎了不少，工地上很安静，连她轻轻吸鼻子的声音都显得震耳欲聋。整整一天，她都不想离开，也不感觉饿，在工地的角角落落走完后又坐在一个土堆上，风吹在她脸上，麻酥酥的，她用手掐了一下自己的脸，真的，是真的，可为什么总感觉像做梦一样呢。

家喜这一躺就是十七年，她把农村的房子卖了——长期无人居住，早就坍塌了，地也荒了。王彩虹和家喜在医院附近找了间平房，搁下床后也就没多少空间了。王彩虹白天在外打工，早上出门前给家喜吊完水—— 一点工资几乎都花在药费上，她要医生开最好的药，最贵的药，只要人还活着，就一定会有希望。每天晚上王彩虹回到家，挨着家喜躺下，她看见家喜的胡子又长出来

·

·

152

了，头发又长了，忍不住地会流出泪来。王彩虹轻轻喊家喜：家喜，家喜哎——就像小时候在村子里喊家喜一样，那时候只要一开口，家喜就会应一声，可现在，她每天都在他耳边喊，家喜都没睁开眼睛。

11

我最近一次看见父亲是在东关街上，他正伏在市民饮用水水龙头上往空矿泉水瓶里灌水，父亲看见我，吃了一惊，问我去哪里？怎么走到这儿？我说去买东西，你呢？他支支吾吾说自己就在这附近工作，一个古建工地，来灌点水，他拿着矿泉水瓶晃了晃，又说，这水好，又不要花钱。

我请他在路边的小摊吃了碗四喜汤圆，父亲一边吃一边说汤圆太小了，馅儿很一般，还没有你阿姨做的好。父亲的重点是认为汤圆"不值这个价"。他说我还不知道你喜欢吃汤圆呢，你要是喜欢，我让阿姨包给你吃——我仿佛看见那个女人站在由阳台改成的厨房里包着汤圆，她的个头又矮了一截，脸上的皱纹像刀刻了似的。父亲站在他旁边，像她儿子——父亲在我印象里一直没有变老，面容清癯，干净。我抬起头来，父亲正在喝碗里的汤，突然我眼睛一酸，他的头发都白了。

一连几天，王秀英都没有来老胡记，她用公用电话打来说请几天假便挂了。前段时间王秀英常常早早回去，有时很晚才过来。来了之后就大声说话，批评我们没搞好卫生什么的。她把围裙又收到盆里搓洗起来，水流声噼噼啪啪。

除夕到来之前，老胡记要放假了，我们把桌椅都放到了一边，把玻璃擦得干干净净，厨房里的碗筷也用塑料筐收起来了，砧板洗得分外光滑。外面开始下雪了，天气预报说仙城将迎来二十年一遇的大雪。我们围着火炉吃最后一餐，老胡把奶奶也推来了，坐在轮椅上看着外面发呆。路上很少有人走过，好像整个仙城的人都沉浸在即将到来的喜庆里。

炉子上温着黄酒，酒香飘散开来。老胡举起杯说，来，干一个。

我们都狠狠地喝了一个，然后又咬牙切齿地嚼肉。

老胡说他想写诗了，妈的，真的想写诗了。他给自己灌下一杯酒，我们都盯着他看，等待那些酒化为诗句从老胡嘴里流淌出来。听好了，老胡说——听好了，听好了哦：

甜蜜蜜，

你笑得甜蜜蜜，

你的笑容这样熟悉，

我一时想不起——

我们都笑起来，将纸巾团砸在他身上。

外面亮了很多，雪应该把一切都覆盖了吧，炉子上的酒还在温着，我们都有点高了。

王秀英站起来为我们擀面，她说大冬饺子除夕面，我们就提前过除夕了啊。她弓着背，肩膀耸着，面团在擀面杖下十分服帖，擀面杖所到之处，面就柔软了。一层层推平，再折起来，再推平。突然，王秀英愣住了，她停下动作，把擀面杖举到眼前——这是一根槐树木的擀面杖，短短的，圆柱形——你们觉不觉得这像根哭丧棒？王秀英悠悠问道。

我和老胡都愣住了，说像呢。

它怎么这么像哭丧棒呢？王秀英不住地问。

现在还有人用哭丧棒么，估计没地方用了吧。老胡说。

王秀英说有呢，小官庄就有，人死了，拿哭丧棒的人就要嚎哭一阵。

我和老胡都笑，说挺稀奇的，拿着哭丧棒就一定能哭出来了？

王秀英说是呢，拿哭丧棒怎么会哭不出来呢。说完眼睛红了，她说自己很久没哭过了，哎呀，怎么一拿着擀面杖就想哭呢——

王秀英啜泣起来，她用袖口去擦眼泪，越擦越淋漓。她说她想起了王彩虹，想起了家喜，家喜小时候太懂事了，要是没有家喜，王彩虹跟瞎子是过不下去的。每次王彩虹被骂的时候，都是家喜站出来帮她，真的，只有家喜来安慰她。可是，瞎子一死，家喜也出事了，他这一躺就是十七年，是的，是十七年——王秀英把两个食指交叉起来，此时的她整个人都瘫坐在地上，她不允许我们扶她——让我哭一会儿，她说——是的，十七年，虽然家喜不开口说话，但他没有死，他的胡子和头发没几天就能长长，你说死人怎么会长头发和胡子呢。王彩虹给家喜买了理发剪和剃须刀，每隔几天就给家喜理理发，刮刮胡子，一个礼拜一次，每一次都要花上半天，这是王彩虹最开心的事，她把家喜抱起来，头搁在自己的腿上，就像小时候，就像家喜小的时候一样——王秀英的眼泪又出来了，刚刚喝下去的酒水都从眼里涌出来——她说要是家喜一直这样躺着也好啊，可是——王秀英号啕起来，尔后又剧烈咳嗽着，仿佛被一口气呛住了，半天才缓过来。她把擀面杖紧紧抓在手里，脸上被面粉和泪水弄花了，她的哭声呜咽，像河水从远处咆哮而来——可是，家喜死了，刚刚，死了，真的，不骗你们，半瓶水都吊不进去，他的胡子也不长了，家喜死了，连呼吸也没有了——哭声像从山涧滚落下来，跌撞在石头上，撕破雪夜。

12

　　我醒来的时候，天还没有亮，夜正深，外面的雪停了，分外安静，偶尔还能听见远处鞭炮沉闷的声音。炉子里的木炭还没燃尽，屋里很温暖，窗玻璃氤氲了，水汽凝成水珠慢慢滑下来。老胡和王秀英还没醒，七倒八歪地靠在炉子上，擀面杖还被王秀英握在手里。

　　酒似乎让我失去一小段记忆，我不记得我们究竟喝了多少，也不记得王秀英嚎啕大哭过，我只记得她大声说笑的样子，她摇头晃脑唱歌的样子——甜蜜蜜，你笑得甜蜜蜜，好像花儿开在春风里……我闭上眼睛，这个时候我还不想醒来，屋内安静又温暖，炉子上的水壶"突突"冒着热气。我想，当明早醒来，金色的阳光一定会穿过玻璃照在我们身上。

惊　蛰

1

　　我想和你们讲一讲我们庄上赤脚医生的故事。

　　我们那儿叫小官庄，庄上有两个赤脚医生，一个叫杨少俊，住在村的最东边；一个叫王曹全，住在村的最西边。东边的杨少俊除了给村东的人看病外，还给东边几个庄上的人家看病，西边的王曹全除了给村西的人看病外，还给西边几个庄上的人家看病。至于他们医术谁高谁低，小官庄的人经常是要争论的，让杨少俊看病的会说杨少俊医术高，让王曹全看病的又说王曹全医术高，我也曾问过我的奶奶——我的家住在小官庄的中央——我奶奶瞪了我一眼，满是皱纹的嘴收缩了一下后，愣是没说一个字，仿佛那是一个不可告人的秘密。

　　我想我们住在庄中央的几户人家，都是既让杨少俊看病，也吃王曹全开的方子，对于大家争论他们的医术谁高明时，我们往往是不讲话的，如果结果偏向于东边，那么我们便会找东边的杨少俊去看病，如果结果又是王曹全医术高了，我们生病时又会悄悄跑到西边去。

　　杨少俊年纪轻一点，三十来岁，人爱笑，嘴甜，见谁都喊。

行医是祖传，前几年又经常出去学习，中西医都会点。你要是看见杨少俊骑着自行车风尘仆仆从小官庄经过，没准就是学成归来，杨少俊会把自行车架上，站在路边跟你讲一讲外面的事，杨少俊每说一句话都带着笑，牙齿白灿灿的。"出去给自己镀了啊金。"他说。

王曹全呢，几乎看不到他出门，除非谁家生病请他了，王曹全才背个布袋悄悄跑去。为什么说悄悄呢，因为王曹全走路没声音，他喜欢穿布鞋，再加上体瘦，不太容易被注意，就像一阵风似的从你身边擦过去了。王曹全六十出头，是个光棍，平时不爱讲话，一说起话来，舌头就打结了，这口吃的毛病和医术都是传了祖上的。

我后背上起过疱疹，在王曹全那儿扎过针，死疼死疼的，他把我摁在大腿上，针尖儿不由分说，我扯着嗓门嚎，我奶奶就对王曹全说，王先生啊，你扎针得轻一点啊——我们那儿称医生为先生——王先生是不理会我奶奶的，顶多说几个字，王先生说：扎针，怎么不疼！

这就是王曹全，我奶奶总是在背地里骂他没人味，简直是头死驴。

而我要想和你们说的那个赤脚医生，就是死驴王曹全。

2

一九九五年，到王曹全那儿看病的人越来越少了，村西的人也常常跑很长的路，绕到杨少俊那里去。杨少俊家是新砌的楼房，到处散发着水泥新鲜好闻的气味，杨少俊四岁的儿子总喜欢对着水泥墙撒一撒尿，嗞地一下，窜上很高，像一棵枝叶茂盛的树。来的人便站在这棵树旁等待杨少俊给他们打针，他们趴在一张宽板凳上，看着墙上的树变得越来越模糊。

而王曹全呢，一直住在土坯房里，土坯房的西边一间放着药材，分门别类装在各个写了名字的抽屉里，房屋一角还堆了不少麻袋。有人问，王先生啊，这麻袋里都是中药吗？王曹全就嗯嗯两声，对方就笑了，说王先生囤这么多药啊。这时王曹全就不再说话了，低头认真写起方子来。所以小官庄的人认为王曹全其实是很有钱的，他把那些钱囤成药了，或者还藏了一些起来，藏到床肚里，或者墙角下，谁知道呢。再说他那个土坯房吧，有一年夏天暴雨，把东南角上都冲塌了，他就买了一点红砖填进去，房子里光线不好，电灯也舍不得开，走进去，很阴冷，不禁要打几个哆嗦，这多多少少给看病的人一些不好的感觉。

可是，这年春天——应该是春天了吧，虽然柳树还没发芽，但已经立春了，就是那时候，王曹全开的药方把一个小孩给吃死了。

春天是一个万物复苏的季节，那些熬过漫长冬天挺到开春的老人们都咧着没牙的嘴笑起来了，可这个年轻的小生命，却在春暖花开前离开了。这句话是庄上一个退休语文老师说的，让人听起来无不感到凄凉。这个死去的小孩叫杨二小，不是王二小，他是我的邻居，如果不死的话，这个时候应该被他妈妈用树枝儿抽到二年级教室里去了。

刚听到杨二小死亡消息时，我有过短暂的兴奋，不过这话我是不敢说出来的，要是传到杨二小妈妈耳朵里，指不定树枝儿就会抽到我身上来了。杨二小妈妈叫王玉凤，小官庄人称她大凤子——小官庄人总能把一个风花雪月的名字叫得粗俗不堪，比如李玉婷，小官庄人不会叫她玉婷，或者婷婷，而是叫大婷；再比如王粉香，小官庄人叫香子，怎么听都觉得是在说"箱子"呢——再说大凤子吧，她也不是没打过我，有一次我和杨二小吵架，我骂杨二小狗日的，结果屁股就被大凤子用满是茧子的手扇了一巴掌。

现在，杨二小死了，你说我是不是该高兴一下呢。

我想，和我一样高兴的人应该还有很多，比如村东头的五保户，比如杀猪的杨国胜，再比如，经常被杨二小在放学路上欺负的杨小军，当然，应该还有这个王曹全了。

去年春天杨二小用树枝把五保户家的菜花头抽光了，嫩兮兮的油菜花开得正盛，地里一片金灿灿，我也不知道杨二小什么时候瞄上了这块地，用一根胡桑枝挥舞起来，其实我也用树枝抽了，后来比不过杨二小，就先回家了，等到五保户在门口叫骂的时候，我才意识到杨二小闯大祸了。杨二小也欺负比他小的孩子，比如杨小军，杨二小总是趁他不注意时腿嗖地伸出去绊倒对方。至于怎么欺负王曹全呢，杨二小就有些过分了，他跟王曹全要几根针灸针玩，可是，王曹全怎么会给呢，他那么吝啬。杨二小索要未果，便在王曹全屋子四周挖了很多小坑，每个坑里都撒了尿，这样只要王曹全一出门，就会一脚踩空在坑里——我们在附近潜伏很久，看看王曹全一脚踩在尿坑里是什么模样，当时杨二小就伏在我的旁边，鼻孔里因为不断有焦黄的鼻涕流出来，而不得不间歇死劲吸一下，有好几次鼻涕快坠到嘴边了，只见猛地一吸，黄色长龙又缩回鼻子里去了。我说杨二小你把鼻涕别掉吧。他不理我，我说第三遍的时候，他就把鼻涕别到手里，在空中划出一道弧线，准确无误地甩在我的鞋面上。当我追出去揍他的时候，杨二小早就逃得找不见了。

现在我的鞋面上还有鼻涕清除后黄褐色的斑迹，但鼻涕的主人已经不在了。

3

这些天，小官庄的人都有些激动，一个冬天的平静快让人感到厌烦了，人们多么期盼发生点什么打破这一成不变的日子，比如谁家成个亲或者死个人什么的。可是，那些恋爱中的姑娘小伙子还在不紧不慢地恋爱着；那些本以为活不过冬天的老人们都从床上爬起来了，一点要"死"的迹象都没有。小官庄人在桥头谈着瘸三、王老头，以及从医院拖回来的李老头，说是回来等死的，寿衣都给穿上了，棺材也打好了，可两个冬天过去了，李老头还顽强地躺在他的棺材旁边。有人问，李老头最近状况怎么样？人群中回答说，昨天还看见李老头坐到门口晒太阳来着。听的人无不颓丧起来，好像期盼的事情又落空似的，他们草草结束谈话，快快往家走。

生老病死的事情总是让小官庄沸腾一小会儿，那些天小官庄的人总是在茶余饭后聚拢到一块，他们的下巴微微地颤动着，时不时地收缩一下，那是一种因为兴奋或难过而表现出来的肌肉颤动。小官庄的人倒也不是心肠黑，要是这些老人真的走了，还是会感到难过的，他们仍然要聚在桥头——唉，真是可怜——唉，真是命苦哦——几个妇人会回忆起此人鲜活的光景，再用衣角擦擦脸，语气也变得哀怨了。

现在，杨二小的死亡，又让小官庄的人聚在一起了，他们的下巴又有了不同程度的颤动。

是吃药吃死了的咳，有人说。

杨二小实在太皮了。说的人一定是吃过杨二小苦头的。

我家堆在路边的新砖每天都被他顺手扔几块到河里去，真是烦人呢。小官庄的一个新媳妇说。

后庄的路就是他挖断了的，摔坏了两个人的腿。又有人说道。

桥头像进行了一场检举大会，但只是一会儿，真的只是一小会儿，人们突然意识到杨二小已经死了。他还是个娃儿呢，人群里有人说。

是咪，还是个娃儿呢。

这又使得人们不禁哀叹起来。太阳快要落山了，到处都是晃动的亮斑，小官庄逐渐安静了，这种安静里却慢慢分离出另一种声音，长长短短的，悲悲切切的，人们竖着耳朵听着，这才听出是哭声，是的，来自桥的那一头，从杨二小家的红砖瓦房里断断续续地传出来的哭声。

连续两个晚上，不少小官庄的人都挤在杨二小家不太宽敞的屋子里，杨二小躺在隔壁的竹床上，用一块毯子盖住了。有人走过去掀开看一看，然后蹙着眉退回来。唉，可怜咯。看过的人说道。

我们这一带的风俗，但凡夭折的孩子，都不作兴办丧事的，更不作兴下地，常常是用竹席裹了丢进通扬运河里，让尸骨顺流而下漂到长江去。丢尸骨的地方是河垭口，大人是不允许我们去的，说是魂魄容易被摄走呢。但我们听过大点的孩子讲述，情形就跟我们平时在水边放纸船差不多——通扬河的水还是很湍急的，裹着死人的竹席一下去就被冲走了，竹席在水上起起伏伏，有时掉进一个漩涡里，很大一会儿才从水里冒上来，岸上的人专注看着，好像目送最后一程。要是讲究一点的，还会请来一个和尚，对着水面呗呗嗡嗡念一阵经。杨二小今年八岁，算是夭折，要是按照小官庄的风俗，这个时候应该漂在长江的江面上了。但杨二小是吃药吃死了的，这个"死"不一样，所以还要讨个"说法"呢。

4

参与"讨说法"的人有十来个，都是杨二小的叔伯姑婶，他们是用棍棒敲开王曹全家的门的，可谓来势凶猛。王曹全正在家中熬药，大白天的，窗帘没拉开，屋子里一片漆黑。他从桌肚里抽出几张凳子，但来人都不愿坐，好像一坐下来气势就矮了似的。有人一挥胳膊把窗帘拉开了，白光刺目。其实，在此之前，人们还是喜欢这种昏暗的光线的——他们来看病的时候，王曹全便拧开一盏台灯，在灯下写方子，拿药。他手上的笔很奇特，一端写字，一端像勺似的，写完字，翻个筋斗，挖起药粉来。可现在人们多么不喜欢这种昏暗，以及昏暗中弥漫的中药味。

人死了，现在你得给个说法啊。有人开了头。

是的，你说现在怎么处理？又有人说。

杨二小才八岁，他即使再怎么调皮，也不该把他打死哎——

王曹全突然跳起来，我没有把他打死——

可确实是打针后死的。

我，我，我不知道，我打了这么多年针，都——都没有问题过。王曹全开始结巴了。

对方似乎不愿意再讲道理，在屋子里摔起东西来，每发出一声脆响，王曹全都会抖索一下，他冲上去，结果被三四个男人推倒在墙角里。

小官庄有不少人跑来劝架，这当中也有我的奶奶。劝架的人说，人死不能复生，再打死一个，杨二小也不能活过来。大凤子也被人搀过来了，走几步就坐在地上哭一阵，当她出现在人们眼前的时候，屁股上已经有两块厚厚的泥斑了。她看见王曹全不由分说冲上去。我要跟你拼命——大凤子喊着，人还没迈出去，就被劝架的拽回来了。

这个下午小官庄又一次沸腾了，人们连午觉都不愿睡去，都挤在王曹全家的门口。一部分人说王曹全是不是报复呢，杨二小那么调皮，用打针的方式把他打死了。另一半人则持反对意见，他们认为王曹全虽然性格古怪，但本质还是很善良的。

这种争吵一共进行了四次，每次我和我的奶奶都会赶过去看一看。到第四次的时候，事情有了一点进展，杨二小家已经不打打闹闹了，而是要求赔钱，二十万，他们说。

5

我奶奶把她藏在枕头里的钱包掏出来，一层层地打开摊在煤油灯下，她从几张毛票里捻出一张十块的，反复看着，然后又递到我的跟前晃了晃，直到把纸币弄出一点不太鸣翠的响声来。你看一看，这个就是十块，我奶奶对我说，二十万的话，就得装几大箩筐。她转身又指着门后的一只箩筐示意给我看，我们都把目光移过去，注视很久，假想它的里面装满了钱。

这个晚上，小官庄上像我奶奶这样比画的人应该有很多，次日早上从他们没有睡好、胀满血丝的眼睛里就能看出来。小官庄的人都被这个数字吓住了，二十万，是的，二十万，他们还没听过这个数字，好像它是一个新奇的词语。有人认为王曹全是拿不出这么多钱的，要是有钱他早就把自己的土坯房推倒重砌了。但也有人认为王曹全很有钱，据说他的祖上传了不少宝贝呢。

提出这个数字的是一个中间人，杨二小家委托的，大概此人听过王曹全有宝贝的事，他为自己提出这个数字感到沾沾自喜，就好比牛顿提出了万有引力定律似的。那几天，小官庄的人每天都聚在桥头上，由于此处地理位置较好，有点居高临下的意思，对于观察王曹全家和杨二小家都十分便利。他们一边紧张激动甚至有点亢奋地谈论着那个数字，一边又用眼瞅着两边紧闭的木门。

可是，一直到天黑，王曹全家的门都纹丝不动。

天黑之后，杨二小家委托的中间人又出动了，桥上的人也跟在后面。门敲了很久，才打开，有人说王曹全肯定是躲在家里藏宝贝呢。

没有，我——我——我没有这么多钱。王曹全结结巴巴说。

那你有多少呢？来的人问道。

我——我——我没有把他打死。王曹全答非所问。

不是你打死的怎么人就死了呢？

反正，反正，我——我——我没有钱。王曹全又答非所问了。

在场的无不颓唐起来，虽然这钱不会落入他们的口袋。

谈判一直持续到很晚，说是谈判，也仅是来的人在说，软硬兼施，几个唱红脸，几个则唱白脸。但不管怎样，王曹全都不开口，他唯一说的话就是，我没有钱。

谈判的人第一次做出让步了，十五万，他们伸出一只手，将五指张开。十五万，赔偿十五万，一分钱都不能少。

6

从最初的二十万到后来的三万，负责谈判的人来来回回跑了不下十趟，但每一次都令他们气急败坏，他们认为王曹全太难玩了，最后连门也不开，话也不回，简直是个死驴呢。小官庄的人也说不出谁对谁错，或者哪一方更惨一点，就像无法判别王曹全和杨少俊的医术谁更高明一样，好像小官庄的人本身就缺乏判断能力似的。

我奶奶对这件事似乎特别关心，外面只要有一点风吹草动，她都会掀起纱门探出头看一看，有时直接从纱门里跑出来，一直跑到王曹全家的后门口。她和小官庄的其他老人们对这件事都感到激动和焦躁，当然还有无奈，从谈论时不停颤动的下巴就能看出，他们认为这事该做个了结了，这些日子都被它拽着，拖着，像一根线似的越来越长，越来越细，越来越没有劲道。

不能再拖了，再拖还要到惊蛰呢。我奶奶在人群中说道，她的嗓门有些喑哑，但力道不减。我不知道她说的"不能拖"究竟是指什么，是尸体要处理不能拖了，还是要赔钱，该下手了，总之，这两件事都让小官庄的人感到十分着急和气恼。

不过，就在我奶奶说话的第二天早上，事情有了新的进展。杨二小家居然把尸体抬到王曹全家去了。这个消息一传出来，整个小官庄都炸开了锅，这是他们没有猜到的结果。

几个老太摇摇晃晃地走过去了，她们趴在王曹全家的门上，但从门缝里只看到一丝丝的亮光，老太们又把头缩回来，神情严肃地站在一起。整个白天，王曹全家的门外都有站满了人，小官庄的人想，大凤子的这招狠了。这样的事小官庄也不是没有过，前年王小四给杨国权家修房子，从屋顶上跌下来死了，扯皮了很多天，结果王小四家将尸骨往杨国权家抬过去，还没到门口，后者就乖顺地把钱捧出来了——谁家愿意搁进来一个死人呢，太不吉利了。所以小官庄人断定，这次王曹全定是要把三万元掏出来了。

有人看见大凤子下田去了，担子在肩上晃悠悠的，一副胜券在握的样子。杨二小已经死了五六天了，该流过的眼泪也流过了。日子还要过呢，我奶奶说。

可是，第二天早晨，小官庄的人就被一种尖刺的声音叫醒了。这不是公鸡打鸣的声音，而是大凤子的叫声，这声音里藏了故事似的，划过夜空后便戛然而止了。几只懵懂的公鸡也被吓醒了，忙不迭地打起鸣来。我奶奶又颤颤巍巍地跑过去，杨二小家门外已经聚集了很多人，她摇摇晃晃从人缝里挤进去，一脚踩在卷起的竹席上，竹席发出一声脆响。有人扶住我奶奶，指着竹席摇了摇手，我奶奶便知道是怎么回事了。昨天尸体才被抬到王曹全家的，夜里就被送回来了。微弱的灯光下，只看见一团黑乎乎的东西被裹着，乖乖顺顺地卧在地上。大凤子说她刚刚上茅房的时候看见的，一打开门，竹席就滚了进来。

那幅画面大家都试着想象了一下，无不在嘴里倒抽一口凉气。太过分了。人群里有人说，不知道是说王曹全送回尸体过分还是指大凤子送去尸体过分。我奶奶给自己点了根烟，红红的烟头在黑暗中一闪一闪的。王曹全可能真的拿不出钱哚，我奶奶说。

他怎么会没钱呢？大凤子坐在草垛旁看向我奶奶，现在只要三万呢，本来我还想要二十万呢，杨二小就不值三万块么。她指着自己的肚子说，我又要生娃了，生娃也要钱呢；我地里荒了两年了，今年要种点棉花，也要花钱买种呢……

大凤子还在身后说着，说着说着声音就变得哭腔起来。我奶奶把烟头掐灭了，站起来拍拍身上的土，颤颤巍巍地往家走。

7

那年春上，我已经到镇上上学了，只能在周末回来时听奶奶说上一段。我奶奶说这件事之前总是要铺垫很多，比如她会和我讲一讲王曹全年轻时候的事。王曹全是个光棍吧？我奶奶问道。

是的，我回答她。

可是他为什么不结婚呢？

我答不上来了。

当然，我奶奶也没有告诉我他为什么不结婚，我想她也不知道。

奶奶说王曹全的医术应当比杨少俊高明很多的，但他是个死驴，说话臭烘烘的，你说谁愿意让一个死驴去看病呢。

杨二小事件之后，几乎没有人再去王曹全那儿看病了，尽管王曹全收很少的费用甚至不收费，住在东边的人也会走很远的路去西边的杨少俊那儿。杨少俊家的院子又比之前大出了一圈，平坦，宽敞，来的人总是下意识地将这里和王曹全的土坯房进行一番比较。小官庄的人很快就适应并喜欢在这样宽敞的院子里打针和吊水了。

关于杨二小的尸体，后来又让我们吃惊了不少，王曹全把尸体还回去后，竟然又被大凤子送过来了，不过，那一次的"送"显得有些艰难，王曹全的门几乎没有打开的时候，大凤子像和王曹全打起了游击似的，只要一逮到机会，就把尸体扛进去。王曹全呢，也不甘示弱，她送过来，他就还回去。那些天里，小官庄弥漫着一种紧张的诡异的气息，人们不知道这场战役会进行到什么时候。

可是，突然有一天，大凤子扛过去的尸体没有被还回来。

是的，杨二小的尸体被王曹全留下来了。

第一天，第二天……第五天……人们开始好奇事情的结果了。王曹全家的门再也没有打开过。有人说王曹全整天在家熬药呢，空气里都是难闻的药味。也有人说王曹全会不会把尸体剁了呢，分别埋在院子的角落里。大凤子也曾悄悄趴在门缝里看过，里面黑乎乎的。她在门上敲一阵，屋内并没有响应。于是便讪讪离开，腆着肚子下田去。

大凤子已经不悲伤了。我们小官庄的人就是这样，总是能从一种状态很快进入到另一种状态，他们认为日子还要过呢。现在对于大凤子来说，她只需要那三万块。

8

王曹全第一次出现在小官庄人面前时，把所有人都吓了一跳，他整个人都瘦了一圈，眼睛深陷，脸颊像被打了一拳似的凹进去了，头发很长，胡须把半个脸都盖住了。他比以前走路更快了，风似的飘忽而过。有人看见他上街了，去了布店；还有人说他到野外挖药草去了。总之，那几天里王曹全行踪鬼魅。

大凤子从地里回来，经过王曹全家的后门时常常会扯着嗓子喊两声，她说，王曹全你不要装神弄鬼的，你装神弄鬼也要把三万块赔给我——

屋内没有响应，一缕烟从窗隙里飘出来。

一场雨水后，桃花李花都打了苞儿，油菜也窜上老高，青色的枝干在风中摇摇晃晃，小官庄又显得生机勃勃了。

惊蛰这一天，我奶奶半夜就起来了，她把竹椅搬到院子里，看着满天的星星发呆。我起来撒尿时被吓了一跳。我奶奶说我又不是鬼，怕什么怕。尔后她又神情严肃地告诉我，她做了梦，梦见杨二小活过来了。

我奶奶的梦在清晨时分就传遍了整个小官庄。

这个梦让我感到毛骨悚然，倒是几个老人听得十分传神，他们忽然想到这离杨二小死亡已经很多天了，离最后一次看见王曹全也有很多天了。有人趴在王曹全家的门缝上看，里面死寂一片。后来不知谁提议的，说是撞门进去看一看。

参与撞门的是三个壮汉，用了半天时间，从午后一直到傍晚，门才被撞开，原来门后顶上了一根木柱子。小官庄的人几乎都来了，那些住在西边的人也骑着自行车赶过来了。他们把自行车靠在墙上，迫不及待地往门里挤去。

进去的人无不吃了一惊，小心翼翼地迈着步子。小官庄的人看到屋子里到处摆放着碗，罐子，盆，以及桶，大大小小，错落有致，这些器皿里都装着清水，清水里插着菜花头。三月的天气，小官庄的油菜花还没完全盛开，而这里的菜花已经开得正盛，金灿灿的，像烛光似的把整个屋子都照亮了。人们第一次发觉油菜花的颜色是如此的金黄，像一盏盏明亮的灯似的，绚烂却又宁静。王曹全的那盏台灯也开着，昏黄的光照亮了一小角。这时人们才发现，油菜花的中央搁了一张竹床，竹床上铺着新的棉被，杨二小和王曹全正躺在上面。

这个场景是我奶奶告诉我的，她在向我讲述时或许做了些许加工，增添了个人感情色彩，也有可能，我奶奶把自己的那个梦和这个场景进行了巧妙地结合，让人分不清哪些是梦哪些才是事实。我奶奶说，满屋子的油菜花，黄橙橙的，高高低低，起起伏伏，像是开在山坡上一样。王曹全和杨二小躺在竹床上，脸上没有一丝痛苦，也不见死人的模样。王曹全的手紧揣着王二小的手，三个壮汉费了很大力气才将它们分开——两具尸体都硬了，如果不是躺倒着，倒像是两人正搀扶着走路呢。

冬　至

1

每天午饭后，军军的小嘴都会撇几下，欲哭不哭的样子，王小七便知道军军要到楼下去玩了。她一边哄着军军，一边迅速收拾东西，奶瓶，奶粉，保温瓶，尿不湿，湿纸巾，磨牙饼干，还有军军最喜欢的毛绒鸭子……王小七将这些塞进背包里，再把背包背在身上，脖子里挂上门卡，钥匙，身上满满当当地出门了。

下楼，一级级走下去——王小七不喜欢坐电梯，直上直下地让人害怕，十楼，还不算太高，没什么急事她就这样慢慢走，每走到一个窗口，都朝外面看一眼，对军军说，军军哎，阿婆带军军到外面看大世界了哎……其实他们也走不远，除了在楼下的广场上待上片刻，就是到八字桥下王小七的堂嫂那里去坐会儿。从小区到八字桥走路顶多三十分钟，王小七也不用儿童推车，抱着军军慢慢悠悠晃过去。一路上她指着高楼告诉军军，大楼房哎；又指着汽车给军军看，大汽车哎。这时怀里的军军会像小鸟似的扑腾两下，表示兴奋。

堂嫂在八字桥下的一个中介公司做保洁兼做饭，王小七的这份保姆活儿就是堂嫂介绍的，堂嫂本来想自己去的，可又舍不得丢掉现在的工作，再加上她不太喜欢到别人家里做事，"看人脸呢。"堂嫂说，"不过呢，这家好，夫妻俩常常不在家，只要帮他们带好小孩就行。"

堂嫂给王小七打电话的时候，王小七还在江北的小官庄，她很高兴有这么好的一份工作—— 一个月有两千五百块——可又特别紧张，她还没有做过保姆呢。堂嫂在电话里告诉她，放心来吧，主家很讲道理，都是教师呢。

五十一岁的王小七第一次去上海了，其实老家离上海并不远，在江北扬州，坐车四个小时就到了，但老家来上海的人不多，来上海干什么呢，小官庄的人更喜欢向北走，去安徽，去河北，去更远的北方做皮鞋。

王小七还是姑娘的时候，没学过这些手艺，所以现在就比别人少了一项挣钱的本领，但她做过幼儿园老师，在小官庄，教孩子唱歌认字母，王小七教的还都是自己小时候学的歌，什么《北京的金山上》《咱们农奴翻身做主人》，她唱歌的声音和说话时一样，细声细气的。那时班上有很多孩子，最多的时候，近四十个。但王小七是代课老师，原先的老师某一年突然跟她男人出去做皮鞋了，幼儿园工作被撂了下来。大队干部认为没有比王小七更合适的人选了，她年轻，爱笑，最重要的是，王小七读过几年书。

王小七一干就是二十多年，从一个少女变成中年妇女，后来村幼儿园撤销了，王小七才回到家中。那些她教过的孩子现在都长成大人了，也跟着长辈到河北山西做皮鞋去了，过年回来的时候，看见王小七了，还是会恭恭敬敬喊一声"王老师"，王小七也不太好意思答应，她腼腆，在嘴里含含糊糊地"哎"一声就赶紧低头过去了。

王小七兄妹七个，上面有五个姐姐一个哥哥，大姐王红花，二姐王传花，三姐王传兰，四姐王红兰，五姐王兰花，小哥王传玉，偏偏到了王小七，名字就潦草了。原本以为能生个小子的，名字都想好了，就叫王传宝，结果又是一丫头，一生气，名字就懒得取了。王小七兄妹七个也就她读到了初中，其他的只读了三四年级，一来是家里穷，二来是读不下书。姐姐们都迫不及待想长大，嫁人，然后背着包跟自己的男人去外地做皮鞋，好像他们都不喜欢小官庄似的，最后只留下王小七和老父亲。母亲死得早，父亲身体又不好，常年躺在他的矮平房里，幼儿园下课的时候，王小七就赶紧跑回家给父亲熬药。后来王小七嫁人了，嫁给村里的王发财，王小七很满意，满意的主要原因是离家近。

2

堂嫂正坐在门后的台阶上嗑瓜子，远远看见王小七抱着军军来了，站起来，眯着眼睛端详起王小七。堂嫂说，小七哎，你就像个逃荒的呢。王小七听了呵呵地笑，记得第一次来上海的时候，是堂嫂去接站的，王小七身上挂了五个布包，还拖了两个蛇皮袋，堂嫂也是这样说的，堂嫂说，小七你就像是来逃荒的呢。王小七布包里带的是老家的豆子和萝卜干，还带了瓶瓶罐罐的咸菜，给堂嫂的，作为答谢。下车后王小七呕吐得一塌糊涂，堂嫂便慢悠悠拍着她的后背，说，上海是大城市，到处都是高楼，看得人头晕目眩，眩一阵就好了。

她们坐在台阶上歇着。正是秋天，阳光很软，树叶儿开始有气无力地从树上落下来。早晨刚下过雨，地上还有些湿漉漉的，叶子落下后像是被粘在地上，不动了。

大多时候是堂嫂在说话，王小七听着，或者堂嫂问话，王小七答着，军军也不哭闹，坐在她腿上默默吃磨牙饼干。前方突然有一片梧桐叶子掉下来，两个人都不由地噤住，目光一同被叶子攫了去。

堂嫂比王小七大一岁，是本家的堂房嫂子，人泼辣些，几年前守了寡，一个人就来上海了，因为不识字，只能干干扫地的活。她有个儿子，在北京，这几年大概混得不好，所以也没个音讯。堂嫂说上海的气温要比北京高十几度呢，估计这时候的北京都快穿棉袄了。说完，两人对视了一眼。

王小七也有个儿子，叫王伟，在小官庄，高中毕业后就回来了，找了几个工作都没干长。王伟胆小，不爱说话，一说话就脸红，在单位里每天都很忧伤，觉得人心险恶，最后只好去读书，王小七也不知道他读了什么，每天骑着自行车从小官庄到镇上，后来听说是什么函授。王伟并不是读书的料，光高中就结结巴巴读了六年。他们扳指算过，儿子已经读了二十五年书了。王伟今年三十一岁，没工作，也没对象，他很少出门，怕遇见人，大多时间躺在床上发呆。王小七有时推门进去，王伟会突然惊坐起来，瘦小的身子像合页似的折成九十度，他问王小七外面出什么事了，说完两眼空洞地看着窗户。这时王小七便会发现王伟脸上长满了胡子，像窗台下的苔藓一样茂盛，如果没有这胡子，王伟跟小时候没有什么两样，矮，瘦，好像身体到了十来岁就没有再发生变化过。这一点，令王小七十分自责，她认为这都是他们生活并不宽裕的原因。

令王小七自责的不仅仅是这些，还有王伟的性格。王小七认为自己的内向怯懦遗传给了王伟——王发财也是这么认为的，王发财在打骂王伟的时候，总是含沙射影，他说真是养种像种呢。

王伟没少挨过打，王发财看他似乎哪儿都不顺眼，顺手操起一家伙就揍出去，王伟也不躲，任着棍子雨点一样的噼噼啪啪下来，王小七一边哭着一边跑来抱着王伟，两只胳膊像翅膀似的打开。

不过，这几年王发财不打骂王伟了，不打人的王发财像突然老了似的，变得慈祥温和起来，他常常看着王伟出神，然后呵呵笑着摸一摸他的脑袋。

堂嫂突然问王小七，王发财现在在哪里呢？

王小七一愣，马上回答说，在南京呢，在南京一个建筑工地上。挺好的，王小七又赶紧补充说。

堂嫂说，发财就爱瞎折腾，早些年老老实实上班就好了。

王发财是家中独子，前后几个兄妹都夭折了，老两口对这唯一的儿子倍加疼爱——后来有了孙子，热情便转移到孙子身上，他们也拿不出更多的物质，疼爱只能局限在言语上，问问冷不冷，饿不饿，或者有没有女朋友——王发财小学毕业后就不读书了，也没学个手艺，结了婚之后，突发心思要做生意，要开厂，借钱买了设备，跟村里租了几间闲屋，结果一年下来血本无归，血本无归后又开始打人。王发财不甘心，继续借钱做生意，批发牙刷卖，批发肥皂卖，还批发梳子发乳等等，大概也不是做生意的料，最后更是负债累累。

王小七想起那些年，再想到现在，觉得坏日子快过到头了。她把军军抱在怀里，恍惚间像抱着小时候的王伟，心里一阵潮湿，于是搂得更紧了。这时，王小七才感觉到军军裆下的尿不湿重了，她将军军躺在自己腿上，小心翼翼换尿不湿。换下的那只沉甸甸的，堂嫂捏着一边往垃圾桶扔去一边说，这个真是费钱呢。

王小七说，是的呢。

多少钱一个啊？堂嫂问道。

王小七说她也不知道，差不多得有四五块吧。

堂嫂吁了口气，说真烧钱。稍过一会儿，转过脸来问王小七，这些不是你买吗？

王小七摇头，说，都是翟老师买好了，他们把什么都买得好好的，考虑得很是周到呢。

堂嫂瞪王小七一眼，说，笨，那你还有什么外快赚呢。稍停片刻感叹说，上海人真是精呢。

王小七连忙说不是的，不是的，她才不想买呢，才不想去超市呢，她说超市挺远的，还要坐地铁，她不会坐地铁。

3

星期四翟老师夫妇回来了，他们每个礼拜回来住一天。

翟老师夫妇都是老师，两年前年辞职下海了，在浦东一所中学旁边做学生培训，今年又开了分部，忙不过来，只好把八个月大的军军找人照顾。翟老师夫妇对王小七十分满意，尤其是王小七曾做过二十年幼儿园老师这一点。

翟老师的妻子姓陈，陈老师，下海之前教化学，下海之后改教数学，王小七听说他们一共有十一个班，每个班上有六十多人，王小七想象着自己教幼儿园时的屋子，挤挤挨挨六十多人会是什么样子呢——

翟老师以前是教历史的，人看起来比较温和，他称王小七为王老师，王小七总不太好意思答应，不像陈老师称王小七阿姨，王小七知道这里的"阿姨"不是阿姨，是一种职业。

陈老师回来后，关于军军的一切事情都要亲力亲为，仿佛是为了弥补，她给军军冲奶粉，换尿不湿，晚饭后又给军军洗澡。陈老师做事时，王小七是帮不上忙的，她不知道自己该做什么，于是便拘谨地站在一旁。卫生间的玻璃门被水汽氤氲了，两个身影模模糊糊，陈老师在给军军洗澡，间或会喊王小七递一件东西进去。王小七便小跑起来，推门进去，她看见军军在水里扑腾着，涨红着脸在哭。王小七用手探了探水温，发现是凉水，刚要说话，陈老师就说了：用冷水洗澡，对记忆力有好处。王小七想说什么，被陈老师止住了，她叫王小七先出去吧，有事再喊她。王小七快快往外走，身后军军声嘶力竭的哭叫，心里一紧一紧的。

晚上，军军的小床被搬到陈老师房间里了，这唯一的一晚军军是要跟他们在一起的。翟老师夫妇不在时，军军的小床在王小七房间里，陈老师要求让军军单独睡小床，但王小七总舍不得。怪可怜的——王小七总是这样说，她把军军从小床上抱出来，搂在自己怀里，一起躺在她的折叠床上。夜里，给军军把了尿、喂了牛奶，又把军军搂得紧紧的。王伟小的时候，王小七很少抱他，她白天上班，下班回来做家务，一家人的饭，一家人的脏衣服，都要一点点干完，到了晚上，王伟又被他奶奶喊过去睡觉了。后来爷爷奶奶去世了，王小七也从幼儿园回来了，一天看见王伟，她突然想抱抱他，可是王伟已经长成大人了。

这晚上，王小七是睡不着的，怀里少了点什么似的。她从床上坐起来，看着窗外发呆。外面很明亮，远近的霓虹灯把天空都照亮了。堂嫂说，上海的夜晚跟白天似的，亮堂堂的。但与白天不一样的是，比白天安静多了，只有一些汽车飞驰而过的声音，以及一些说不清道不明的响声。

突然，王小七被一个声音拽住了，是一种细细的轻微的却又绵延不绝的哭声。王小七愣了一下，是军军，她赶紧起身出去，果真，声音更清晰了，军军扯着嗓子在哭呢。

才几天时间，他就有脾气了——这是陈老师的声音。大概是军军不习惯睡觉的地方，用哭声来进行反抗。

王小七走到门前，轻轻敲门，里面有声音说，阿姨你去睡吧，没事的，小孩哭一哭也是正常的。

王小七便说，要不，要不还让军军睡到我这儿来吧。

陈老师说，不要的，阿姨你别管了，你去睡觉吧。

军军的哭喊一声接一声，整个下半夜，王小七都在客厅里站着，她也不敢动，生怕会发出声响，但又睡不着，便竖着耳朵听里面的动静，除了军军的哭声，没有说话的声音，翟老师和陈老师好像睡着了，只有哭声还抑扬顿挫着。

4

第二天一早，翟老师和陈老师就要离开了。陈老师抱着军军一直到上车才换给王小七，她对军军说，军军乖，妈妈很快就回来陪军军了。她把脸觑在军军跟前，又冷不丁在小脸上亲了一口。军军突然哇地哭起来，陈老师赶紧要抱过来哄，谁知军军哭得更厉害了，身体像鲤鱼一样打着挺。陈老师又缩回手，说，军军乖，军军一定舍不得妈妈走。她向后退上汽车，从窗户里伸出胳膊跟军军挥着手。

王小七抱着军军直到汽车消失了才上楼去。她一边走一边跟军军说话。王小七说军军啊，你今天真的不听话哎，妈妈抱你你为啥要哭呢。王小七又说，你这样你妈会多生气呢，阿婆也要生气呢。王小七在军军屁股上轻轻拍了两下，表示惩罚。拍完又看着军军，军军一眨不眨地盯着王小七，好像有千言万语。王小七突然觉得军军挺可怜的，陈老师也挺可怜的，她坐在台阶上，把军军搂在怀里。

傍晚时分，照例去八字桥的堂嫂那儿。这是一天中王小七最快乐的时光。堂嫂还没出来，王小七便坐在树下的水泥凳上等，军军已经开始学走路了，蹬着俩小腿儿在王小七身上一蹶一蹶的。王小七第一次看到军军的时候，那时他还没长牙，咧着嘴冲着王小七笑呢。王小七觉得她和军军是有缘的，要不怎么就冲她笑呢。现在，军军已经长了五颗牙了，白白的，嫩嫩的，像小米粒儿。军军很喜欢王小七，一被抱在怀里就手舞足蹈，他很少哭，常常假模假样地哭两声，实则是撒娇。只有一次，夜里，军军突然哭起来，王小七不知是怎么回事，摸摸脑袋并不热，也没尿床，牛奶也不喝，王小七有些手足无措。后来，实在没办法了，她撩起上衣，将自己干瘪的奶头塞进军军嘴里。哭声突然就止住了，军军的牙齿咬着王小七的奶头，虽然没有汁水，但是嗯嗯啊啊很满足的样子。

军军已经有五颗牙了，王小七的奶头丝丝的疼，但她不怕疼，甚至很珍惜这种疼痛，她抱着军军躺下来，并挽在怀里，奶头传来的阵阵痛感，使得牙齿也微微颤动起来，她说不清是什么感觉，反正很幸福，很甜蜜，仿佛怀里是她的儿子王伟，王小七搂得更紧了，把脸贴在那张柔嫩的小脸上。

堂嫂突然从冬青后面窜出来，对王小七说，你在笑什么呢？

王小七这才发现自己正在傻笑呢。

王小七说没得事，没得事就爱笑。她问堂嫂去哪儿了？

堂嫂抿了一下嘴，说，你猜呢。

王小七猜了几个，都没猜对。堂嫂急了，说我是去邮局的，给王怀国汇钱的。

王小七说怀国有消息了啊？他现在在哪呢？

当然在北京啊，堂嫂说，这小子果真不会瞎混的，我生的儿子我是知道的，他不混出点名堂都不会回小官庄。

王小七问怀国现在做什么？堂嫂说正和几个朋友做投资呢，做什么也没听懂，反正是要干大事情的。现在正缺点钱，给他汇一点钱过去。

王小七知道堂嫂有一点积蓄的，在上海几年攒的，本是要留给怀国结婚，现在提前给他创事业去，作用是一样的。

王小七不由得想起王伟来，上次王发财给她打电话，说王伟现在活泼多了，经常出门会朋友呢。只要王伟能走出门去，王小七做什么都是愿意的，她把钱汇给王伟，叫他不要节省，常请朋友吃吃饭，朋友多了，路就宽了。

王小七对堂嫂说，王伟现在也变好了，人很活泼呢，朋友也多，前些时候还说要点钱想学开汽车。王发财很赞成的，说这样人就能走出去了，就能见到大世面了。

这些孩子都要有出息的，都大器晚成呢。堂嫂说。

小七哎，我们都快熬出来了。堂嫂把脑袋靠在树干上，仿佛日子逐渐舒展了，堂嫂说几年前一个人来上海，无亲无故的，给人家扫地洗衣服都不要，只好在街头捡垃圾。现在好了，快熬出头了。堂嫂回忆了自己的艰难岁月，又帮王小七回忆一番，她说那些年你跟发财到镇上的工地烧饭，日子也苦呢。

王小七有那么几年也打工的，和王发财在一家工地上，王发财做搬运工，王小七负责烧饭，三十一个人的饭，烧大锅炉，每个月八百块，那时王小七还是很满足的，她把带铁钉的木棍送进炉膛里，等木材烧尽了，扒出的灰筛一筛，还能筛出不少铁钉，王小七就攒起来，卖给附近的废品站，每个月还能多一些外块。他们在外的几年，王伟已从学校回来了，他读不下书，也找不到工作，人内向得很，王小七常常一边烧饭一边难过，为自己不能更多地照顾王伟而难过。

这是一个柔软的黄昏，柔软的风，柔软的话，还有远方令她们感到柔软的人。很长一段时间，王小七和堂嫂坐在石凳上，她们并不说话，阳光穿过树叶照在她们脸上，柔和极了。后来她们回忆起更早的年月，她们还是小姑娘的时候，一起在小官庄的大堤上打猪草，那时候的阳光就像现在这样的，明媚而柔和。

5

冬天到来的时候，军军已经会爬了，陈老师蹲得远远的，拿一只香蕉向军军招手，军军就会有板有眼地爬过去，但爬到一半了，抬头一见是陈老师，便立即调头回来，快速爬到王小七的身边，钻进她怀里。陈老师对王小七说，军军真是喜欢你呢。王小七憨憨笑着，陈老师又说，要不就让军军认你做干奶奶吧。王小七不知道该说好还是不好，一个是城里的，一个是农村的，这怎么行呢。但陈老师晚饭后就用红包包了五百块钱递给王小七，说军军这么喜欢干奶奶，真是有缘呢。翟老师也认为这样最好不过了，军军没有爷爷奶奶，你就做军军的奶奶吧。王小七惴惴不安地接过红包，心里还是很高兴的，她高兴的是翟老师夫妇不当她是外人。

晚上，军军依旧被抱到陈老师身边睡去了，王小七一个躺在床上，心里却波涛汹涌，她把陈老师给的钱压在枕头底下，头枕在枕头上，眼泪不由自主地流出来了。

这一年，王小七已经把所有的债还掉了，那是王发财做生意的时候欠下的，无债一身轻，她每天走路时都感到脚步欢快了。现在王伟又学了驾驶，王小七打算下个月给他买辆二手的面包车，她问过堂嫂，堂嫂问过单位里的人——一辆二手面包车也不过五千多元。王伟现在整个人都变了，整天想开着车到镇上去拉拉客，说是一年就能把车钱挣回来。

又一个礼拜，王小七给王发财打了电话，并把攒下的六千元汇过去了。他们第一次没有因为电话费而迫切地挂断，王发财在电话里跟她一起畅想了未来——王伟结婚了，媳妇很漂亮，最重要的当然不是这个，而是媳妇很孝顺，勤劳，他们还生了一个胖小子，一家五口人，坐在面包车里去兜风。小官庄的路不宽，坑洼不平，下雨时会泥泞不堪，但这不妨碍他们一家五口人去兜风啊。两边的农田不多了，土地被一些工厂征用了，虽然空气中飘扬着丝丝缕缕的难闻气味，但他们还是要打开车窗的，让初冬不太寒冷的风吹拂在脸上。

王发财在电话那头呵呵笑着，把听筒换了一面又继续傻笑着。王小七发现王发财真的老了，他的声音都比从前矮了不少，这些年她很少看见王发财发脾气了，人温顺很多，常常坐在门槛上默默抽烟。

王小七越来越喜欢现在的日子——翟老师夫妇对她很好，王伟也开始工作了，生意好的时候，一天能拉五六个客。尤其是王发财，他把一身的力气都消磨在黄沙水泥里了，除了抽点烟，他几乎不会再花钱。王发财在电话里竟然关心起王小七来，叫她注意保暖，不能感冒。王发财不会说嘘寒问暖的话，一旦说起来，还是很令人内心柔软的。王小七想，自己的人生是不是才真正开始了呢。

丑时过了，王小七还睡不着，索性坐起来看窗外。远处的路灯连成一条项链，蜿蜒在群楼之间，路上仍有车辆川流不息，好像城市里的人极不爱睡觉似的。王小七给自己冲了杯牛奶——陈老师给她的，学生家长送的。王小七又到厨房里轻轻打扫起来，她淘了米，打开煤气炉。天还没有亮，外面湛蓝湛蓝的，远处有微弱的响声。锅开了，她便站在旁边守着，乳白的米汤越来越浓稠，她知道翟老师最喜欢的就是这米汤了，还有军军，除了炖蛋，王小七每天都会给他喂点米粥。她把军军抱在怀里，另一只手一勺一勺地喂着，王小七一边喂一边说，勤勤俭俭粮满仓，大手大脚仓底光……一斤粮，千粒汗，省吃俭用细盘算。军军听不懂，但总是在她怀里欢快地扑腾几下。

6

就在王小七和王发财畅想美好未来的一个月后，王伟打电话来了，电话接通后并没有说话，而是抽抽泣泣的，很长时间后，才说，你回来一趟吧。王小七想问什么事，电话已经挂掉了。王小七猜想王伟是不是失恋了，或者是想她了。她觉得这两点都不是什么坏事，王小七向翟老师夫妇请假，说要回一趟苏北老家。想了想又说，快冬至了，给老祖宗烧点纸钱就回来，不会太长时间的。

对于王小七的请假，翟老师夫妇也很为难，学生们快要期末考试了，他们的工作更不能松懈，可军军怎么办，陈老师也抽不出时间来照顾他。军军好像也意识到王小七要走了，从醒来就开始哭闹。陈老师哄了很久，不济事，最后在军军屁股上给了一巴掌，军军哇地一声哭得更凶了。王小七正在收拾衣物，赶紧从陈老师手里抱回军军，哭声立即止住了，小脸上还挂着泪珠。临走的时候，军军突然又大哭起来，鼻涕一直蹿到了嘴里，他在陈老师怀里像一只被抛到岸上的虾一样，奋力地扑闹着，仿佛要跟阿婆生死离别似的，看得王小七一阵心酸，她折回来，对翟老师和陈老师说，要不，她带军军回去吧，也就两三天，过了冬至，就回上海来。

陈老师和翟老师都愣了一下，紧跟着就摇了摇头，陈老师说不不不，军军留下吧，她来带，想办法调课——说完看着翟老师。军军从王小七手中传递到陈老师手中，刚刚一离开王小七，军军便号啕大哭起来，他的腿被抱在陈老师怀里，整个上半身都向王小七倾斜出去，陈老师没见过军军如此哭闹过，好像有无穷无尽的悲伤似的，这让在场的几个人都不由得心软一下。王小七说，要不，要不，就让军军跟她回去……几天就回来……

王小七又说，不用担心，路上会注意安全的……就当带军军到奶奶家玩几天好了……

翟老师和陈老师迟疑了片刻，最终还是应允了，或许他们想不出比这更好的办法了。陈老师在军军的屁股上轻轻拍了一下，表示惩罚。

吃完早饭，翟老师开车一直将王小七和军军送到车站，给他们买好票，上了车，看着军军从玻璃后面欢快向他挥手，才放心离开。

王小七和军军到达小官庄，正是一天中阳光最好的时候，瓦片上被阳光照得发了白，菜叶子也绿得光亮亮的。王小七指着路边的房子一间间的告诉军军——这是四奶奶家咪；这个呢，是王秀英阿婆家；旁边这个呢，是你小五子叔叔家咪……小五子叔叔家再过去两家呢，军军哎，这个就是你阿婆家了哎。王小七指着一间灰瓦房告诉军军。他们站在门外稍停片刻，好像要仔细端详一番。这间灰瓦房虽然有点破旧，比左邻右舍都低矮一些，但是，它是她的家啊。快一年了，王小七快一年没回小官庄了。

王小七又重复一遍，军军哎，这就是你阿婆家了哎。王小七把军军搂了搂，将小手儿揣在自己手心里。陈老师说让军军认她做干奶奶，其实在王小七心里，军军就是她的另一个儿子。现在她把这个儿子带到老家来看一看，认认门，也是应该的呢。

7

王小七推开门，王发财正坐在堂屋里抽烟，看见王小七和怀里的军军，眉头不禁蹙了蹙。王小七噤住了声，还没问王伟呢，王发财就出去了。

天黑时，王伟回来了，整个人像剥掉了一层皮，瘦了很多，他告诉王小七，出了点事。王小七小心翼翼问，什么事？王伟才说，几天前他的面包车撞上了一个小男孩，死了。面包车还没上牌照，属无证驾驶，男孩的亲友每天都来闹，说要么赔偿一百万，要么就去坐牢。王伟说那个小孩不知道怎么突然就从路边蹿出来的，他是一直看着前方的，前面什么都没有，真的，路上什么都没有，可是，他怎么就突然出现在路中央呢……

王小七已经听不下去了，她好像看见王伟的车从那个小男孩身上碾了过去，地上一片殷红。她浑身都在发抖，手心里全是汗，腿上力气褪尽了，一软，瘫在板凳上。

这一晚，王小七没睡得着，军军也到很晚才睡去，睁着眼睛吧嗒吧嗒地瞅着王小七，好像明白什么似的，十分知趣地蜷在王小七身边。

死者亲友是第二天清早来的，王小七刚给军军穿好衣服，门就被撞开了。进来七八个人，其中四五个汉子不由分说一阵打砸，只有一个女人，一直在哭，王小七猜想这人应当是男孩的母亲，她的头发都乱了，看不清脸，只听得见哭声凄凄切切。

王小七一直在发抖，牙齿颤动得连一句话都说不出来，她很难过，为自己的儿子难过，也为这个失去儿子的女人难过。她想给她倒杯水，可又觉得不合适，她站在堂屋里，把军军抱得紧紧的，以抵抗身体的颤抖。

事情到第三天才谈妥的，这期间，死者亲友又来过两次，那个女人没有来，王小七想是不是悲伤过度了呢，这三天里王小七流过很多次泪，她的心被揪得紧紧的，军军在她怀里安静地待着，好像理解她一切似的。王小七曾想象自己是那个女人，只是那么一想，就赶紧打断了，她不敢想象失去儿子之后的生活。王小七把军军搂在怀里，眼泪不由自主地流出来。

最后谈判的结果是赔偿八十万，这个数字让一家人耷着脑袋在堂屋里坐了一宿。头顶上的白炽灯泡被门缝里进来的风吹得晃来晃去，几个人的影子便忽大忽小着。王小七不知道这个赔偿数额是高还是低，她只想到如果是用八十万换她的儿子，她是不愿换的，别说八十万，即使是一千万，她都不会把王伟换出去。

她和土发财分了工，她向她的姐姐们去借钱，他向他的亲戚们去借钱，王伟也去跟几个刚认识的朋友借借看，只要有一线希望，他们都要厚起脸皮来。协议上写了，半个月内，一次性结清。王小七不知道半个月内怎么去弄到这么多钱，但只要想到借来这八十万，王伟就不用去坐牢了。

王发财几乎把半个小官庄借了一遍，只凑到一万八千元，王小七跟几个嫁到外村的姐姐也借了，姐姐们说，刚刚把孩子忙结了婚，手里半分钱都没有了，只有五姐王兰花借了两万——钱是准备添孙子用的。五姐和王小七年纪相仿，所以平时走得近一些，但五姐过得也不算好。

王小七又打电话给堂嫂，电话响了很久才接通，堂嫂有气无力地问什么事？王小七说是不是生病了堂嫂？对方没说话，沉默一会儿突然号啕大哭起来，她说小七啊……怎么好呢，他说什么创大事业，原来是做传销……五万块就这么泡汤了……

王小七才知道是王怀国出事了，却又不知道怎么安慰，只听见电话那头断断续续的哭声。她没和堂嫂说自己的事情，没说王伟撞死了人，要赔偿八十万，八十万呢，要借钱，怎么好意思开口呢，她说，堂嫂你先别着急，钱丢了还会挣到的，人在就好……

8

向翟老师夫妇借钱的想法是王发财提出的，他是看见王小七怀里的军军突然想到的，王小七觉得不太好。王发财说陈老师认你做军军的干奶奶，说明就没当你是外人。

电话很快就拨通了，接电话的是翟老师。翟老师问军军怎么样？吃得多吗？调皮吗？闹不闹？什么时候回来？王小七一个问题接着一个问题地回答了，答到最后一个的时候，迟疑了一下，她说，家里出了点事，迟些时候回去。还有，她想请翟老师帮帮忙。翟老师问帮什么，又说，只要能帮上的一定帮。王小七才说，想借点钱，借八十万——

电话那头突然沉默了，很长一段时间后出现了陈老师的声音。陈老师说他们现在手上也没钱，刚刚投资进去了，新开的培训部房租就缴了十几万。

电话后来是怎么挂断的，王小七也想不起来了，只记得陈老师和赵老师在电话那头一个劲儿地解释——他们的钱去向了哪里。

王发财和王小七的脑袋都耷在了肩上，半晌，王发财说道，上海人怎么会没钱呢。王小七也不说话，低着头抱着知趣而分外安静的军军。

冬至到来这天，天空下了一场雨，气温骤降。离交钱期限还有一天，他们才借到四万元，离八十万的目标还有很远。一家人也没心思做饭，坐在湿冷的堂屋里发呆。中午的时候，王小七给祖宗烧点纸钱，王发财就在火堆旁站着，然后又猛地跪下，对着火堆磕了几个头，纸燃过的地方地面干了一些，头碰在草桩上，硬硬的，扎人。王发财起身找来一根树枝，把纸一点点挑拨开，将火烧得仔细些。火慢慢糊了，浅白的纸灰软塌下来，偶尔会从里面冒出一两个火星子，两人便呆望一阵，直到纸灰上的白烟冒尽了，才慢慢转身离开。

天黑后，王伟还没回来，说是去城里找一个同学。王小七和王发财也没吃晚餐，给军军喂了点米糊，三个人便坐在床上发呆。

军军到小官庄后就感冒了，鼻涕常常挂到嘴边。王小七将一块干净手帕别在军军衣襟上，看见鼻涕了就赶紧擦一下。军军正坐在王小七怀里，咿咿呀呀地说话——十一个月，嘴里开始蹦字了，巴巴巴巴——两片小嘴唇吧嗒出一个音来。王发财转过来看军军，然后又看向王小七，突然像想起什么似的，拉住王小七，说，倒是有个好方法呢。王小七看着王发财，不知道王发财说的好方法是什么。后者则将目光落在军军身上，我们，我们假装绑架，假装，不是真的绑架，是假装，绑架了上海人就会给钱，给了钱，给了钱就可以救儿子了——

王小七突然哆嗦起来，她支支吾吾说这样不好这样不好——王发财说这样不好那哪样好呢。王小七手在颤抖，她说她不敢，她说军军也是她儿子，她说她是军军的干奶奶啊——王小七语无伦次地说着，下巴因为紧张而不停颤动着。王发财说，我们是假的绑架——也不是绑架，打个电话就好了，他们给了钱，哦，不，不，是借钱，借了钱，我们就把军军送过去，我们是借钱，要还的，还一辈子都要还的，现在只有这个办法了，军军也是你的儿子，小儿子帮一下大儿子，弟弟帮一下哥哥啊——

电话通了，陈老师接的。王发财说，陈老师，我们想跟你借点钱。

大概陈老师依然解释着他们也没有钱，他们仅有的那些钱刚刚去向了哪里——

王发财打断她，抖抖索索说道，陈老师，你的儿子——现在在我手上呢——

电话那头尖叫起来，大概对方被这句话吓到了，这时，军军突然哭起来，不知什么原因扯着嗓子大哭起来。电话那头的翟老师急了，他说，你不要乱来，你不要乱来——军军，军军，翟老师在电话那头喊起来。

或许是紧张的气氛，也或许是军军听到熟悉的声音，哭声更响亮了。王小七一边搂着军军，一边哄着，军军，军军，别哭别哭——

翟老师说，你们不要伤了孩子，孩子怎么哭了，啊，孩子怎么在哭？

王小七浑身发抖，她突然也想哭，说不清是害怕，还是悲伤。

不要哭，王发财对着王小七说。你也不要哭，转过身又对军军说。王小七咬着嘴唇，努力控制住哭声，但声音仿佛不是从嘴里发出的，而是从胸腔里涌出来的，整个屋里充斥着一高一低一长一短的哭声。王发财急了，扔过一只枕头说，捂住嘴，不要哭出声来——王小七抖抖索索地将头埋在枕头里，眼泪把枕头都打湿了，她紧紧地搂着军军，心里说不出的难过，从没有像现在这样对军军充满疼惜，好像对两个儿子的疼惜如洪水似的全部涌了出来。不哭不哭，军军不哭，王小七搂着军军。军军在她怀里扑腾着，像从前那样。

屋子仿佛被各种声音撑破了，军军从没有像此刻这样嚎哭过。别哭，军军，别哭——王小七喃喃着，搂得更紧了，为了不让哭声飘扬出来，她用枕头捂着自己的嘴，也捂着军军的嘴——

王发财还在电话里说着钱的事情，八十万，七十万也行，借七十万，七十万就够了——

你们法子肯定比我们多，帮我们借点钱——

我们会还的，一定会还的——

还不了，我的儿子还，儿子还不了孙子还，我们会还的——

反正，我们不能看着儿子去坐牢——

大概是翟老师同意了，电话两边的声音都矮了下去，我们会还的，我们会还的，我们一定会还的，王发财反复说着这句话。

他把电话挂断后，浑身都湿透了，手上也都是汗，他转身看王小七，王小七也正看着他。突然，两个人都感到一种寂静，一种倾覆下来的寂静——周遭一点声音都没有，没有哭声，也没有咿咿呀呀的声音。他们低头看军军，军军的头在枕头下面，耷着，像睡着了似的。

J 先生

　　天好像一下子黑透的，雨铺天盖地而来。车灯倏地亮了，把雨赶得四处逃窜。

　　雨小点的时候，J 先生下车了，这些天都提前下站，从车上摇摇晃晃下来，再摇摇晃晃回到家中。这段路要走半个多小时，经过一个超市，跨一座桥，再穿过一个小区，然后到达他的住所。

　　这是一片由几十幢高楼组成的公寓区，J 先生总是在门口的地方稍作停顿，他把头仰起来，以颈部作为轴心，一直仰到视线与他的窗口相交为止。是的，没错，他就住在这座楼的最高处，37 层。每天，他都从 37 层下来，从方盒子一样的高楼里走出来，再坐上方盒子一样的公交车，到另一个方盒子一样的高楼里工作。他从窗户向外看去，到处都是静止的或移动的方盒子，这使他难过而悲伤，具体因为什么，他也说不上来，觉得这个世界就是由无数个盒子组成的。

　　J 先生穿过了那个小区，路上又遇到一些散步的人，雨已经停了，一种不知是月光还是雨水反射的亮白色。路上的人三三两两地走着，踩着积水。那些与他相向而行或背道而驰的人，他们挽着情人，或挽着孩子，还有与父母一起散步的——J 先生知道，都是假的，是的，假的，"情人""孩子""父母"，都是买来的，从S城的各个超市里。J先生看着这些"人物",就像看着他们主人的背包、鞋、帽子一样——他们只是物品而已。

其实有一段时间,J先生也买过一个"朋友"。他去超市购买面包,出售"朋友"的货架就在面包旁边,排列得整整齐齐。J先生从没想过自己需要一个"朋友",但那天竟鬼使神差地将口袋里剩下的钱都掏出去了。他从一排"朋友"里随意挑了一个,关于产地和年龄都没有细看,就将他带回家了。他给他取了个名字"Q",尽管这个"朋友"有自己的名字。那些天,J先生按照说明书使用着Q,让他陪他喝酒,听他讲述公司里各种繁复到令人生厌的事情。但不知道为什么,几天之后,J先生还是将Q申请退货了,Q又回到了货架上。后来某一天,J先生再去超市时,Q已经不见了,他知道他已经被其他买主买走了。那晚从超市回来,J先生有些难受,他没有乘电梯,而是从第一层一直爬到了三十七层。他想起很久以前看过的一场电影,说是整个世界被淹了,到处都是海水,所有人都离开地球了,只剩下一个老头,依旧住在自己的屋子里。海水越涨越高,他就不停地把房子加高,房子越来越高了,他离地面也越来越远——J先生觉得自己就是那个老头,当他一层一层往上爬时,孤独就越来越深。

这个城市里,所有人都和J先生一样地生活着,没有亲人,没有朋友,他们都是独立的个体。需要妈妈或妻子的时候,从超市里买一个,需要孩子或邻居的时候,也可以从超市买一个。有的人买了很多妈妈,也有人买了很多朋友。是的,超市里东西太多了,光"妈妈"的货架就堆放了好多层。J先生曾经仔细看过,但没有购买,因为那时候他觉得自己更需要一双鞋。

J先生爬到第十层的时候,突然停了下来,好像使尽了浑身力气,又好像想起什么似的。他从窗口向外看,黑暗如海水涌了上来，雨停了，世界安静得没有一丝声响。他把身子缩回来，向后退着，又从十层的地方往下走，一级一级地，摇摇晃晃地，像刚刚从公交车上下来一样。他走出公寓，继续向前，一直走到他常经过的超市。

他推开超市的玻璃门，白色灯光使他的眼睛感到极不舒服，他从一楼走到二楼，又从 A 区走到 B 区，手推车里都给装满了，油盐、米、罐头、睡衣、肥皂……他好像第一次如此认真周全地购买商品。然后他来到"妈妈"的货架，指着其中之一告诉售货员，就是这个。他说。他没有挑选，坚信所有的商品都是合格的，无可挑剔的。之后他又在"爸爸"的货架上买下一个，这是一个微胖的、个头有些矮的男人，头上有些秃，胡子干干净净，脸色显出一种洁净的青白色。J 先生继续向前走，几乎不假思索地又买下一个妻子，他觉得自己或许该有一个妻子。他没有停止购买，很快又跑到面包货架附近，这里是出售"朋友"的地方，货架上有些空，只有寥寥无几的几个中年男子整齐立着，他们的标价不一样，由高至低地排列开来。J 先生没有看见之前的Q，这说明 Q 被买走后没有遭到退货。想到这点 J 先生有些失落。于是他从所剩的几个"朋友"里选中了两个瘦高且标价昂贵的男人。是的，两个，他给自己买了两个"朋友"。J 先生仍然购买着，好像和谁赌气似的，又好像要把很多年的愿望一并实现似的。他给自己买了一对儿女，是一对双胞胎，准确地说是龙凤胎，年龄还很小，刚刚会说话的样子。买完孩子又买了一个"三婶"，这是几次来超市时热销的，开始他不知道"三婶"是干嘛用的，是妈妈么？还是妻子呢？后来在路上遇见过才知道，那些常常站在路边或桥头拉家常，系着围裙，说起话来眉飞色舞的女人大多都是"三婶"。所以 J 先生也给自己买了一个。

这一次几乎花尽了J先生的积蓄，但他没有丝毫心疼，当他带领他们走上三十七层公寓时，内心更多的是激动——他们没有爬楼梯，而是一起乘了电梯，电梯不大，很窄，这样大家就自然地挤在一起了。J先生的腿被另一条腿磕着，他的脸也紧紧靠在一个肩膀上，那是"爸爸"的肩膀，J先生在黑暗中偷偷笑了。

往后的日子就变得喧闹起来了，这个喧闹倒不是声音的嘈杂，J先生的"妈妈""爸爸""妻子""孩子""朋友""三婶"等等，很少会发出声音，他们按照说明书上的要求，完成着自己的义务——"妻子"每天早晨把他叫醒，并为他煮上稀饭，然后坐在旁边看着J先生一口口吃完。而"妈妈"呢，几乎一整天都在盥洗室里，J先生不知道哪来这多的脏衣服，似乎永远没有洗尽的时候。孩子们并不打闹，安分守己地坐在方桌两侧，用一支笔在纸上胡乱画着。一次J先生走过去看他们，发现那张纸已经被画穿了，他赶紧给他们新换了一张。而这个时候，"爸爸"在阳台上打着太极，他每天打很长时间的太极，从早晨一直到傍晚——说明书上似乎就是这样写的。那两位"朋友"呢，他们恭恭敬敬地坐在沙发上，像客人一样，等J先生把一切都做完的时候，他们才聚在一起，此时的J先生会和他的"朋友"说起路上的事，说起公司的事，两个瘦高个的男人一眨不眨地听着，身子恰到好处地向前微倾，这时J先生便会给他们倒上一杯酒，三个人一起对饮起来。

"妈妈"，一次J先生对着这个人喊着，"妈妈"正在盥洗间，J先生走过去时，"妈妈"一阵慌乱，她问J先生还有什么要洗的么？J先生愣在那里，摇了摇头，说没有，没有什么要洗的。他停下来，没有再继续往里走，其实他多么想和"妈妈"说说话，或者，像抱着一个最温暖的东西一样抱一抱她。

他和他的"妻子"也变得客气起来了，或许是一直都很客气，是的，她为他做饭，厨房里永远都是洗菜炒菜的声音，他走过去，说，今天的天气真好。"妻子"说，是的，好天气要晒被子了。然后急急忙忙冲进卧室把被子抱出来。当她再回到厨房的时候，J先生已经不知道再说什么了，"妻子"把油烟机打开，那是一种恍如飞机发动机一样的轰鸣。他把脸转向窗外，明媚而泛着金色的阳光正落在远处的草地上。

　　他的"孩子"已经完全会走路了，依然拿着画笔，在地上和墙上乱涂着。他们也会爬到阳台上，或爬上窗户，那个时候，J先生往往在思考问题，当他的视线不经意落在阳台或窗口时，会惊吓出一身冷汗，然后以飞快的速度冲刺过去，恰巧，真的，真的恰巧拽住了"孩子"的衣服。他长长呼出一口气，整个人都瘫坐在地上，他调整呼吸，耳边满是各种挥之不去的声音，油烟机的呼叫声，盥洗室的水流声，孩子的哭叫声，以及邻居和三婶唧唧喳喳的闲聊声……它们，填满了他的耳朵。

　　往后的日子，J先生继续和他的"亲人""朋友"生活在一起，他们相互交错却又相安无事。他们一起看电视，一起吃饭，甚至一起郊游……像所有购买的家庭一样看起来那么和谐与融洽。可是，J先生沉默的时间越来越多了，他也变得很少说话，甚至和"朋友"交谈都成了极少的事，直到有一天，他发现自己又提前下车了，才猛地意识到什么。J先生没有坐到公寓前的那个站台，而是和从前一样在超市附近下车。不管是刮风或下雨，他都不急于回家——他摇摇晃晃从车上下来，再摇摇晃晃走回家中——仍然不坐电梯，他不喜欢这些快速的工具。J先生从第一层一步一步地往上爬，经过每一个窗口的时候，依然把身子探出去看一看，是的，这个城市塞满了方盒子，越来越多的方盒子，人们从盒子里走出又走进。他往上走，越来越高，于是又想起那个越来越高的房子，那个被海水快要淹没的房子。世界上只剩下老头一个人了，他也生活在一个小方盒子里，据说陪伴他的只有一个烟斗。J先生突然想起什么似的，像受到某种引领，他离开窗口，飞快地往三十七层奔去。

　　像几个月前那样，他从超市里买回了"亲人"和"朋友"，现在，他又要把他们送回去。他没有要求退货。J先生从超市出来的时候，外面也下着雨，和很久之前的那个晚上一样，雨铺天盖地而来。车灯像利剑似的，刺向一个个方盒子。他在一片雨水里缓慢前行，一个人，不着急回去，不着急回到另一个方盒子里去，回到那个悬得高高的三十七层的房子里去。他跨过一座桥，再经过一个小区，然后到达他的住所。他仍然在门口的地方稍作停顿，把头仰起来，以颈部作为轴心，一直仰到视线与他的窗口相交为止——他看见自己的窗口淹没在巨大的黑暗之中，这使他难过而又悲伤，也说不上来具体因为什么，J先生慢慢低下头，像被什么压着一样。他没有继续向前，没有像往常一样一步一步地爬上三十七层，而是掉转身，背对着，向远处慢慢走去。

稻草人

1

他们带回来一只鞋，傍晚时分。

鞋是挂在扁担上的，扁担担在肩上。太阳正要落下去，一缕轻薄的光芒若有若无地打在那只鞋上。这是小王庄一天里最喧闹的时候——一切将要归寂于黑暗前的嘈杂，地里干活回来的人，河边淘米的人，把猪食的人，鸡，狗，以及炊烟，都显得急躁而兴奋。当挑着鞋的队伍穿过小王庄尘土飞扬的土路时，还是吸引了很多人的目光，人们停下手中的活，伸长脖子看着，或者询问：找到了？队伍里并不回答，而是用手指指在空中摇摇晃晃的鞋。也有人走了过来，跟在队伍后面，不管身后嗷啰嗷啰叫唤的猪了。所以，当队伍来到河岸上的杨四嫂家时，已经十分浩荡了。

杨四嫂不在家。

此时，鞋被放在门前的平地上——一只已经看不出颜色的旅游鞋。人群围站在四周，有人去找杨四嫂了，她正在河边淘米，河岸很高，所以当他们从河边走上来时，先是看见杨四嫂蓬松的头发，枯色的脸，再是竹竿似的身子，像是从地下爬上来一样。

杨四嫂走过来，人群立即分出一条缝。她把盛着米的筥箕放在台阶上，走上前，筥箕没放稳，在身后倾覆了，白花花的米散了一地。不知道是看见鞋的缘故，还是米泼在地上，杨四嫂突然想号啕大哭，她张开嘴，一声哭腔正要喷薄而出时，被一只皱皱的手捂住了嘴，是一个头发稀白的老太，一脸严肃，整脸的皱纹都呈下拉姿势，老太说，不作兴啊。杨四嫂便止住了，将那个奔跑到嗓口的声音又收回去。

　　她站在人群里，身后密密匝匝围了几圈，一丝风都透不进来。正是初夏，临晚前的空气里还透着丝丝的凉意，仿佛从地底下钻上来一样，一点一点往上涌，杨四嫂看着鞋，感到浑身都凉飕飕的。有人问是不是杨小梅的，说是在宜陵闸那儿发现的。杨四嫂便盯着鞋看，她记得自己给杨小梅做过一双布鞋，却不记得给她买过旅游鞋了。这么一想，杨四嫂就不那么难过了，就如刚才那个老太说的，没找到杨小梅就不能确定她是不是死了，没确定死现在哭她，多不吉利。所以杨四嫂收住了泪水。她把鞋挂在檐口的竹钩上，转身向来的人回忆那天的事——其实也就是在大前天，大前天早上，杨小梅还在她眼前的，她记得一大早杨小梅坐在河坝上读书，她的声音很大，带着变声期的嘶哑，把芦苇丛里的麻雀都吓得一惊一惊的。读完书，杨小梅就去上学了，学校离家近，从河堤上翻过去就是了。所以每天都是杨小梅第一个到校，放学最后一个回来。杨四嫂说她站在门口的平地上——就是这里，她用右脚在地上点了点——在这里，就能看见杨小梅一蹦一跳的样子了，上学时，也是一蹦一跳的，跳着跳着就被河堤挡住了，放学回来，也是一蹦一跳的，脑袋一点一点地从河堤上冒出来。可是这天，杨四嫂只看见杨小梅蹦蹦跳跳地去学校了，却没有看见她蹦蹦跳跳着回来。

第一天杨小梅没有回来，杨四嫂并不担心，她想肯定是去同学家了，这段时间杨小梅和同学有点儿亲密无间，不是把同学带回来，就是住到同学家，有时还将家里的东西偷偷送给别人。杨小梅对杨四嫂说，这叫学雷锋。连续两天杨小梅都没回来，杨四嫂才开始紧张了。对于这件事，小王庄的人是很热心的，再说是本村的孩子丢了，一些男人便自发到邻村以及河坝上搜寻去。之后的几天，他们又带回来一件衣服和另一只鞋，这些都令杨四嫂十分悲痛，但她没有哭，她记住老太的话了，老太是小王庄的人，人称三奶奶，八十多岁了，身体还硬朗着，前后两庄逢上红白之事都要请上她，再加上年轻时就会接生的活儿，所以很受人敬重。杨四嫂是很听三奶奶的话的，她不敢哭，她怕这一哭杨小梅就真的没了。那些带回来的衣服和鞋让她感到熟悉又陌生，好像任何一个从水里打捞上来的东西都和杨小梅有关似的，可是那些衣服的颜色又使人疑惑，她真的记不起杨小梅有过这么崭新的衣服。

第四天的时候，那些在外搜寻的人没有带回任何东西，而是带回一条消息，这个消息在小王庄炸开了锅，唯独杨四嫂不知情，带回消息的人又把杨四嫂的男人杨国柱和儿子杨小军带去了，他们随着队伍从通扬河边抄着近路，和上次发现旅游鞋的地方是一样的，碎石滩上已经围了不少人。人群里有人指着不远处的闸口，说，那个，闸口边上的水泥柱子——王国柱便伸着脖子看，一根四四方方的水泥柱子，一半在水中，一半在水上，与水面相接的地方，几根水草妖娆地摇着。那人说，就是那里，上午，打开闸门的时候，一个尸体冲下去了……杨国柱把脖子收回来，目光落在鞋尖上。这是一个老实巴交的男人，木匠，跟木头打了一辈子交道，把自己也变得跟一块木头似的。他有点结巴，说这个……这个……怎么弄呢？带他来的人说，没有办法，从这个闸口出去就捞不到了，入江了。

2

　　杨小梅是淹死的，小王庄与闸口相连的河只有一条，通扬运河，可是，杨小梅去通扬运河干什么呢？杨小梅的班主任在班级晨会的时候说到了这事，他说，同学们，放学后要立即回家，不要到处玩耍——这时坐在前排的一个女学生怯生生地站起来说，杨小梅是学雷锋做好事，她给我们送雨伞的——

　　全班都惊叫起来，大概是杨小梅的名字与雷锋联系在一起的缘故。最近他们都愁死了，找不到"好事"可做，而杨小梅找到了，居然还壮烈牺牲了。那个怯生生的女孩又被老师叫起来，要她仔细说一说杨小梅做好事的经过。女孩叫马红花，邻庄的，声音和身子一样细细的，她说，那天放学的时候，天看起来要下雨，杨小梅让他们等一等，她回去拿伞。然后杨小梅就一蹦一跳地回去了，杨小梅一走，他们也走了，因为不想"等一等"——中午的时间实在太短了，再说，天并没有下雨。那个叫马红花的女孩说，快到家的时候，听见杨小梅在通扬河对岸叫他们，杨小梅是抄近路来了，但没人搭理，怎么说呢，因为要到家了，还要雨伞做什么呢，或者，他们就不想给杨小梅做好事的机会呢。

　　教室里有几个女生凄凄哭起来，好像是听到这辈子最感人的故事。杨小梅的死讯到达杨四嫂那里的时候，就是和这个做好事的荣誉一起来的，传达死讯的不是那些在闸口发现尸体的人，而是公社的干部——那时已经不叫公社了，但小王庄的人仍习惯这么叫。来的人除了乡长、村长、校长，还有那个叫作马红花的女孩，他们带来一些水果和一面鲜艳的锦旗。杨四嫂正在喂猪，整个人都要趴到猪圈里似的。他们把锦旗向她递来，说杨小梅就是我们小王庄的骄傲啊——杨四嫂愣了很久，才从几个人七嘴八舌的叙述里明白了怎么回事。明白怎么回事的杨四嫂突然想大哭一下，她把搅食棍放在猪圈旁，直起身子，眼睛望着杨小梅曾经蹦蹦跳跳的河堤，瘫坐下来——有人立即从身后扶住她，用衣角擦着她的眼睛。

乡长说，杨小梅同志的死是伟大的，我们要号召全乡人民向杨小梅同志学习。杨四嫂听不进去，她的眼睛直勾勾地望着河坝，那个扶她起来的人一直站在旁边，好像随时准备用衣角堵住她的眼泪似的。杨小军从屋子里搬出几张凳子，乡长和村长们都坐了下来，坐下来后便指着这个男孩问，这是杨小梅的哥哥吧——校长接过话，说，是的，是杨小梅的哥哥杨小军。校长又说，杨小梅和杨小军都是品学兼优的学生。站在一旁的杨小军咬了咬嘴唇，这个时候，他有种说不出的激动。他跑进屋里，倒了几杯水，拿出一条毛巾给杨四嫂，当杨四嫂的嘴撇起来的时候，杨小军就会及时捅一捅她，他贴着杨四嫂的耳朵悄悄说话，牙齿由于紧张发出咯咯声响，他说，杨小梅是英雄，我们应该骄傲——

杨四嫂是听杨小军话的，所以她没有哭出来，只让眼泪像细线似的一点点从眼角渗着，她咬着牙齿，牙床也微微发抖。后来，乡长村长都走了，从河堤上往下走时，乡长突然转过身对杨国柱说，杨小梅是我们乡的骄傲，乡里要为杨小梅办丧事——

3

吹鼓手到来的时候，杨四嫂还没起床，天刚麻麻亮，睡在柴草堆里的黄狗警觉地钻出来，叫了一阵，便在来人身边谨慎地转着圈，门口还有其他人，村长带来帮忙的，他们要用毛竹和篷布搭一个凉棚，杨四嫂打开门的时候，凉棚已经初具模样了。杨国柱和杨小军也起来了，给搭凉棚的人打着下手。老黄狗在脚边转来转去，杨小军一会就用脚踹一下，嘴里"呔"地一声——他嫌它碍事。凉棚一头搭了个小舞台，接上电灯和喇叭。灯一亮，整个凉棚通体明亮，像是一个躺在地上的大灯笼，胖乎乎的。杨四嫂怔怔地看着，想起杨小梅淹死的时候是不是就是这样，心里说不上来是什么滋味。她用手背悄悄擦了擦眼角，不敢发出一丝声音。昨晚躺在床上，想到杨小梅真的就走了，心里悲痛万分，她试想了很多种杨小梅死的情况，不管是哪一种，她肯定都在水里挣扎很久。想到这里，杨四嫂嘤嘤哭起来，她把枕头蒙在脸上，压抑的声音还是把杨国柱惊醒了，杨国柱抬起脑袋，往黑暗里推推，说别哭了，别哭了——想了想，也不知道怎么劝，翻了个身，说，小梅是做好事的——

　　小王庄上还没有给小孩做过丧事的，再说，杨小梅的尸体已经顺河而下了。他们在村委会办公室商量了一个晚上，当杨四嫂看到灵床上躺着的人时，还是愣了一下——一个穿着杨小梅衣服的稻草人。屋外很喧嚣，唱戏的，吹奏的，还有远近村庄来看戏的人；屋内却是静悄悄的，"杨小梅"安安静静地躺在那里。杨四嫂搬一张凳子坐下来，她摸了摸"杨小梅"的手和腿，眼泪便啪嗒往下掉了，这些衣服不知道是谁穿上去的，她突然想到，好像自己从没有给杨小梅穿过衣服，甚至连抱一下都没有过。她记得杨小梅生下来就是这样躺在床上的，不哭不闹地睡觉。杨四嫂没有奶，就用米糊喂她，有时在她奶奶干瘪的奶头上吮几口，奶奶死了杨小梅也能自己走路了。杨四嫂真的记不起她曾经抱过她，她捂着脸哭起来，越哭越厉害，哭得整个身子都伏在稻草人上。她感到无比的难过，这种难过似乎比死更痛不欲生，她突然抓住一个从旁边经过的人，抓住他的胳膊，她说，我都没有抱过她，我都没有抱一抱她——这人是吹唢呐的，进屋喝水的，他拍了拍杨四嫂的肩说，你家杨小梅是英雄呢，是乡里给办丧事的呢。他把唢呐举起来，说，我给她多吹几下——

丧事办完那天，人和凉棚都没了，杨国柱和杨小军把借来的桌椅一件件地还给左邻右舍，平地上只留下毛竹的洞，还有一些垃圾——瓜子壳和萝卜皮。门前空空荡荡的了，杨四嫂站在门前的平地上，心里被压得沉沉的，几天前她还站在这里朝河堤上看杨小梅上学去，几天后这个人就没了。

"杨小梅没了"之后，杨四嫂常常看着河坝发呆，她不说杨小梅死了，只说没了，好像杨小梅没有死，而是跑到同学家或者打猪草去了。不过，对于后者，杨四嫂起初是有些恍惚的，每天天黑前，猪圈旁边都多了一篮猪草，草是新鲜的，带着没干透的泥巴。她把篮子提起来，朝四周看看，静悄悄地，没有人影，于是顺着小道往河坝上走，一直寻到芦苇丛里，杨四嫂喊杨小梅，一声，又一声，没人应，只有几只麻雀扑棱棱地从芦苇丛里飞出来。第二天，杨四嫂从地里回来时，猪草又放在猪圈旁了；第三天，还是这样；第四天，杨四嫂不去地里干活了，而是躲在草堆后面偷看。太阳一点点矮下去的空当里，她竟然无比地紧张，好像立即要看见杨小梅似的，她甚至告诉自己杨小梅可能没有死，那个在闸口发现的尸体怎么一定就是杨小梅呢。有人从远处走来，那种脚步是轻盈而欢快的，像那么多次杨小梅一蹦一跳从河坝上消失一样，脚步越来越近，终于看见了，杨四嫂从草堆后面窜出来，是两个抬着篮子的小女孩——杨小梅的同学马红花和杨春兰，她们要"做好事"。两个女孩吓了一跳，站定了，齐刷刷地向杨四嫂敬了个少先队礼。

两个女孩走后，杨四嫂有些难过，甚至有些恨自己——为什么要偷看呢，要是不偷看，猪草就好比是杨小梅打回来的。当女孩们送来猪草的时候，她不敢走过去，那些一样扎着辫子的小脑袋在她面前晃来晃去，把杨小梅的样子都晃模糊了。她回到家里，把抽屉和柜子都倒出来，发现竟没有一张杨小梅的照片——他们居然没有带她拍过一次照片。她用手捂着脸，慢慢蹲下去，一缕哭腔在胸腔里冒了一下，又冒了一下，然后便汹涌起来。

4

这个夏天，杨四嫂一寸一寸地瘦了下去，常常在吃饭的时候，她把碗筷放下，对杨国柱说，你晓得啊我都没有抱过小梅——听的人停下筷子，杨四嫂继续说着，我怎么就没有抱一抱她呢……杨国柱便开始劝，劝的话翻来覆去就是那些，最后杨国柱说，我们还有小军呢。杨四嫂这时抬起头，目光落在对面的杨小军身上，然后，悠悠说道，我抱过小军，我没有抱过小梅呢——杨四嫂说有一次，杨小梅和她去田里，经过一个水渠，她腿一抬跨过去了，杨小梅过不去，在对面喊，要她抱一抱，她对杨小梅说你从前面绕一绕吧，然后杨小梅就从前面绕了。杨四嫂说着便哭起来，她说我都没抱她，我手上拿着锄头，我怎么就没有把锄头放在地上抱抱她呢——杨国柱和杨小军也放下碗筷，低着脑袋一声不吭。

傍晚的时候，杨四嫂沿着河堤走到杨小梅的学校门口，那里每天都会聚集很多人——农闲的，赶集回来的——大家在谈论天气，庄稼，甚至是邻村的稀奇事，但是没有人谈一谈杨小梅——好像都过去了，小王庄的人多么热爱谈论新鲜的事啊。杨四嫂站在人群里，耳朵捕捉着和杨小梅相关的信息，只要和这三个字相近发音的字出现时，杨四嫂都会振作一下。或者，有人会说到河坝，说到宜陵闸，说到杨小梅送伞的那个村庄……总之，这些都能使杨四嫂一阵激动和紧张。人群里又有人说，昨天一个卖鸡的，骑着自行车，后座上绑的鸡笼，在宜陵闸那里翻了下去……杨四嫂抿了抿嘴，想把话题接过来，嘴张开了又合上，眼睛有些潮湿，她想到宜陵闸，想到杨小梅被河水胀开的身体，想到那个身体她好像从来没有抱过——杨四嫂哭了起来，有人上前劝她，说别哭了，杨小梅是做好事的呢。杨四嫂还是哭着，说，我家杨小梅就是在那个闸口淌走的……人群里安静下来，有人打断说，杨小梅走了还有杨小军呢，女孩都是讨债鬼，你也不要太难过——杨四嫂似乎没听到，仍然兀自说着，她说，我从来没有抱过她……小梅生下来就乖得很，躺在小床上一动也不动，尿了也没人管她，饿了杨小军就用米糊喂喂她……我那时干什么去了呢……我那时怎么那么忙呢……我和杨国柱天天在地里干活，我都没有抱过她，是的，我都没有抱过她……有一次，我从地里回来，她就坐在门槛上玩，看见我就往我怀里拱，她要我抱一抱……可是我没有抱……我手上都是泥巴，我怕把衣服弄脏了……我都没有抱一抱她……

　　太阳落下去了，房屋变得影影绰绰的，人陆续离去了，只有杨四嫂突兀地站在那里。有人喊她，说天黑了回去吧，她这才缓缓往回走，过了小桥，站在河堤上。几个月前还站在这里看杨小梅上学去，然后又看她蹦蹦跳跳地回来。她想要是那时能蹲下来抱一抱她多好，杨小梅瘦瘦小小的，细腿，细胳膊，她要把她搂在怀里，把细细的身子搂在怀里，是的，就是紧紧搂着的那样。杨四嫂抬起双臂，突然觉得空空荡荡的，她看着远处，黑暗一点点铺散开来，河岸上的芦苇也安静了，没了白天的神气，紧接着，什么也看不见了。

5

秋天到来的时候，有人说杨四嫂疯了。小王庄的人看见她去了闸口，又沿着闸口向下游走去，穿过河岸上的芦苇，一点点地向前走。过几天，又看见她从对岸走回来，看见的人说她去过江边了，没有杨小梅，是的，怎么能找到呢——人们便有些同情，他们说杨四嫂经常站在芦苇丛里看着河面，人也像一株芦苇似的。

她还去过后庄，那个送伞的地方，路上总能遇见一些人，杨四嫂便停下来，拉住对方，说，杨小梅就是到这里来送伞的——路人点点头，说都知道呢。杨四嫂说你不知道，我没有抱过杨小梅，我一次都没有抱过……听的人推着车走了。

后来她又去过乡里，去过广播站，没人知道是去干什么的，她一路慢慢走过去，看见人了，便停下来说几句，说的话无非是她很难过，都没有来得及抱一抱杨小梅——有人停下来劝一劝，说想开点，幸亏死的是女孩——劝的人话还没说完，杨四嫂便大哭起来，她的身子一耸一耸的，头发都乱了，然后不停重复那句话：我都没有抱一抱她……路上的人都走了，她才继续向前，一些在外地上学的孩子回来时也会避开她，说她就像鲁迅笔下的祥林嫂。第一个说这话的人得意地笑了，仿佛为自己的发现而沾沾自喜。杨四嫂去了乡里，往办公室一间间地看过去，她并不找谁，又好像要找谁，脑袋贴在窗户上，问她找谁呢，她就缩回去。过一会儿又把头伸进来，目光落在写着字的墙上。

从乡里回来，天快要黑了。路并不宽，间或有一辆车经过，路的两侧是稻田，快要熟了，风吹过丝毫不动，杨四嫂坐下来，看着一望无边的稻田，想起杨小梅和她一起干活的事。是的，她那么小就干活了，打猪草，割稻，插秧，能干得很。割稻的时候她割得慢，跟在杨四嫂身后，她对杨四嫂说，腰疼呢。杨四嫂就说小孩哪来的腰——她突然想起来了，好像过去的很多事情都想起来了，想起事情来的杨四嫂更伤心了，她发现这十一年来，杨小梅好像没在身边生活一样，因为，她都没有抱过她。她把头埋在臂弯里，哭得很伤心，有人从旁边经过，也不劝她了。风不停地吹着，天色都吹暗了。很久之后，她抬起头，突然——杨四嫂站了起来——她看见杨小梅了，是的，就是杨小梅，正站在远处的稻田里——

秋天的时候小王庄发生了一件事，那时稻子快要收割了，我们这些在外地读书的孩子也回来了，准备开始一场抢收。不知道是谁第一个看见的，在小王庄后面的稻田里，站了无数个稻草人——小王庄的人仿佛第一次发现了稻田的一望无际，第一次发现了稻田与天际的相连，杨四嫂站在田埂上，仍然很瘦，像另一个稻草人。阳光很好，金子一样地洒下来，风吹过，稻田沉默不语，只有稻田上的稻草人微微摆动，她们的衣服被风鼓起，掀动着，所有的稻草人都张开双臂，像是在奔跑，向着杨四嫂的方向。

是的，我们都看见了，那个早晨，满眼都是金色，无数个杨小梅向着杨四嫂的怀抱奔来。

坐　车

　　我很少坐公交。这并不代表我很有钱，出门开车或者打车，恰恰相反，我不富裕，甚至有些贫穷，因为我刚丢了工作。

　　很少坐公交是因为我有洁癖的毛病，所以不得不选择走路或者单车这种廉价又环保的方式。但我很想坐它。

　　如果说想坐它是为了想观察车上的乘客，那太矫情了，我不喜欢人多，人多意味着拥挤，我不喜欢那些皮肉之间的摩擦，如果是夏天，那些皮肉还会像膏药一样贴在你的后背，陌生人身体的热度从皮肤表层一直渗透到里面，你感到焦躁和恶心，甚至想从包里掏出一把水果刀，立即把那块肉从身体给分离出去。

　　现在，我就站在 66 路双层巴士上，身后的那块膏药已经贴了有两站路了，我很难过，因为我没有水果刀。

　　很挤，又一块膏药贴了上来，在左胳膊，然后是右胳膊，作为一名女子，准确地说，一个略带洁癖的女子，应该对这个状况忍无可忍，是的，我已经到了无需再忍的地步。我决定向第一块膏药发出警告，于是扭动脖子，这是一个非常艰难的动作，然而就在完成一半的时候，我放弃了。一股强烈的口臭随着粗重的喘气排放出来，我被这股气流逼退下去。显然，我失败了。

　　现在，很有必要向大家说明一下，为什么在这个时刻选择坐这辆巴士，我已感到后悔，因为我完全可以选择其他时刻选择另一辆巴士。前面我已说了，我丢了工作，这并没有什么，可这已是第四次丢掉工作了。我觉得很多人就一份工作干到老，也有人中途会换上一次，或者两次，这就像婚姻中的男女，我们，工作，就形成了一个对偶关系。当我想到这个问题的时候，便感到无比沮丧，因为不断丢掉的工作使我联想到人们口中常说的克夫命。我克了我的工作，这是命。

我的命不好，相比较城市里的其他男男女女，我自卑。好了，现在也该明白我为什么选择这个时候坐车的原因了。这是个上班高峰，成群的与工作有稳定结构的男男女女走上了马路，所以我要坐在这辆巴士的上层，俯视他们。或许，这样才能树立我的自信，我是这么想的。

因为很少坐车，这也就意味着我不太懂得坐车的规矩，比如我不知道66路什么时候投币一元变为投币二元了；再比如我看不懂站牌，常常南辕北辙，向着相反的方向去了；最关键的，我缺少他们的占领座位的本领，身体不够灵敏，以及缺乏一定的面相占卜经验，即及时从那些坐着的乘客脸上读出他们该会哪一站下车。

现在，66路公交又要拐弯了，当然，司机是不会踩刹车的。刹车系统对于公交司机来说简直是一个装饰，他们懒于或不屑将右脚伸向那个位置。这个拐弯使我摇摆起来，但是，很意外的，我迅速被四堵墙控制了，意思就是，我没有摔倒，我的脚脱离了地面，并且我感到我的身体已经不是属于自己的了，它属于身边的人，所以我不得不从他们手中把自己给抢回来。

就在抢回身体略感胜利的时候，我遇见了一个目光，透过一块膏药的罅隙，目光毫不受阻的看向我。看得出，目光的主人也正和我一样，刚刚从身边无数人手里抢回了自己，所以，他冲我笑笑，这里的意思我懂。

他很干净，头发和脸，因为那种皮肤透露出一个具体的信息，即每天早晚使用洗面奶，每隔一天使用一次磨砂膏，还有可能每周要进行一次美容护理。很少有男士拥有如此细腻而白净的皮肤，所以我多看了两眼。

他也多看了我两眼，或许也因为我细腻而白净的皮肤，总之，他又对我笑了。

再说说我那份丢掉的工作吧。因为他的笑容提醒了我的悲伤，我的老板，应该称前老板了，在炒鱿鱼的那天，他说，真的很抱歉，我们公司不太适合你。说真的，他这说法我不赞成，因为我觉得他的公司非常合适自己，只是，我说了不算。他没有给我一个确切的理由，但我能知道，我说过，我已经三次丢掉工作了，也就是说，我有三次的经验。经验的好处在于你不需要对方把话说完整，就能明白一切。经验告诉我，因为我从来没有过笑容。在此之前，我的前老板也为此找我谈过话，他说，你应该面带微笑，微笑着对待客户，微笑着对待同事，微笑着对待身边人。他说这些的时候，并没有微笑。

我不喜欢笑，为什么要喜欢笑呢？我从不觉得笑容能增加工作效率，笑容能使我获得每个月一千八百块钱的薪水。但我的前老板说，你应该会笑啊，怎么就不会呢。我不想反驳他，谁一生下来就会笑，不都是一副哭丧脸滚出娘胎的。

那位男士又冲我笑了。他的牙齿很白净，我想如果不是遗传的话，他每天刷牙时间应该不少于半个钟头。牙齿干净了，笑容也就干净了。我不知道他叫什么，我想他应该有个好听而干净的名字才对得住他的笑容。令狐冲吧，我情愿这么叫他。

就在我完成以上一系列心理活动的时候，乘客已下去了一半，也就是说我身上的几块膏药都揭掉了。有座位的纷纷下了车，没座位的纷纷抢占了座位。我再次感到自己缺少坐车的经验。现在，站着的乘客只剩下我和那位男士，令狐冲。可以看出，他的身体也不够灵敏，也没有占卜面相的经验。或者，可以理解为他愿意陪我一起站着。想到这里，我觉得甜蜜极了，我看向他，目光与他的目光莽撞地在半途相会。他又笑了，牙齿洁白。

我又想起了我的前老板，记忆里他也从没对我笑过，我的那些同事，也没有对我笑过。我觉得人与人之间一定是以镜像的方式存在的，就是说，他对你哭丧着脸，你肯定也对他哭丧着脸；他对你笑，你也会对他笑。所以，现在，我要给我镜像的另一面一个笑容。我把嘴角往两边生硬地拉扯了一下，一个不成熟的笑容出现了。

令狐冲对我点了点头，这个点头里有赞许的成分，或者也有感谢的成分，总之，我们又相互微笑了一次。

他的身材很不错，衬衫下能看出微凸的胸肌，屁股有些翘，坚挺的样子。不像有些职业男士，工作狂，每天坐在老板椅上批阅文件，最终把屁股坐得又老又板。他的腋下夹着一只公文包，不厚，正好使他的胳膊肌肉呈出一条曲线。公文包也让我猜想了很久，没猜错的话，他的工作应该跟金融有关，这是一个多么复杂而又简单的工作啊。复杂是因为我永远看不懂那些变化无穷的曲线，简单是他们总是熟稔于此。我对这个行业的人总是无比尊重和崇敬。但是他为什么没有开车呢？一个金融业的专业人士应该更懂得时间与金钱的关系。哦，不，我立即推翻了自己。他的笑容可以解释这一切，有几个每天乘坐公交的人有这样一副笑容呢，他只是在体验生活罢了，或许，他想邂逅一个女人，像我这样的。

因为他已经向我走来，我不能说我的内心还保持着平静。他站在我的身边，用没有夹公文包的手拉住了吊环，然后我闻到了他身上散发的清香，淡淡的，却又沁人心脾的。所以我更坚定我的判断：他的工作与金融有关。

他没有说话，而是冲我笑笑，这使我们看起来像一对情侣，我不介意车上的人也这么认为。

我没有男朋友，在我失去工作的时候也失去了男朋友，我不知道这两者之间是否有因果关系，如果有，是否也说明了一个道理，即一荣俱荣，一损俱损。

车又转弯了，司机展示了一个接近于漂移的动作，我没有摔倒，因为胳膊被一双手有力地抓住了，站稳后，这双手并没松开，手上的热度开始往我的体内渗透，像膏药一样，但我并不反感。

他看着我，这个眼神让我眩晕了一小阵。他对我再次展示了洁白笑容，笑容里有很多内容，我都读懂了，其中之一就是，到巴士上层去吧。然后我便看见他走向楼梯，我立即紧跟上去，这使我觉得他刚才的眼神好像在说，到我家坐坐吧。我无法拒绝。

上层果然有空座，这才使我想起此次坐公交的目的，我要坐得高高的，然后对马路上蚁族一样的上班男女给予俯视。所以，我不假思索地挑选了一个最前排的位置，这里视线极佳。

令狐冲也坐了过来，也就是说，有很多单独的位置他没有选择，而选择了我的旁边，他坐下后依然对我笑笑，他的笑容已经使我整个早晨心情激荡。

现在，我已经无心俯视路上的上班族，我只希望能逢着一个人——我的前男友，希望他恰巧也乘坐这辆公交，然后看见我和令狐冲像一对情侣一样幸福地坐在一起；或者，他不坐这辆车，而是站在站台上等待，看表，抬头，张望，然后 66 路车停靠过来，他看见了前排的我，当然，他也会看见令狐冲，因为我们真的像一对情侣。

他是你男朋友？他一定会问。或者说你们要去哪里？对的，我们要去哪里？令狐冲要去哪里？令狐冲还没有告诉我他要去哪里？或者他住哪里？或许他应该给我一张写满各种联系方法的纸片，并嘱咐我一定要联系。

我把脸转向他，后者与我相视一笑，然后轻轻干咳两声。对的，这也是开场白的一部分。他又咳了一声，试图要壮胆一样，他把那只黑色公文包放倒在膝盖，然后很虔诚地，开始了这个早晨对我说的第一句话，他说，女士你好，是否可以向您介绍一下我公司的保险业务？

一棵悬铃木

1

王彩虹三十九岁这年给自己买了一棵树。

树是用自行车驮回来的。准确地说，是拖。王彩虹把树干绑在自行车的大杠上，树冠很大，枝叶蓬勃，像一扇巨型尾巴，而自行车很小，这样看起来就如同一只蚂蚁拖着一个比自己身体大很多倍的东西在前进。

王彩虹和她的树穿过小王庄尘土飞扬的石子路时，很多人都跑出来了，他们看着这丛绿色由远及近，再由近及远，直到扬起的尘土淹没了这些，也没有人向她问一问关于树的事情。可能是忘了，或者是不屑——在我们庄上，媳妇基本分成两类，一类是能说会道的，老远的就会跟人搭讪，声音很炸耳，任何场合都能听见她们说话声，而准确的容貌却总记不清晰，好像所有的印象只剩下一张变幻莫测的嘴了。还有一类呢，是那种本分老实的，她们不爱说话，默默无闻地散落在小王庄的角落里。王彩虹属于后者，或者应该属于有别于以上两种的第三种，小王庄的人几乎都把她忘了，忘了她的声音和模样，当她和那棵树从跟前经过时，竟有人记不起是谁了，是小王庄的媳妇么？叫什么来着？好像她在这里生活的十多年如同虚设。

但我没有忘记她。

她住在我家北面，隔着一条石子路。从我的房间北窗就能清晰地看到，当然，也只是在天空阴沉的日子，若是天气晴朗，石子路上就会烟尘飞扬，那些尘土像是邪性了似的，每一个过往车辆及行人都能激起它的顽劣。所以，当我透过灰尘看向路北的时候，就像看另一个世界，一个朦胧虚幻与我相隔遥远的世界。

但很多时候，我是不用看的，是听——王彩虹开门的声音，洗衣服的声音，倒水的声音……每一个声音出现得十分准时，几乎不用看表就能判断出准确时刻——五点钟，门吱呀一声；五点一刻井边刷牙了；五点半洗衣的呼哧声；六点淘米；七点洗碗……这些声音拖沓，琐碎，准时得叫人厌烦，它们都与水井有关，好像她终日都在井边一样，让我常常觉得王彩虹不是嫁给一个男人，而是嫁给了一口井。

现在，我就站在北窗前看着王彩虹在井边栽树——她挖了一个很大的坑，往坑里浇了水，填了些肥，再扛着树挪进去。太阳憩在远处的田野上，光芒柔弱了很多，她和树的影子被拉得细长细长的，土填实后，太阳也不见了，好像不是落下去了，而是一起被栽到地下似的。

什么树啊？我的母亲陈大凤冷不丁地在背后问道。

悬铃木。我回答她。

尔后又重复两遍，陈大凤仍不懂，便问我结不结果呢？

结呢，我说，又告诉她果子不能吃。

不能吃栽它个起劲呢。说完陈大凤就愤愤走开了，好像那棵不能吃果的树栽在了她的地盘上。

对于以上这些问题，据说王彩虹也问过，不是问我，而是问卖树的，她没有像陈大凤那样愤愤离开，而是站着一动不动，她被那三个字吸引了，悬铃木，是的，她从没有听过一棵树有这么好听的名字。

此刻的王彩虹正站在悬铃木下面。后来的很多日子里，都能看到这样一幕：树，王彩虹，井，像是构成了某种关系。她直起腰，仰着头，看向远处，田野没有尽头，一条石子路笔直地伸展过去。正是一天中最模糊混沌的时刻，那些从地里劳动回来的人踢得路上尘土四起，人渐远去，灰尘才落下来，这时，王彩虹便看见了一个人，像是从路的尽头奔赴而来，又像是从烟尘里突然出现似的，脸和衣服都显出一副风尘仆仆的样子。他骑着一辆红色摩托，马达声很大，他将两腿岔开，大声说道，栽树啊。王彩虹愣了一下，点点头。对方又问，栽的是什么树啊？这大概是第一个问她关于树的人了，这个问题使她感到羞涩甚至不好意思起来，她声音很小，完全淹没在马达声里。悬铃木，她说。

嘿，这名字不错。他继续大声说话，像是隔着一条河，说完便拧起油门，屁股后面腾起一阵烟离开了。走远了，王彩虹才回过神来，这人是住在庄东头的王国柱。

2

小王庄的田地与河流是浑然一体的，河不宽，没有汹涌之势，安安静静地绕着村庄，每隔几户便停下来，在一个个水码头上休憩盘亘。庄上人称水码头叫水板凳，几块木头拼在一起便是。穿过石子路，沿着田埂走几步便到河边了——这是我家与王彩虹家合用的水板凳。但很少会看见王彩虹，她好像更喜欢井水。陈大凤哼着鼻子说，井水哪比河水洗得干净呢。对此陈大凤是不悦的，是愤然的，她觉得好端端的河水放着不用简直是作孽了。她一边走，一边踢着田埂上的泥块，经过王彩虹的门口时，朝里瞟了瞟却不见人，便生气地走开了。对陈大凤来说，与王彩虹做邻居真是倒了霉了，三棍子打不出一个闷屁来——她形容她，陈大凤觉得邻居就该多说说话，多串串门。她去河边的时候，遇不到王彩虹，在地里锄草的时候，也不见王彩虹，有时气急了，陈大凤就把锄下的草扔到石子路上，或者一直扔到王彩虹的地里。她们相邻的那块地，也被陈大凤凿开了，把作为分界线的田埂硬是往对方那儿移了移。对于这些，王彩虹并没有反应，依旧一副逆来顺受的模样。时间久了，连陈大凤也觉得无趣起来，仿佛打出的拳头一个个落空了似的。

其实我倒是常能看见王彩虹的，我有那扇北窗，还有，去河边提水或洗菜的时候，王彩虹会突然出现在身后。

要开学了吧。王彩虹的声音吓了我一跳，细细的，像地下的虫叫似的。记忆里，我们似乎没说过话，她嫁到小王庄的时候我才三四岁，如今我都要去县里读书了，这十多年一晃就过去了。我转过身去，她又问是什么学校？卫校，我回答她。真好，停了会儿她对我说。那个下午我们一共说了这么几句，仿佛交流了很久似的。太阳落山了，黄昏铺天盖地而来。

河对岸也有人洗菜了，竹篮与水的撞击声十分清脆，远处还有人在收渔具，大概半天光景收获了不少。钓鱼的人渐渐走近，是王国柱，他在河对岸往这边挥了挥手，然后朝王彩虹大声说，你那棵树不错啊，城里的路边都是呢。说完，我们都不约而同地朝悬铃木看去，黑暗中影影幢幢的，仿佛又高大了几许。

往后的很多日子，王彩虹常常站在那棵悬铃木的下面，树叶已经蓬勃开了，像伞一样，王彩虹把榨油的豆饼碾碎了埋在树下，好像那些埋在地下的油分立即冒出来了，变成绿油油的树叶。夏天到来的时候，悬铃木居然也结果了，挨在一起的两个小球，远远看去，别有意思。

陈大凤由此经过的时候，常常停下来看一眼，然后"咦"上一声，说怎么就不能吃呢。说完便往河边走去。这个夏天陈大凤一直忙着洗刷衣物，她要给即将进城的我准备行囊，洗鞋，洗衣服，洗床单……恨不得将整个家洗了塞给我。

一个天气晴好的日子，陈大凤把晾衣绳系到了王彩虹的悬铃木上，她要为刚刚洗好的三大盆衣服找一个晾晒的地方。绳子从我的北窗窗棂一直连接到王彩虹的树上，陈大凤做这些的时候并没有看见王彩虹，当然，她也觉得没有什么，邻居，树么，扣根绳子又多大事呢。然而对于王彩虹就是大事了，她看到这一幕的时候，整个脸色都变了，王彩虹几乎是冲过来的，把绳子迅速解下来。之后的事情就有些滑稽了，因为王彩虹没有找到适当的系绳子的地方，或者绳子不够长，她又不能将绳子扔了，要是那样，陈大凤的床单就会落在地上。于是那个上午王彩虹就将绳子的一头拽在手里，一动不动地站成一棵树。她把脸转向一侧，像从前那样看向远处，远处——田野的远处还是田野，没有尽头。她在小王庄已经生活了十多年，在此之前的日子在小吴庄，这是两个相邻的村庄，村庄的西面是连绵的田野。她一直痴望着远处，偶尔踮起脚尖，像一只仰头远窥的大鹅。她从没有走出那片田野，也不知道田野的尽头是什么，但是接着，她会缩回脖子，眼神飘过悬铃木，钉子般戳着地——田野的一望无际让她恐慌，让她压抑，让她觉得一切永远都没有个头似的。

3

快要开学的时候，我在家也待不住了，常常挤到人多的地方聊天去，每天都被问及上学的事。王彩虹也常常问，但似乎也就那么一两句话，如果早上遇见了，她会说，要开学了吧。我说，是的。她说，真好。到了晚上，又遇见了，她仍会问，要开学了吧。然后自言自语说一句，真好。再后来，我也不想和她说话了，正如陈大凤说的，三棍子打不出一个闷屁来。但我常常会站在北窗口向她望去，那棵树，王彩虹，还有井，好像构成了一个缄默不语的世界，她从井里提出水来，再把水倒在悬铃木下，当她重复这一动作的时候，是那么地让人感到压抑和沉闷。陈大凤已经不再跑来和我一道窥视了，连我自己也常常离开窗户，离开屋子。

暑假即将结束时，我几乎每天混在村头的小卖部里，小王庄的闲人多，活儿不紧的时候，都要跑来坐会儿，也有刚从地里回来的，裤管上还沾着泥巴，把锄头铁锹的往墙边一立，拉开门就进来了，三三两两地坐在矮板凳上谈着天气、女人，以及庄外的稀奇事。他们谈得最多的还是庄上那些活跃的人，比如开船的小李，比如瓦匠王国柱。至于后者，我知道的不多，据说年轻时坐过牢，现在在镇上的工地干活，有时在县城，很少回来，结过婚，离过婚，又结了婚，每次回来都开着一辆摩托，红色，像闪电似的从小王庄一溜烟而过。现在，大家谈论的这个人也坐在人群里，从腰间掏出一把白亮的指甲剪噼噼啪啪地剪着指甲。他的手很粗劣，但却透着一种白。他问大家有没有见过海，很大很大的海。他把双臂打开，做出一副辽阔之模样。在座的都愣住了，怎么说呢，小王庄实在太小了——

就在这时，王彩虹进来了，一屋子的声音戛然而止，那声音像是被抛到半空忘了落下似的，大家都被彼此吓了一跳。王彩虹是来买酱油的，没料到闲坐了这么多人。她低头穿过长长短短的腿，一直走到柜台前——当然，这个过程是没人注意她的，好像这仅是空气中涌动的一股气流。屋子里继续吵闹起来，声音又落下来了，七嘴八舌地谈论着大海的事。

有人感慨起来，说见过辽阔的田野，见过辽阔的庄稼地，却没有见过海。他们想象不出大海应该是什么模样，应该大到什么程度。有人问，世界上到底有几个海呢？听的人都面面相觑，或者伸出指头一个个慢慢扳着——连云港有海，海南有海，上海也有海……一侧的人大声说着。还有大洋啊，太平洋，大西洋，还有什么洋来着……另一侧的人补充道。突然，王国柱站了起来，他把指甲刀不紧不慢地收拢好，说了一句话，他说，地球上所有的海都是同一个海——

是这句话让屋里再次安静下来的，我看到王彩虹的手抖索了一下，硬币也滚了出去，叮叮当当地撞在墙上，撞在板凳腿上。后来，我常常想起那个傍晚，想起王国柱的这句话：所有的海都是同一个海——这大概是王国柱这辈子说的最有诗意的一句话了。

4

这年秋天，小王庄发生了两件事，或者这两件事原本是一件事，据说稻子还没割尽的时候王国柱走了，王彩虹也走了，这两个"走"是有关联的，用小王庄人的话说——私奔。我听说这件事时应该过去几个礼拜了。从县里的卫校回到小王庄，天气渐凉，那棵悬铃木的叶子落了很多，稀疏的几片在寒风中瑟瑟然。我果真没有再看见王彩虹，也没有看见王国柱，我很难想象他们是如何离开的，由那辆红色摩托载走的么，在那条烟尘四起的石子路上再激起一阵烟尘。

陈大凤对这件事似乎十分感兴趣，晚饭的时候，去河边的时候，临睡前，都会津津乐道一阵，有时她还把活儿搬到小卖部去，织毛衣，捡豆子，钉鞋底……陈大凤把耳朵竖着，不放过任何一个和王彩虹有关的字眼。高高矮矮的板凳上传来阵阵笑声，那笑声尖锐而冷寂，穿过小卖部石棉瓦的顶棚，一直弥漫在灰尘中。

整整一个冬天，小王庄的人都在谈论着王国柱和王彩虹，当然，主要是后者，王彩虹的名字一下子让小王庄热闹起来，茶余饭后有了更多聚在一起的理由，一些媳妇在谈论这些时，故意把笑声扯出很长，以此来说明自己是如何的正经或清白。嗨，真是看不出来哦——女人们感叹起来，另一些女人也跟着附和着。她们记得几个月前王彩虹把一棵树从集市上拖回来，从小王庄羞涩而平静地经过，她没有和路上的人说话，低着头，缓慢前行。现在，这个几乎一言不发的女人"走"了，沿着树进来的方向。人群里有人唏嘘起来，也有人提议去看一看那棵树。叫什么名字来着？一个女人问道。问的人走在前头，脸上带着一丝坏笑。一群人从小卖部哄笑而出，一直走到村西头，然后站在石子路上朝着悬铃木看去——树干弯弯的，树皮呈灰绿色，除了树桠上还挂着几串风干的果子外，没觉得它的特别之处。他们看向那口井，再看向她家大门——这个时候，王彩虹的男人应该还在地里，这个一样沉默不言的男人认为白天就应该用来干活，夜晚就该睡觉，所以天一亮就把自己栽在地里了，天黑的时候才把自己从地里拔出来。

我也常常从窗口看向路北，但真的没有再见过王彩虹，那些在井边洗刷的声音也没有了，好多次半夜隐约听见洗衣声，便赶紧坐起来，窗外似乎什么都没有，黑暗裹挟着黑暗。也有很多次去河边，河水已经冰凉刺骨了，我仿佛听见身后有一个细细的声音说——要开学了吧。然而，没有，没有王彩虹。

王彩虹真的从小王庄消失了，除了那棵悬铃木依旧立在井边，树上已经挂满了果子，由绿转红，掩藏在叶子的阔大之下。我也站在石子路上向远处看，远处，没有尽头，我不知道王彩虹去了哪里，去了远处，去了她每天眺望的远处。一个人离开一个村庄，不是死亡，而是私奔，以这样一种方式否定自己的前半生。我突然有些激动，甚至感慨，大概因为我再也见不到王彩虹了。

再后来，关于她的话题越来越少了，像是远处的鞭炮声，愈发依稀。陈大凤也不再关心这些了，春节快要来临，小王庄的人都忙碌起来，洗被子，掸尘，蒸馒头，投身在迎接新年的琐碎之中。

我也把那扇窗户用报纸糊了起来，不再看向窗外——那些依旧飞扬的尘土，沉默的井，悬铃木，都被报纸隔绝在外。好像一切都过去了，一切都在前进，小王庄又回到一种平静中去。

5

春节前夕，下起了一场大雪，厚厚实实的，把整条石子路都覆盖了，鞭炮的红色屑末炸在白色上，轻浮得很。对联也被雪打湿了，寒冷裹挟而来。人们躲在各自温暖的家中，围着火炉，磕着瓜子，谈论着过去的一年和将要到来的一年。

这是小王庄最安闲平和的时刻，刚刚过完春节，树木和窗户上还贴着红色的吉纸，远处有鞭炮声，像冬雷似的，间或就沉闷地炸响一下。

雪让一切都安静下来，路上偶尔会出现一两串拜年的脚印。路与田野连成一片，白茫茫的一直伸向远处。突然，白茫茫中出现了一个黑点，黑点在移动，并且越来越大——是王彩虹。她走得并不快，低着头，脚在雪地上深一处浅一处的，脚印连接起来，像一根线，像是她吐出来的，又像是拖拽回来的。这让人想起拖树的那天，她也是这样缓慢而平静地穿过小王庄。

王彩虹回来了，在一个新年的大雪之后，她的回来没有像她的离开引起大家的兴趣。没有人问她关于外面的事情，也没有人多看她一眼，好像小王庄的人突然变得不那么好奇了——小卖部里闲聊的人仍然聚在一起，谈着牲畜，庄稼，以及庄外的事。

她也去小卖部买东西，盐或者酱油，几乎不开口说话，把油壶搁在柜台上便在一旁低头等着。她脸上的法令纹像两片细柳叶，颜色深了，嘴角偶尔动一下，柳叶也轻轻动一下。闲聊的人声音没有矮下去，依旧高亢地谈论，这些声音和她无关，似乎又和她有关，像无数的箭在周围扑闪。王彩虹看着油壶被拿过去，接在油口上，手柄上上下下一阵，也满了。屋子里人也不算多，但感觉拥挤，声音把屋里都填满了，传神地讲，夸张地笑……一点空隙都不留，好似不小心都会撞上去，王彩虹站在这片声音里，一动不动地。

我似乎也害怕听见关于她的消息，害怕听见她的声音——当然，也没能听到，她很少去河边，即使遇见，也是沉默着。她站在我的身后，等我从水板凳上下来。她把头低着，一眨不眨地看着水面，河岸上有风吹来，间隔发出一两声尖锐的响声，我洗得很慢，篮子不停地在水中来回翻动。菜被我反复搓洗，直到一些叶子打着旋漂走了才停歇下来。不知道为什么，我突然希望等待中的王彩虹开口说话，和我说话，一句话也行，像去年夏天说的那样——要开学了吧……真好——然而一次都没有。我从水板凳走出来，她便让到一边，等我走开了，才抬脚站上去。我走上岸上，突然听见身后一串声音，以为她对我说话，赶紧转头，发现并没有，她的脑袋恍若要低垂到水面中去。

陈大凤没有再把晾衣绳系到悬铃木上去，她从北窗棂上绕到电线杆，再从电线杆绕到西窗棂上，床单和衣服晒得满满的，将整个北面都遮挡住了。床单北面的那个世界变得悄无声息。

我再一次看到王彩虹时，是在村北的地里。那时早晨，我一如既往地去跑步，天空还不太透亮，浑浊而湛蓝。已经有人下地干活了，三三两两的，像散落在地里的豆子。我突然看见了王彩虹——豆子中的一粒，在灰黑沉闷的大地上，她仍是那副模样——低着头，腰躬着，手里的铁锹不停摆动，像是要挖出什么——这使我想起那天栽悬铃木的样子，现在，她仿佛要把自己栽到地里似的。

6

正月很快就过去了，但寒冷还没有走，风整日游荡在树梢和田野上，发出各种怪戾的声响。这个春天风很多，多得无处消解似的，路上终日尘扬烟飞。

我让陈大凤用一块旧床单把北窗蒙得严严实实，一丝灰尘都吹不进来，还有光，也被阻挡在外，我不愿再对着窗户向外看，即使一点点光影都使我难过，灰尘的肆虐，风的尖叫，以及大风过后的巨大沉默……我把脑袋蒙在被子里睡觉，似乎这样就听不到任何声音，但常常又会从梦中醒来，好像一些似有似无刨地的声音、洗刷声出现在耳边，我甚至在梦里听见王彩虹说话，像在河边时那样，说着"真好"——我还看见她从河岸往回走，一直走到井边，走到那棵悬铃木下面，她穿着一件像雪一样的白色衣服，拿着一根像雪一样的白色布条，她把布条挂在悬铃木的枝丫上，不紧不慢地打着结——就像她不紧不慢地穿过小王庄一样。白色布条变成一个漂亮的蝴蝶结，她把头伸进去，这样看起来蝴蝶像在她的脸旁飞了起来。她白色裤子下的白色鞋子，突然用力一蹬，凳子倒了，她的脚离开地面，也像一只蝴蝶飞了——我猛地从床上坐起来，被刚刚的梦吓出一身汗。

天已经亮了，有光涌进来。我急忙走出门外，向路北看去——没有白色衣服和白色布条，也没有王彩虹，一切都静悄悄的，只有那棵悬铃木倒在井台上。

一条小河

　　我在我居住的小区里发现了一条小河，它在两栋楼宇之间，很隐秘。当然，小河一定原本就存在，只是我并不知道，所以在发现它的时候就像哥伦布发现新大陆那样有了一种后知后觉的欣喜。这之后，我就经常坐到河边来，河不宽，河堤由宽大的石头堆砌而成，两岸种了很多垂柳，十分茂盛，以至于将狭窄的河面掩映了，使人不那么容易发现。

　　发现小河之前，我的大多时间都是待在自己的屋子里，我有一个书房，不大，堆了一些书和宣纸。我喜欢读点书，也喜欢写点东西，读累了写累了就走到阳台上向远处进行一下眺望。不过，也望不远，被几幢高楼挡住了，高楼后面可能是荒地，可能是另一些高楼，我不知道，正是这样的驱使我才走下楼去。

　　这个小区很有意思，地面上没有一条可供汽车行驶的道路，汽车必须开到一个跟小区面积差不多大的地下停车场。住在小区的人回来了，从小区门口进入地下，再乘坐电梯回到各自的家；出门的时候，也是这样，坐电梯深入地下，再从门口爬上来。这让人感觉怪怪的，好像生活在这里的不是人，而是一群田鼠。

　　再说这条小河吧，它真如我所描述的那样——漂亮，幽静。当初设计师在设计它的时候一定花了功夫的：河面的曲折度，两岸树木的疏密度，以及石头的错落程度，设计师甚至想到了居住在这里的人一定会坐在这些石头上赏着美景，或者游戏嬉闹。然而，这要令设计师失望了，因为没有人会坐在这里，除了我。

我把身体平躺在一块平坦宽阔的石面上，将脚伸进水中，头顶有云，一块一块地定在原处不动。闭上眼睛，鼻子里有花草散发出的气味，风撩着柳丝，四处阒静。我在石头上睡了一觉，还做了梦，醒来时那几块云还待在头顶，好像在等我醒来似的。

后来，我便经常躺在这个石块上睡觉，有时带一本书来，有时什么也不带，石头被太阳烤得暖洋洋的，很舒服，有飞虫落在手臂上，不用手去掸，噌地一下又飞走了。睡醒了之后，我也不起来，继续躺着，这让我想起了小时候，我躺在打谷场上，躺在麦堆上，躺在竹匾上……躺着的时候睁开眼睛就能看见天空，看见辽阔，看见一望无际。这感觉很好。

有一段时间，我觉得小河实在是太安静了，安静得好像要从我眼前消失一样，从这个世界上消失一样。我坐在石头上，开始寻找、聆听各种细碎的声音——一片叶子轰然落在水面的声音，小飞虫针样儿的细腿划过水面的声音。它们那么用力却也不能改变这种安静。后来我便对着河水读诗，或者自言自语一番，有时又用脚扑打着水面，有时捡一颗石头扔进水中，总之，使它能发出点儿声音来。还有一段时间，我还渴望听到脚步声，当有脚步声出现的时候，心里十分欣喜。一次是一个上了年纪的老人，从柳树后面向河边走来，走了几步又返回去了——他可能不喜欢小河，或者没有发现小河。又有一次，一个年轻人，脚步十分匆忙，他突然看见前面的小河，但这没有使他欣喜，甚至有些恼火，可能认为它挡住了他的去路。我看见这个年轻人从石头上飞快地跳了过去，嗖地几下，真的像一只田鼠。

之后又有人来了，一个男的，五官清秀，看上去比我小很多。他从对岸的一棵垂柳后绕出来，像一只飞虫似的悄悄落在石头上，没有看我，或许没有注意到我，只是把脑袋低垂着，注视水面。我也这样看着水面，间歇再看看他。这样过了很久，一直到坐累了，我才起身往家走，男子也站起来，往另一个方向走去。

一连几天，我都在小河边遇见这名男子，我坐在河的这边，他坐在河的那边。我看着水面发呆，或者躺在石头上；男子也会看着水面发呆，或者也躺在石头上。我有时会注视着他，他也会注视我，我们像注视自己的倒影一样。有一次，我正传神地看着水面，男子突然说话了，他说："嗨，水里有小蝌蚪呢。"他的声音吓了我一跳，因为当时我也正在观看一群小蝌蚪，他的声音很干净，这让我想起自己年轻那会儿。

"嗨，有好几群小蝌蚪。"男子站起来，一只手指着水面。"是的，"我回应道，"有好几群呢。"我们都离开了原先的石头，顺着河岸缓慢走着，小蝌蚪排着参差不齐的队向一个方向游去，猛地又愣住了，像是想明白什么似的，又调转回来。我和男子也这样调转回来，跟着小蝌蚪的队伍走走停停。"这真有意思。"男子说。"是的，它们在找妈妈。"我自认为回答得很幽默。男子直起身子，看向我这边，停了会儿说："或许它们有别的什么事儿。"

我们又看了会儿蝌蚪，说了些和蝌蚪有关的话题。一个下午的时光很快就过去了，天色暗下来，河面和四周的花草都呈现出黝黑色，小河像藏了起来似的。我和男子站在河的两岸，相互摇手告别，然后转身离开。

第二天，他早我先到河边，正坐在石块上若有所思，看见我时，"嘘"了一声，食指压在唇上，说："这里，看这里。"他指着河中间的位置。我顺着他所指的看见了一群小蝌蚪，比昨天的大了许多。"长大了？"我问。"可能又是一群。"他回答。他把身子向前倾着，我也向前倾着，这就使得我们有点镜像的意思了。过会儿，他又坐回石头，我也坐回去，但目光仍没有离开河面。

过了几天，小蝌蚪长出尾巴了，这是我首先发现的。我告诉对岸的男子，我说："你看。"手指着自己的脚旁，"好几个都拖着尾巴了。"男子倾着身子向这边看。当然，他并不能看见。于是问我看见几条了？我蹲下去数，数了几遍都错了。

这样的情景后来又有过几次，小蝌蚪长出后脚的时候，他站在水边仔细数着，数完了告诉我，但好几次数到一半就错了。还有几次是我们俩一起数，再把数到的数字相加，他对我说："嗨，这样可能是不对的，被我数过的小蝌蚪又跑到你那边去了。"然后我们就不约而同地笑起来，笑了很久。

小蝌蚪长出前脚的时候，我们已经很熟了，他有时会递给我一支烟，递烟的时候并不走过来，而是把烟盒扔过小河，我取出一支烟，点燃，再扔回去。还有的时候，他指着一条小蝌蚪对我说："嗨，你看，它这傻样儿还真有点像你——"我也不甘示弱，觑在河边要找一条跟他一样的小蝌蚪来。

一次雨后，傍晚时分我才走到小河边，他已坐在石块上了，看见我顿时笑得很开心，我问："中彩了？"他还嘻嘻地笑，小孩儿似的，然后迫不及待地跳上一个更高的石头，他说："你看。"水里的小蝌蚪已经长成了，四条腿像模像样地在水里蹬着，还有几条的尾巴还没缩回去，但不影响。我也很激动，我对他说："它们已经不叫小蝌蚪了，它们现在该叫青蛙了吧。""嗨，"他咬着嘴唇还在嘻嘻笑，"难说，没准儿它们是癞蛤蟆。"说完我们都忍不住笑出声来。他从一个石头跳到另一个石头，我也从一个石头跳到另一个石头，小蝌蚪，哦，不，小癞蛤蟆游得快多了，我们在河的两岸跟着它们，像田鼠一样跳起来。

他把烟盒扔过来，我又扔回去，一包烟很快就抽尽了。他说他得回去再拿一包，跳下石头又说："嗨，家里好像也没有了，去买吧。"他又跳过几块石头，不由分说地跑进楼幢后面不见了。

等他回来的时候，天欲黑未黑。买回了两包烟，还有啤酒、花生米——这没有使我诧异。他打开一瓶递给我，接过啤酒时我却吓了一跳——他已在河岸这边了。

我们择了一处平整的石面坐下来，把花生米摊开，又举过酒瓶碰了一下。此时的天空并不明亮，河水也变得阒黑，喝酒的停当又不约而同地看着小河。当然，什么也看不见，那些游得欢快的小癞蛤蟆也不知正游向何处。这使我想起小时候的夜晚，躺在竹床上乘凉，或者在河边捉萤火虫，躲在草垛里捉迷藏——也是这个气味，像现在鼻子里嗅到的，水，泥土，还有昆虫的气味。我转过脸看着他，由于黑暗，我并不能看清他的脸，他的眼睛闪着光芒，脸上也荧闪闪的，像一个稚气未脱的小孩。好像注意到我在看他，他竟不好意思地笑起来，举过瓶子又碰了一下。"这感觉真好。"我抿了一口酒说。可能明白了我所表达的意思，他也若有所思地看向漆黑的河面。

那几天，我们每天都坐在石头上喝点酒，他变戏法似的把酒和花生米从石头后面拿出来，好像事先藏在那儿似的——我呵呵笑几声，说这倒使我想起了小时候。

我们常常喝到天黑，有时酒喝完了天还没有黑透。天还没黑透的时候还能看着水面，但已经看不见小蝌蚪了，也看不见小癞蛤蟆。"它果真找妈妈去了。"他打趣道，我们俩都没有笑出来。

起先还能看见小癞蛤蟆在水里游着，后来逐渐少了，有一次，我们正在喝酒，一只小癞蛤蟆跳到我们脚旁。"嗨，别乱跑。"他腾出一只手去抓，又将它扔进水里。

"再过一些日子它们就不跳了。"

"嗨，这是为什么？"

"你见过几个长大的癞蛤蟆跳着走路，长大了它走得比谁都慢。"

这一晚，我喝多了，他也喝了很多。我们把原先买来的酒喝完，又买了一些，他的舌头大了，说那个"嗨"字的时候已经含混不清了。"嗨，"他又说话了，"癞蛤蟆都跑到哪儿去了呢？"我没有回答他的问题，因为这也使我感到惆怅的原因，我蹲在河边，掬着水洗脸。高楼的影子倒影在水里，手一搅就不见了。水面平静的时候，就能看见高楼里的灯，像藏在河水的深处，那些从地下跑到地上的田鼠们正躲在各自的楼栋里，倒像是藏在了地的深处。小区里安静极了，这里原本就很安静，所有的响动只发生在地下，我曾经去过那个停车场，真的很大，里面停放了很多车，也有很多人，像另一个世界。

"你是怎么发现这条小河的？"我转过身问他，却发现我的朋友睡着了。我用手推了推，他就摇摇晃晃地突然站起来，还像模像样地和我握了握。"嗨，"他吐了口气酒气，说，"嗨，多了，多了，喝多了——"

第二天，我在床上躺到傍晚，天快黑的时候才走向河边，他不在，河水一动不动。

第三天，他也没来。

第四天，河边依然安静。

第十天，我开始感到哀伤——我竟然不知道他住在哪一幢楼里，甚至也不知道他的名字。我坐在我们一起喝酒的石头上看着河水，像最初那样期待一些声音的出现，我往水里扔着石头，或者自言自语。"嗨——"刚说了一个字，就被自己的声音惊着了。

　　离开小河，我慢慢往回走，经过楼下的时候，惯性地抬起脑袋，看向十七层的高度，从这儿能看见我的书房阳台，它远离地面，像飘在空中。刷了卡，走进楼道，坐电梯，回家。推开书房门，里面依旧堆满东西，我没心思看书，也没有写字，而是站在阳台上向远处眺望，看了很久，直到看累了，才垂下脑袋。突然，一个人，地面上有一个人——我的那个朋友，正从远处走来。我几乎欢叫起来，并向他招手，"嗨。"我朝他喊着，然而他并没有听见，仍埋头走路。我的这位朋友走得很缓慢，一副若有所思的样子，越来越近——经过一排矮冬青，穿过几棵香樟和一排紫藤架，一直走到我的楼栋下面。然后像我那样，抬起头，目光停留在十七层的高度。突然，我看见了自己，由于抬头，我的嘴正微微张开，阳光刺下来，使我半眯着眼睛，我用一只手担在额头上，那只手常年不见阳光，细嫩得像一棵豆芽，我的眉头紧锁，眼神麻木、呆滞。我仰着脑袋看着十七层的阳台，我还知道我在心里说了一句，我说，都他妈高耸入云了。然后我便佝下身子，消失在楼道里了。我再次眺望远处，那几幢楼挡住了视线，我仍然不知道高楼的后面是什么，或许会有一条小河，或许，什么都没有——

失语者

1

我的父亲杨泉水第二次从城里回来，是我去村口迎接的。刘彩虹不允许我和妹妹去，说谁去就打断谁的腿——她没有一双好腿，见谁的好腿都想"打断"。当然，她并没这么干过，只是说说而已。

那时候秋天刚刚结束，离春节还远，我们不知道杨泉水为什么又回来了。他像个孩子一样，一次次地被我们送离，又一次次地跑回来。那天我们正在给猪喂食，看那头懒洋洋的黑猪从草灰上爬起来——尽管懒，但在吃食上毫不含糊。阳光刚好，风也轻柔，刘彩虹似乎很高兴，伸出拐杖拱了拱黑猪的脊背，脸上的褶子便聚起来了。就在这时，路上有人对我们说，你家杨泉水回来了。我和刘彩虹都愣了一下，好像一时想不起杨泉水是谁似的，我看见刘彩虹脸上的笑容被风吹走了，皮又松沓下来。

杨泉水是走回来的，包裹比离开时多了一个，它们参差不齐地挂在身上，猛一看，像是被包裹劫持着似的。小官村离车站有十七里路，那些从城里回来的"老板们"（我们这里喜欢称去城里干活的人为老板）都喜欢坐着"放屁虫"，那是一种行驶起来发出"哒哒哒"声音的电动三卡，光是声音的震耳欲聋，就很威武。也有一些不坐放屁虫的——毕竟需要十五元的费用，便选择车站门口的摩的，也能发出一点代表疾驰的声音。但杨泉水是走回来的，就这一点，便叫人气愤。当然，最气愤的人应该是刘彩虹，她咬着牙把一张脸拉得很长——这个时候回来算什么呢？为什么不等到年底呢？

刘彩虹的问句是不需要回答的，她也不会像泼妇那样跟杨泉水吵架，对于令她生气的事情，刘彩虹喜欢以回娘家或者躺在床上绝食来表示。杨泉水回来的时间的确有些尴尬了，在我们小官村，除了老人和小孩，平日里很难看到这样的劳力的。我也不知道究竟是哪一年，人们似乎都不喜欢待在村子里了，背上包袱离开村庄，小官村的人也不清楚他们都去了哪里，仿佛小官村之外的任何地方都是城市。出去了就很少再看见他们，只有在春节的时候才回来一次，也有的三四年才回来一次，看到的时候人都变了样。于是小官村的过年便更像过年了，热闹得恍若幻觉，那些哒哒哒的放屁虫不停地载着从城里回来的人们，拖着长长的声音驶进村子。越临近春节，哒哒哒的声音越络绎不绝，此起彼伏，仿佛也成了年味之一。

杨泉水没有在那样的声音中回来，多少令人感到有些沮丧。他从村庄的尽头缓缓走来，太阳将他的影子一直送到我的脚下。杨泉水腾出一只手在我头上摩挲着，好像把要说的话都从脑袋上揉下去似的——而实际上，杨泉水原本就是个不爱说话的人。我们默默往家走，阳光在背后推着我们。

杨泉水是个篾匠，这是十多年前的事了。刘彩虹说她看上杨泉水正是从他的一双手开始的。"你们那时还小，记不得了，"刘彩虹对我和妹妹说，"你父亲整天就坐在那棵槐树下给人编篾器呢。"

我怎么会记不得呢，杨泉水坐在一堆竹篾之中的样子，那样的画面，仿佛定格在春天——槐花开得正欢，香气四溢，槐花下面是杨泉水，认认真真地编着篾器。杨泉水的手很巧——篾匠最重要的基本功就是劈篾，一筒青竹，对剖再对剖，剖成竹片，再将竹皮竹心剖析开，分成青竹片和黄竹片，再根据需要，竹皮部分，剖成青篾片或青篾丝。剖出来的篾片，要粗细均匀，青白分明，再把它不同的部位剖成不同的篾。劈篾时，杨泉水更加安静，这个时候我应该是在场的，他送给我的竹篾球可以作证。编篾的工具很简单，篾刀，小锯，还有一件叫"度篾齿"的特殊工具——这玩意儿不大，却有些特别，铁打成像小刀一样，安上一个木柄，有一面有一道特制的小槽，它的独特作用是插在一个地方，把柔软结实的篾从小槽中穿过去后，篾的表面会修饰得更光滑和圆韵，起到打磨作用，这叫刮篾。

附近的几个村子也找杨泉水编篾器，他们把竹子扛来，支在老槐树上，给杨泉水点上一支烟。杨泉水不爱说话，听着，把对方的要求记下：一只鱼篓子，一只淘米篓，要是料多的话，再加一只竹篮子。也有人带一张纸片过来，纸片上画着一只圆匾或八角篓子。他们递过去，问他这样的能不能编？杨泉水看两眼就明白了，回说，能呢。

刘彩虹说你父亲只要赶几个早就能将它们做完。这些我是相信的，杨泉水的手很大，但灵巧，锯、切、剖、拉、撬、编、织、削、磨，一双大手在竹篾上如行云流水。

2

刘彩虹在院子里扫地，杨泉水跟她说话，她头也没有抬起来，但扫得更用劲了，好像跟笤帚怄气似的。杨泉水小心翼翼地进屋，打开包袱，拿出几样小玩意递给我和妹妹，然后歪着脑袋看着我们傻笑。这时刘彩虹进屋了，杨泉水又拿出一只木梳子给刘彩虹，说这是他做的，枣木的。刘彩虹没接着，继续虎着脸进进出出。每次刘彩虹跟杨泉水闹别扭，都让我们为他们捏一把汗，仿佛刘彩虹扯着的一根绳子，越来越远了，远得杨泉水花很长时间才能将那根绳子拽回来。

吃饭的时候刘彩虹告诉杨泉水，木梳已经不兴时了，现在没人用木梳，都用塑料的，五颜六色，特别好看。

杨泉水愣了一下，将梳子在手里摩挲半天，好像一时不能明白这个世界为什么每天都在天翻地覆地变化。

杨泉水是在 1990 年不做篾匠的，那时候一年也编不上几个篾器了，有人从外面带回来了很多塑料篓子，红的，黄的，蓝的……颜色鲜艳，轻巧。杨泉水第一次看见塑料篓子时十分惊讶，他不明白究竟怎样的手艺才能将这些塑料编出来。后来才知道，它们都是模具制成的。"先将模具做成篓子的形状，再进行挤压。"有人对杨泉水说，其实他们也没见过制作流程，但告诉他的人就是这么说的。

刘彩虹说父亲手巧，手巧还怕吃不上饭？1990 年后杨泉水不做篾匠了，当然，这里的"不做"也由不得他去选择。他把工具收起来，隔三岔五地又拿出来磨一磨，劈一根竹子，剖成篾丝，用几个白天时间做成一只竹匾或竹篓，这些做好的东西塞满了屋子，使人有种被淹没的感觉。

杨泉水说，他怕手生。但刘彩虹不乐意了，一张脸就撅下了，杨泉水便知趣地收起来，一个人坐在黑暗中抽烟。

我大一点的时候，杨泉水还教过我如何编篾，我们假装去大堤上挖野菜，杨泉水把篾刀、度篾齿放在篮子里，上面盖上铁锹。爬上大堤，就看见竹林了。"竹子要挑结疤少的，做出的竹器才漂亮。"杨泉水砍断一根翠竹，削去枝叶，锯断，再用篾刀流畅剖开。"青篾丝柔韧，弹性大，可以剖成比头发还细，适合编织细密精致的篾器；黄篾柔韧性差，难以剖成细的篾丝，只能用它编竹椅或竹匾了……用对了材料，编出的东西才会好。编的筛子，要精巧漂亮，方圆周正；织的凉席，要光滑细腻，凉爽舒坦……"

这时候的杨泉水变得特别善谈，早晨的阳光被竹叶筛成无数光斑，在他脸上闪闪烁烁。风吹来，竹林沙沙作响，我突然感到杨泉水不是在说给我听，而是说给自己听，说给风听，说给竹林听……

3

杨泉水去学木匠的那年，我已经读小学了。有手艺还怕吃不上饭——刘彩虹说得对，杨泉水只用了半年时间就出师了，很快从一个篾匠变成了一个木匠。杨泉水的身上总是带有淡淡的木香，鞋上，或者衣服上偶尔会沾着一个刨木花，他看见了，便用两个指头捻起来，轻轻丢下。看得出来，杨泉水还是很喜欢现在这个行当的，你要是问他为什么喜欢木匠这活呢？杨泉水会嘻嘻地笑，告诉你木头香，跟竹篾一样香。

村里有人要做家具了——往往是一些快要办喜事的人家，早早就来"请"杨泉水了——这个"请"也是讲究的，家中德高望重的人出面，谈妥了，定下吉日，开张那天是要放鞭炮的，六百响的小鞭炮，噼里啪啦地好一会儿，主家便在这时递给木匠一个小红包，大小随主家，但一定是吉利数字。杨泉水羞涩地接过来，不看，便塞在上衣口袋中。找他的人多，活儿能从第一年春上排到第二年仲夏，小官村的人喜欢"请"杨泉水，相信他做出来的家具和他做的篾器一样漂亮又耐用。

杨泉水给杨国柱家做的家具是他十多年木匠生涯里最得意的作品，用现在流行的话说，可谓巅峰之作。打婚房家具整整用了六个多月——小官村的人喜欢把做家具说成打家具，斧头，榔头，刨子……在木头上敲敲打打，家具就有模有样地出来了，也算形象。杨国柱家的活从春天一直做到秋天，杨国柱说，不急不急，慢工出细活。他是小官村最早外出打工的，在外干什么也说不清楚，反正每年过年回来一次，衣锦还乡。杨国柱年轻的时候因为穷，没娶上老婆，人到中年，突然发了横财，便从城里带回来一个女人。杨国柱要把祖上留下的房子翻个新，给自己打一间婚房，逢年过节回来住一住。杨国柱是头一年的春天来"请"杨泉水的，他骑着一辆摩托车出现在杨泉水家门前的槐树下，槐树绿得正欢，荫着树下暗红色的摩托车，摩托车叫八零，也没人明白这个名字的意思，总之比那些凤凰啊双狮的自行车牛气多了。杨国柱见杨泉水正捧碗喝着粥，便上前奉上两支烟，说作兴，喜事逢双。他们在老槐树下比画了几句，杨泉水便丢下碗坐上摩托车急匆匆离开了。

杨国柱带杨泉水来到大堤上，这是他刚刚承包下来的，大堤下有梨园和桃园，是每个生产队的，逢到丰收时候，每户都能分上很多。这是小官村孩子们最喜爱的地方，可以说这里承载了所有孩子的童年时光。大堤上是水杉和胡桑，杨泉水有记忆的时候它们就已经林林立立了，现在都长得很粗壮了。大堤与运河搭界的地方，还有一片杂树林，几年前也有人说要承包下来用来养鸡养鸭，后来不了了之。杂树林里野草葳蕤，石蒜簇拥着树根；木香肥大的叶片扇子一样地打开；贝母的灯笼花打出苞儿来了；野葡萄奋力向上生长，像要填满所有空隙似的……现在这片地方，包括大堤上整整齐齐的水杉都是杨国柱的了。杨国柱把烟熄了，钻进树林里，杨泉水也跟着进去了，他们一左一右，像阅兵似的，打量着两侧的树木。打家具当属硬木好，硬木木性比较稳定，做出来的家具也耐用，杨泉水说，橡木，桦木，赤杨，樟木，黄杨，都是上好的材料。他们在几棵樟树前停了下来，仰着头看着，树干挺立，不枝不蔓，杨泉水拍了拍树干，说，这几棵打衣橱，再好不过了，樟树有气味，正好能驱虫。杨国柱也学着在树干上拍了拍，从口袋里掏出一根小红绳系上做标记。后来他们又挑了几棵水杉，杨泉水说这些属软木，比硬木稍微次一点，但是轻，用来打凳子，搬着方便。杨国柱又在几棵水杉上系上红绳。选好木头，就等着找人伐倒了。新砍的木材不着急打家具，先在河里沤上一年，等木头吃饱了水，再捞上来风干，这样做出来的家具才不会变形。等选好所有木材，也快晌午了，他们从树林里钻出来，点上夹在耳朵上的烟，站在大堤的最高点进行着极目远舒，远处河水涟涟，阳光照着河面碧光闪闪，杨国柱对着河水喊了一声，好像以此表达自己愉快的心情。而杨泉水一直看着远处，脸上慢慢舒展了。

　　这是一九九五年的春天，如果用一个词语来形容站在大堤上的两个人的话，大概就是意气风发了。杨泉水说他喜欢从林子里吹出来的风，带着木头的香气。第二年的春天，杨泉水已经坐在这堆散发着香气的木头中间开始他的"作品"了——用"作品"一词来形容一点也不为过。杨泉水在杨国柱新砌的毛坯房子里从春天一直干到秋天，那些灰不溜秋的木头羞涩地露出最好看的木纹，错落有致地排列在墙角——衣橱，高低柜，三门橱，梳妆台，床……我常常在放学后跑过去玩一玩，杨国柱家偌大的房子里只有杨泉水一个人。我将院门敲上好久，杨泉水方才听见。他正坐在一堆小木条之间，专注地用砂纸打磨，脚下已经堆了很高了。我问这是干什么用的？杨泉水说是窗上的木格条。我想起看过的连环画，画上大户人家的窗户都是这样的，再将这些木格条榫接得严丝合缝，很是讲究。我一件一件地看过去，用手抚摸，打开抽屉或者柜门，再轻轻合上。樟木的气味，松木的气味，还有水杉的气味，把整个屋子填满了，就连杨泉水的头发里和衣服布缝里都夹藏这样的气味。

我离开的时候，杨泉水并无察觉，他仍然坐在那堆木头之间，旁若无人。很多年后，我都能记得这一画面，无穷无尽的木头像要把他淹没了似的。

杨国柱的婚礼是在那年冬天举行的，新房里的家具成了婚礼最重要的组成部分，不少邻村的人骑着自行车赶来，倒不是来一睹新娘风采，而是想摸一摸这些别致的家具，平整，光滑——床角的圆润，墙裙线的流畅，梳妆台的别致，抽屉的轻巧，等等，都让人赞不绝口，最后，人们的目光落在三门橱的门把手上，这竟然是用木头雕成的一朵花，花瓣次第开放，栩栩如生，又恰到好处地落在门腰处。

这套家具着实让杨国柱风光了一把，但凡小官村的人家要打家具了，都会带着木匠来看一看，也有的直接请杨泉水——他的工期都排满了，活儿一家挨着一家，杨泉水没有因为活儿多了就毛快起来，他照样每天有条不紊地将工具——锯子，刨子，榔头……装进白帆布包里，帆布包挂在后座旁，骑上车不慌不忙地出门了。

4

这个帆布包现在还挂在阁楼的木梁上，隔三岔五地就被杨泉水取下来在阳光下晒一晒，拍拍灰尘，常常天要黑了，杨泉水才将帆布包挂上去——他用一根叉杆勾住包带，慢慢地、小心翼翼地挂到梁钩上，他仰起头，很长时间都没有动，好像一根看不见的线将脑袋固定了似的。

后来，帆布包还一度成为我的书包——杨泉水为此跟刘彩虹吵了一架，但刘彩虹认为这包结实，给我做书包一定很耐用。我说过，对于吵架，刘彩虹从没输过，她用绝食的方法就赢了这场争吵。我还记得杨泉水把包递给我时的神情凄然，他叮咛我一定要爱护，不要弄坏了，甚至每天早晨为我把书包认真绑在后座上，起初我还以为是对我的关心，后来才发现是对帆布包的不舍。那时我已经在镇上读书了，是班里为数不多来自农村的人。我的书包引起同学们的注意，有调皮的学生常常趁我上厕所的时候，把书包拿到讲台上，用红色粉笔写上"木匠专用"。一开始我还感到生气，后来也习惯了，便从讲台默默把书包抱回来，用袖子擦掉粉笔字，再塞进桌肚里，认真听讲。这一点上，我完全遗传了杨泉水的内向和老实，我对此从未心存憎恨，而是更疼惜这个书包，我把脸伏在课桌上，书本上略带着的木屑气味使我感到丝丝的难过。

那些年的春天，小官村的人开始背着包袱往外跑了，像被一阵风刮走了似的。我的同学也纷纷辍学外出打工了，他们去南京和上海，更远一点的，到了深圳。刘彩虹也想出去，当然也只是想想，她听从外地回来的姐妹们说，上海的饭店特别多，饭店里需要服务员呢，端端盘子——端盘子谁不会呢。我的姐姐也去了上海，她和另外一个女孩在一家服装厂上班——给衣服剪线头、缝扣子——工厂有宿舍和食堂，每天的工作时间很长，平时也没机会出去逛一逛，但她们知道人在上海，这一点令她们欣慰。

外面的世界很精彩。回来的人都这样谈论着，当然从他们身上的穿着也能看出来，他们总是在经过我家门口的时候被叫停下来，刘彩虹一瘸一拐地迎上去，她不会放过任何一个可以打听的机会，关于外面的世界，刘彩虹充满好奇，或者说，她对小官村人在外的情况充满好奇。

据说那一年，上海一家工厂直接开着辆中巴车下来招人了，车停在村西的打谷场上，招聘启事就贴在车玻璃上。一些刚刚识字的小孩大声朗读着，把"包吃包住"几个字读得抑扬顿挫。那时油菜花已经蹿得老高，柳条儿柔软起来，风里都是青草和泥土的气息，一切都要蠢蠢欲动的样子。打谷场四周的麦苗被踩得歪歪裂裂，要在平时，肯定有人要站出来吼几句。但那天没有，谁会注意这些呢？再说这点麦苗又算什么呢？他们认为地上的麦苗在城里人面前真是太乡气了，恨不得将它踩到泥土里，踩到看不见为止。

那一天，中巴车带走了小官村二十多个年轻力壮的，他们来不及跟窗外的亲人们挥手，叽叽喳喳地挤在中巴车上，向城市出发了。

小官村变得异常安静起来，陆陆续续地又有人离开了，去了上海或南京，好像那里有挣也挣不完的钱。我的姑父和几个邻居去了上海一家工地，我的舅舅则去了南京的一个工地，他们回来和杨泉水谈起城里的时候，总是将话题落在各自干活的工地上——五十六层，都爬到天上去了，风一吹，摇摇晃晃的。另一个说，地基就浇筑了一百多天，地下全是房子。他们相互赞扬又彼此争执，好像整个工地都是他们的。这个时候，杨泉水并不说话，低着头一丝不苟地磨着榫头。

这些年小官村需要打家具的很少很少了，加上邻村的一年也就一两个活儿。从外地回来的人告诉杨泉水，打家具已经不兴时了，谁还自己锯树打家具？都用三合板了，轻巧，方便。杨泉水抬起头，看说话的人，他想起很多年前那个在槐树下告诉他塑料篓子的人了。

真正使杨泉水受到打击的应该是姐姐的嫁妆了。原本杨泉水计划姐姐结婚时，他要亲自为她打一套家具，但从上海回来的姐姐一口拒绝了，难看死了，她说。姐姐看中了仙城百货大厦里的一套家具，粉红色的，特别好看。姐姐将自己所有的积蓄都花光了，可见对这份婚姻的重视程度。家具用一辆小货车运了两次，直接送往男方家中去了。家具很轻便，像积木一样，只须半个钟头便组装成功，真是令人喜悦。杨泉水去"会亲"的时候，家具已经摆放整齐了，一进门就被这突兀的颜色给吓愣住了，来来回回看了一番，把抽屉和柜门打开，一股强烈的胶水气味扑鼻而来，他皱了皱眉，坐在一张塑料凳子上抽烟。那一晚，杨泉水没和人说话，低着脑袋，像是跟谁生闷气似的。

5

　　杨泉水第一次进城找的活儿就是在一个工地上推小车，他大概算是小官村最后一波进城的了。那时的小官村人口比以往少掉了大半，很多农田荒芜起来——谁愿意每年从城里赶回来种地呢。当然也有一些喜欢与泥土打交道的，把大片的田地承包下来，说要种植草莓和甘蔗，但都不太理想，还有的把大堤承包下来，折腾上一年半载，又继续荒芜起来，好像土地已经不能再提供人们以食粮了。他们迅速地背上包袱跟着进城的队伍，他们在土地上最后的努力只是为了离开的脚步更加坚定。

　　杨泉水在工地上干了一个多月就回来了，回来时正是晚春，槐花懒洋洋地开放着，小官村像酣睡了似的，极其安静，杨泉水从村东走到村西，只有两个流着鼻涕的小孩和一条狗之外，他没有遇见任何人。刘彩虹不知道去哪里了，门没有锁，大敞四开着——小偷也喜欢城市吧，杨泉水想，他拿了一把刷子便去了河边，从前热闹的河码头——小官村人更喜欢称作水板凳，用木板或者几块石头铺就而成——变得冷清起来。他记忆中的早晨仿佛是从水板凳上的浣洗声开始的，岸上的人一个接一个地等候着，夹着一只盆或挽着一个篮，说着和小官村有关的人和事，在水板凳上洗着一年四季的衣裳和食物，从春洗到冬，他们世世代代生活在这里，以这片土地为生，以这条河流为生，现在不知为什么，都迫不及待地逃离了。

　　他蹲在水板凳上用刷子刷着裤腿上的混凝土渣子，猛一抬头，天都快黑了，好像那些铅灰色的混凝土跑到天上去了。

　　杨泉水在家待了十多天便又进城了，这次是去了一家家具厂

——刘彩虹从一个老乡那儿打听来的消息，杭州的一个家具厂正在招工呢。刘彩虹认为没有比这更适合杨泉水的了，杨泉水把自己的锯子，刨子，榔头等一一擦干净，装进帆布包里，帆布包斜挂在身上，从镇上乘了最早的一班车离开了。

我和刘彩虹都以为杨泉水这次会安顿下来了，毕竟他是个木匠。刘彩虹说那家家具厂很大，每天都有卡车来装货——这些她也是听来的。怎么说呢，总之，我们都为此而感到高兴。刘彩虹说要不是我每个礼拜回家（妹妹也打算和姐姐一起去闯世界了），她肯定也去城里打工了。那时我在仙城县里读高中，每个礼拜都要回家"带菜"——当然刘彩虹没有进城并不是因为我。我也不知道自己怎么这么喜欢上学，好像对上学以外的任何事情都缺乏兴趣。刘彩虹每天都在盼着我毕业，盼着我进城打工，这样她就可以离开这里了。你看看小官村，刘彩虹总是这样对我说，还有几个人待在这里呢？只有好吃懒做的才不愿出去呢。她常常畅想进城后的生活——她可以去菜场或商场门口卖唱，那里人多，她的歌声凄凉，人们一定会被歌声打动，然后在她跟前的塑料盆里脆生生地投上几个硬币。

就在刘彩虹畅想美好未来的时候，杨泉水又回来了。现在，他就坐在我和刘彩虹对面，把锯子、榔头、刨子一一从帆布包里拿出来，放在木箱里，帆布包空了，又被郑重其事地挂在了木梁上。用不上的，他对我们说，都是机器操作。据说家具厂没有刘彩虹描述的那么大，但效益的确很好，车间里各种机器的声音震耳欲聋，电锯的吱吱声，电刨的刺刺声，还有空压机轰轰的声音，车间里的工人说话都要扯着嗓门，尽管如此，彼此也不能听清。

是不是木匠，厂里并不在乎，只要有力气就行，所有的一切都是机器制作，机器把三合板、木工板裁开，气排钉和胶水把它们固定起来，真的，轻得很。杨泉水说。

整个晚上杨泉水都在小声咕哝，这怎么叫打家具呢，用胶水粘的，木板也不是木板，是木屑压成的，这算什么呢。他自言自语道。

6

杨泉水回来的这几天，刘彩虹也不和他说话，脸比韭菜还绿。杨泉水也不提进城的事，每天起得很早，显得十分忙碌，似乎要证明他在家也能有所作为一样。早晨，他把自行车推出来，把帆布包又挂在后座上，在明媚的晨曦中出发了，他穿过小官村尘土飞扬的土路，一直骑到附近的小吴庄，小王庄，小杭庄，车轮呼哧呼哧地响着，他摁着铃铛，也发出清脆的声音，这些声音在寂静的村庄中显得更加寂静。自行车慢慢绕过每一户敞开或紧闭的门，"打家具哎"，他朝着门洞喊着，声音飘进去，空荡荡地，又逃了出来。

第二天早上，杨泉水又出门了，他比第一天骑得更远，经过小镇，一直到达最远的杨家桥，他穿过整个村庄，路上没有遇见一个人，只有一条狗若无其事地叫了一声，村庄死寂一般。各种藤蔓爬上院墙和屋顶，地上的巴泥草四处蔓延，绿色好像就要统领村庄。杨泉水说，人都没有了，这哪还像是个村庄么——

一连很多天，杨泉水都这样早出晚归，初冬的风吹在脸上，已经有了寒意。自行车经过村头的时候，突然看见一辆农用车，车上载着两三个大人，风一般地驶过去了，他们的笑声像豆子一样撒落下来。杨泉水也加快速度，他多想追上这阵笑声。农用车拐了弯，向南去了，杨泉水死劲踩着脚踏，生怕不小心跟丢了。突然，在大堤脚下，农用车停了，车上的人跳下来，手里扛着铁锹，将大堤的泥土铲到车上去。杨泉水连忙走上前，说你们是从哪里来的？怎么能随便挖我们的大堤。对方并没有因为他的质问而停下动作，有一个上了年纪的老头告诉杨泉水，这片大堤被人承包了，土都卖给建筑工地了。老头又说，我们都挖了一个多月了，今天又不是第一次来。杨泉水这才发现身后的大堤已经被挖出一道隘口了，堤上的水杉林也被砍伐了不少。杨泉水冲上去抢过老头手中的铁锹，扔了出去，当他要再抢一把铁锹的时候，已经被推倒在地了，杨泉水的脸正好埋在沙土上，呛了一嘴。他感到身上一股重重的力量，是铁器与骨头的较量，他抬起头，刚要站起来，却又被推倒了，他看见大堤缺口的部分，那片他和杨国柱找木材的杂树林已经不见了，堤口缺得像一张嘴。

那晚，杨泉水推着自行车一瘸一拐地回来了，身上都是泥土。刘彩虹问他怎么回事，他也不说话，埋头在河边洗着帆布包——被踩在泥土里而脏兮兮的——他勾着头，整个身子仿佛要栽到河里似的，一直洗到天黑，洗到帆布包白如月色。

刘彩虹认为杨泉水每天在村子里晃来晃去，还是很丢人的，哪个年轻力壮的不在外挣钱呢，她说如果杨泉水不愿进城的话，她可以出去。

刘彩虹说完这话第二天杨泉水就进城了，没来得及背上他的帆布包。但这次只待了十天又回来了，他的手指被家具厂的电锯锯掉了。是我去镇上接他的，　差点没认出来，杨泉水的头上还戴着干活时的帽子，那种周围像披肩一样的帽子。他说车间灰尘大，每个人都有帽子，不戴的话灰尘全跑到头发里去了。他用一只手将帽子摘下，头发上仍然是木屑的白色。我接过他手上的包，这才发现他的右手包着厚厚鼓鼓的纱布。疼吗？我问，刚问完就觉得有点多余，十指连心，怎么会不疼。

不疼，杨泉水突然说，他把手抬起来，晃了晃，说，还有两个指头呢。

我推着自行车，杨泉水不肯坐上去，说自己能走呢。我们一前一后向小官村走去，很长一段时间都没有说话，他不停地看着两边，那些曾经苍翠的大堤已经夷为平地了。对岸的村庄一览无遗，小官村也仿佛失去庇护露了出来，胆怯，慌张，猥琐地缩在一旁。我好像是第一次发现小官村的变化，那个从前记忆里的模样不复存在了。据说不久以后这里将建几座工厂，小官村的责任田也要浇上水泥，成为工厂的一部分。

杨泉水走得很快，仿佛久别归来。我想问他还去不去城里？还去不去家具厂？但忍住了。他自顾着向前，像要把我甩掉似的，有那么一瞬间，我甚至认为杨泉水是故意把自己的手弄坏的。

7

这年的冬天来得很早，西北风一刮，寒劲儿就来了。杨泉水每天都去南大堤，在空荡的沙土地上来回走着，走累了便坐在一只树桩上，远处夕阳衔山，河水静默，风夹着细沙拍打在脸上，他顺势躺下来，恍若从前的草叶又把他整个儿包围起来。草的波浪不断拂动，他的脸贴在树桩上，截断的树桩散发着淡淡的木香，然后，他的泪水无声地流了出来。他就这样躺着，看黑暗一点点地降临，星星跳上青灰色的夜幕，这时，仿佛整个世界都变成草地，每一颗星星都跳跃在草梢之上。

第二天再来的时候，杨泉水便带上绳子，把倒在地上的树，以及一些根部架空的树拖了回来，再把木匠工具拿出来，用左手慢慢锯开。刘彩虹知道杨泉水要干什么，因为几天后院子里堆着的齐整木料足以说明一切。我很久没有闻过木头的香味了，淡淡的，飘散在院子里。地上铺了一层刨木花，松松软软的，木头又露出好看的花纹来，曲折婉转，像流水一样。杨泉水每天坐在木头之中，忘了我们似的，刘彩虹常常扯着嗓子朝他喊，她把杨泉水做好的凳子、椅子气急败坏地扔到墙根下。有一次夜里下雨了，杨泉水要下床搬木料，却被刘彩虹拦住了，似乎有意跟他作对似的——杨泉水搬回来一块，就被刘彩虹扔出去；他再搬进来，她再扔出去。黑暗里木头和木头在来回跑着。后来，刘彩虹扔出去的东西里增加了杨泉水的衣服，鞋子，以及锯子和刨子，当杨泉水又一一拿回来的时候，突然看见黑夜中出现一道白光——帆布包被扔出去了。杨泉水箭一样地冲进雨里，刘彩虹迅速用拐杖勾住他，他们在离帆布包一尺远的地方撕扯起来，泥浆甩到脸上。刘彩虹咆哮了，像狮子似的扑在杨泉水身上，拳头和雨点一起落下来。她用拐杖跺在帆布包上，把多日来的怨气通通发泄出来，又用帆布包抽着杨泉水。我要你要，啊，我要你要，直到浑身没劲了，才摇摇晃晃站起来。帆布包被她套在杨泉水的头上。我要你要，你要啊，你永远别拿下来。

　　你们一定不会相信，杨泉水再也没有把帆布包从头上拿下来过，我试图为他取下，总被他死死按住。刘彩虹说，别理他，让他戴一辈子好了。那晚之后，杨泉水就病了，他不停地咳嗽，像要把五脏六腑咳出来一样。

　　杨泉水不做家具了，而是每天把木料铺在地上，坐在上面发呆，一直到半夜。有时我回家很晚，屋子里一片漆黑，我蹑手蹑脚进去，尽量不发出声音，经过堂屋的时候，差点被杨泉水绊了一跤。他披着棉衣，套着帆布包，蹲坐在木头上。

我说，怎么还不睡觉？

他的嗓子哑了，喉咙里嘶嘶的声音。等我上床睡觉的时候，杨泉水仍然岿然不动地坐在那里。有好几次他都是这样地使我吃一惊，我忘了他会每天坐在黑暗中。他的嗓子没有好转起来，说话时只剩气声了。当我半夜起来的时候，仍然会看见他一动不动地坐着，我从他身边经过，去厕所，或者去厨房喝水，他都没有察觉。春节将近时，杨泉水已经不再说话了，刘彩虹说他嗓子坏了，因为很长一段时间他只能发出气声。但我不相信，脑子里总是出现杨泉水坐在杨国柱家毛坯房子里时的画面，他的身下是长短粗细的木料，干净，柔软，沉默而本分。

那年我也辍学了，突然对上学失去了兴趣似的，迫不及待地跟着村里一个包工头去了建筑工地。我向杨泉水告别，他并没有抬头，帆布包像长在脖子上一样。他慢慢举起手向我道别，他的手早已愈合了，但断掉的指头再也不见了，纱布拆了，露出红彤彤的手指桩。断掉的是中指、无名指、小拇指，齐刷刷地从指根处没有了，剩下的大拇指和食指有点孤零零的，甚至有些怪异，像一支随时扣紧扳机的手枪似的。